JENNY MILEWSKI

ANGST-MÄDCHEN

THRILLER

Aus dem Schwedischen
von Max Stadler

WILHELM HEYNE VERLAG
MÜNCHEN

Die Originalausgabe YUKO erschien 2015 bei Styxx Fantasy

Dieses Buch ist auch als E-Book erhältlich.

FSC www.fsc.org
MIX
Papier aus verantwortungsvollen Quellen
FSC® C083411

Vollständige deutsche Erstausgabe 02/2017

Printed in Germany
Redaktion: Nike Karen Müller
Umschlaggestaltung: Nele Schütz Design, München,
unter Verwendung von © shutterstock/Subbotina Anna
Satz: KompetenzCenter, Mönchengladbach
Druck und Bindung: GGP Media GmbH, Pößneck
ISBN: 978-3-453-43880-4

www.heyne.de

Singen wir vom glücklichen Tag des Abiturs,
lasst uns fröhlich sein im Frühjahr der Jugend!
Noch klopft das Herz mit frischen Schlägen,
und die strahlende Zukunft gehört uns.
Keine Stürme wohnen noch in unseren Sinnen,
die Hoffnung ist unser Freund,
wir glauben an ihre Versprechen,
wenn wir einen Bund schließen im Hain,
wo die herrlichen Lorbeeren wachsen,
wo die herrlichen Lorbeeren wachsen!
Hurra!

Traditionelles Verabschiedungslied
der Abiturienten in Schweden

1

Es ist 06.35 Uhr, und die Sonne ist noch nicht über den Häusern auf der anderen Seite des Yoyogi-Parks aufgegangen. Aber man kann trotzdem erkennen, dass der Morgen anbricht. Die nächtliche Finsternis löst sich an den Rändern auf, und die Neonschilder scheinen mit jeder Minute, die vergeht, schwächer zu leuchten. Der Verkehr verdichtet sich, und das Echo der unzähligen Autohupen hallt zwischen den Häuserwänden zu mir empor.

Wenn ich den Oberkörper nach vorn neige, kann ich den Strom früh aufgestandener Pendler aus den U-Bahn-Aufgängen herauswogen sehen. Wie ein Schwarm schwarzer Insekten warten sie im Halbdunkel an der Fußgängerampel, bis diese auf Grün schaltet und sie weiterkrabbeln wie jeden Morgen, ein langer Arbeitstag liegt vor ihnen.

Fünfundzwanzig Stockwerke befinden sich zwischen mir und den Menschen da unten. Fünfundzwanzig Schichten aus Zimmerdecken und Böden in puppenkleinen Wohnungen trennen mich vom Rest des Lebens in dieser Stadt. Es hätte genauso gut ein ganzes Universum sein können.

Hier oben auf dem Dach ist alles anders. Die aufsteigende Sonne wirkt viel heller und der Wind frischer. Das Volumen meiner Sinne ist voll aufgedreht, sie pressen das Maximum aus allen Eindrücken an diesem letzten Morgen heraus.

Ich spüre, wie der raue Beton die nackte Haut meiner Füße kitzelt und wie der Wind mir die Haare ins Gesicht weht, bis ich nur noch Streifen vom Himmel in den Ritzen des schwarzen Haarvorhangs sehen kann. Ich hatte noch nie so lange Haare wie jetzt. Zehn Jahre lang habe ich sie wachsen lassen im Warten auf diesen Tag.

Am liebsten hätte ich die Hand gehoben und die Haare zur Seite gestrichen, um den letzten Sonnenaufgang voll und ganz wahrzunehmen. Aber ich will mich nicht rühren, will nicht riskieren, das Gleichgewicht zu verlieren; ich will nicht, dass der Wind meine Kleidung packt und mich mitzieht. Noch nicht.

Ich schiebe mich ein paar Millimeter nach hinten und stemme die Fersen gegen die Betonkante, die das Dach umrahmt. Wende das Gesicht der aufgehenden Sonne zu und schließe die Augen.

»Das hier kann der Augenblick sein, der unsere Leben auf immer verändert«, flüstere ich dem Wind, der Sonne und dem Himmel zu.

Das pflegte der Amerikaner immer zu sagen.

Der Amerikaner wohnte in Bungalow Nummer 4. Er wohnte schon dort, als ich ankam, und war noch da, als ich vor zwei Tagen von der Insel wegfuhr. Vermutlich wird er noch lange dortbleiben.

Er war ein typischer Überwinterer, der Amerikaner. Einer, der früher ein normaler Tourist gewesen war. Der nur Urlaub machen wollte, aber aus irgendeinem Grund hängen geblieben und abseits gelandet war. Abseits des Tourismus, des

Lebens und der Zeit an sich. Während andere wieder nach Hause fuhren und die Reise in verstaubten Fotoalben verblassen ließen, blieb der Überwinterer da; in denselben ausgebleichten Khakishorts, Surferhemden und falschen Marken-Flipflops wie zuvor. Im Laufe der Zeit immer grauer und schwerer, aber im Grunde derselbe, der er immer gewesen war.

Der Amerikaner erzählte nie, wie alt er war. Und das Alter von Leuten wie ihm ist immer schwer zu bestimmen. Auch seinen richtigen Namen kannte ich nicht. Nur das »Mr. America«, das die Jungen im Hafen ihm hinterherzurufen pflegten, wenn er vorbeiging. Manchmal fuhr er auf einem Taucherboot mit den Ausbildern aufs Meer hinaus und half ihnen mit der Ausrüstung, und abends stand er in einem der Strandrestaurants am Grill. Ein bisschen was verdiente er dabei vermutlich, aber seine hauptsächliche Versorgung musste er sich anderweitig organisieren. Wie, wusste ich nicht.

Bungalow Nummer 4 war unmittelbar an meinen angebaut, und die Wände waren sehr dünn. Deshalb wusste ich, dass der Amerikaner nachts auch nicht schlief. Manchmal hörte ich ihn nebenan herumfuhrwerken und bald darauf die Tür öffnen und hinausgehen, um einen Spaziergang zu machen. Dann wartete ich, bis er zurück war, bevor ich selbst hinausging. Ich vermute, dass er es genauso hielt.

Aber manchmal geschah es, dass wir die Türen gleichzeitig öffneten und auf unsere kleinen Veranden traten. Dann brachten wir es nicht über uns, wieder hineinzugehen, sondern unternahmen unseren nächtlichen Spaziergang gemeinsam.

Man verirrte sich leicht, wenn man sich nachts auf der Insel fortbewegte. Auf unserer Seite der Insel erreichte die Flut in der Nacht ihren Höhepunkt, und der tagsüber sehr breite Strand verschwand vollkommen. An manchen Stellen musste man ins Meer hinauswaten und sich an herabhängenden Büschen vorbeizwängen, während einem das Wasser bis zu den Knien reichte. Und dann war da die Finsternis. Die Dieselgeneratoren, die in den abgelegeneren Teilen der Insel die Stromversorgung sicherten, wurden meistens um Mitternacht abgestellt, um Brennstoff zu sparen, und dann gab es keine Lichter mehr, an denen man sich orientieren konnte. Ohne Taschenlampe war es fast unmöglich, wieder zurückzufinden. Ich dachte oft, dass die Nächte auf der Insel ebenso schwarz waren wie eine Winternacht im Wald hinter dem Haus meiner Eltern. Nur wärmer und schwüler.

Der Amerikaner und ich wechselten kaum ein Wort während unserer nächtlichen Spaziergänge. Wir gingen schweigend nebeneinander her und lauschten dem Rauschen der Kokospalmen, dem Gesang der Zikaden und den Rufen der Geckos. Dreimal hintereinander quäkte ein Gecko. Immer dreimal. Wenn man einen Gecko weniger oder öfter quäken hört, bringt das Unglück, sagt man. Ich weiß nicht, ob das stimmt, und es ist mir auch egal. Ich weiß bereits, woher mein Unglück kommt.

Nein, wir redeten nicht viel, der Amerikaner und ich. Ich fragte ihn nie, weshalb er nachts nicht schlief. Und er fragte mich nicht. Daher weiß ich auch nicht, ob er meine Schreie durch die Wand hören konnte.

Manchmal gingen wir auf die andere Seite der Insel zu einer Felsformation, die angeblich, so steht es in den Reiseführern, einem sitzenden Buddha ähnelt. Dort setzten wir uns in den weißen Sand oder auf eine Sonnenliege, die jemand dort vergessen hatte, und warteten auf den Sonnenaufgang. Von unserer Seite der Insel konnte man den Sonnenaufgang nicht sehen. Man konnte ihn sich nur vorstellen.

Wenn der erste Streifen des Sonnenplaneten den Horizont erklomm, sagte der Amerikaner immer:

»Das hier kann der Augenblick sein, der unser Leben für immer verändert.«

Nur auf Englisch natürlich.

Ich habe nie begriffen, warum er das sagte. Vielleicht war es eine Art Anmache, die ich nicht kapierte. Ich habe seit Langem alles vergessen, was ich einst von dem Spiel zwischen Männern und Frauen wusste. Oder es war ein Zitat aus einem Film, den ich nicht gesehen hatte.

Ich antwortete nie, wenn er das sagte, und der Amerikaner schien auch keine Antwort zu erwarten.

Ich habe manchmal darüber nachgedacht. Ob es wirklich solche Augenblicke gibt, die ein ganzes Leben verändern können; Gelegenheiten, bei denen man hätte innehalten und sagen können:

»Genau jetzt wird mein Schicksal besiegelt. Bis hierhin konnte alles Mögliche passieren. Aber dieser eine Augenblick wird mein Leben für immer verändern.«

Ich glaube nicht. Ich denke, dass unser Leben von einer ganzen Perlenkette aus Ereignissen und Entscheidungen geformt wird. Manche sind so unbedeutend wie Kieselsteine, die von einem Fluss mitgerissen werden, ohne etwas zu bewirken. Andere sind wie Felsblöcke, die die Richtung des

Stroms auf immer verändern. Aber was ein Kieselstein ist und was ein Steinblock, weiß man nicht immer so leicht. Und die Folgen unserer Entscheidungen, getroffen nach bestem Wissen und Gewissen und mit allen in dem Moment zugänglichen Informationen, werden uns zumeist erst im Nachhinein bewusst. Wenn alles zu spät ist.

Daher weiß ich auch nicht sicher, wann meine Geschichte anfängt. Zu welchem Zeitpunkt sich der Felsblock meines Lebens in Bewegung setzte und der Weg in Richtung Ende unwiderruflich eingeleitet wurde. Vielleicht beginnt sie an einem kalten Dezemberabend auf einem Friedhof außerhalb von Linköping. Oder als ich zum ersten Mal den Schlüssel in das Schloss des Zimmers in der Ryds Allé 23 steckte. Oder als der Annahmebescheid der Universität in dem Briefkasten vor dem Haus meiner Eltern landete. Oder aber mein Ende war bereits unerschütterlich vorherbestimmt, als ich geboren wurde.

Ich weiß es nicht, und es spielt auch keine Rolle mehr, wann die Geschichte anfängt. Ich weiß nur, dass sie genau hier endet, am 10. März 2003, auf einem Dach in Tokio in der Morgendämmerung.

Man sagt, der Weg in die Hölle sei gepflastert mit guten Vorsätzen. Und ich bin sicher, dass keiner von uns etwas anderes als gute Vorsätze hatte. Trotzdem landeten wir alle miteinander in der Hölle. Für manche von uns ging es schnell, bei mir dauerte es über ein Jahrzehnt.

Es ist zehn Jahre und drei Monate her, dass ich Schweden verlassen habe. In zehn Jahren passiert viel auf der Welt. Die Handys sind gekommen, und das Internet – sogar auf der Insel gab es eine Verbindung über Satellit, wenn man

Glück hatte. Der Jahrtausendwechsel kam und ging, und vor anderthalb Jahren krachten zwei Flugzeuge in das World Trade Center in New York. Sie sagen, dass die Welt nie wieder dieselbe sein wird – und das stimmt sicherlich. Aber für mich ist das egal. Auch ich bin abseits von Zeit und Leben gelandet. Ich bin ein Überwinterer geworden, genau wie der Amerikaner.

Aber jetzt ist es bald vorbei. Die ersten Sonnenstrahlen klettern über die Dächer der Hochhäuser vor mir und wärmen mein Gesicht, dem Himmel zugewandt. Ich weiß, dass der Zeitpunkt gekommen ist. Zehn Jahre sind eine lange Zeit, aber jetzt ist mein Warten endlich vorüber. Ich spüre, wie ihr langes schwarzes Haar meinen Nacken kitzelt und wie ihre feuchten Finger über meinen Rücken gleiten.

Sie ist jetzt da. Yuko.

2

Am 16. November 1992 kam ich zum ersten Mal in die Ryds Allé 23.

Es war ein Montag in der tristen Zeit zwischen Herbst und Winter, wenn man über das Wetter morgens beim Aufwachen nur eins wusste, nämlich, dass es ungemütlich sein würde. Graue Wolken hingen über den Hausdächern und drohten, jederzeit ihre Last aus Schnee oder Regen oder einer Mischung aus beidem abzusondern. Die Zweige der Bäume reckten sich wie kahle Finger in den Himmel, und es war schwer, sich vorzustellen, dass es irgendwann wieder Sommer sein würde.

»Jetzt bist du froh, hm?«, sagte Johanna und schlug mich neckend mit dem Fäustling auf den Arm. Wir standen bibbernd auf der Straße, meinen gesamten Besitz zu Füßen. Es war nicht besonders viel. Mit vereinten Kräften hatten wir alles eine halbe Stunde zuvor in Lambohov in den Bus gehievt.

Vor uns lag ein dreistöckiges Gebäude aus weißem Kalksandstein mit schwarzen Fensterrahmen, das alles andere als einladend aussah. Es war Ende der Siebziger gebaut worden und hätte eine Renovierung nötig gehabt. Links vom Haus befand sich ein kleiner Parkplatz, und rechts davon lagen mehrere weiße Schuppen, voneinander abgetrennt durch asphaltierte Wege und winzige Grünflächen. Hinter dem Parkplatz mühte sich ein kleines Wäldchen vergebens, das Gefühl von »Nähe zur Natur« zu wecken, das in der Informationsbroschüre der kommunalen Wohngenossenschaft versprochen wurde. Ein Stück entfernt konnte man die grauen Betonbunker des Einkaufszentrums erkennen, und jenseits davon erstreckte sich der Rest des Studentenwohnviertels, die Quelle der unendlichen Karawane von Rad fahrenden Studenten, die jeden Morgen die Fahrradwege in Richtung Uni bevölkerten, bei Sonnenschein und bei Regen, bei Hitze und bei Kälte – und bei ständigem Gegenwind.

Ob ich froh war? Ich war überglücklich. Ich liebte das alles bereits, die schmutzig graue Fassade, die kleinen Balkons mit ihren verwaisten Grillapparaten und rostigen Balkonmöbeln und das fleckige Wellblechdach des Fahrradstellplatzes vor dem Eingang. Davon hatte ich jeden Abend geträumt, bevor ich auf dem buckligen Klappsofa in meinem engen Übergangszimmer mit Pelargonien auf dem Fensterbrett und Leinwanddrucken an den Wänden einschlief. Zwei Monate lang hatte ich jeden Tag gehofft, dass endlich ein Brief der Wohngenossenschaft auf dem Spitzentuch des kleinen Flurtisches liegen würde, wenn ich von der Uni zurückkam. Hatte auf die Nachricht gewartet, dass ich endlich eine Wohnung zugewiesen bekommen hatte und angewiesen wurde, innerhalb von fünf Tagen zu antworten, sonst würde »das Objekt an den nächsten Bewerber vergeben, weitere Angebote können nicht garantiert werden«. Jetzt war dieser Tag endlich da, die Pelargonien und Leinwanddrucke lagen für immer hinter mir, und der Schlüssel zu meinem eigenen

Studentenzimmer brannte fast ein Loch in meine Tasche. Nun würde das richtige Studentenleben beginnen.

Ich packte meine Koffer und folgte Johanna. Sie war bereits die Stufen zum Eingang hinaufgestapft, in jeder Hand einen Pappkarton. Noch bevor ich die Tür zum Flur im dritten Stock aufschloss, wusste ich genau, wie es aussehen würde. Ein langer Korridor mit Türen zu sechs Zimmern, drei auf jeder Seite. Am Ende des Korridors ein gemeinsamer Aufenthaltsraum mit einem zerkratzten und fleckigen Esstisch, einem gebraucht gekauften Fernseher und einem durchgesessenen Sofa aus zweiter Hand, vermutlich mit braun gestreiftem Stoff bezogen. Im Aufenthaltsraum würde sich auch die Küche befinden: mit zwei Kühlschränken, zwei Herden und zwölf Küchenschränken, zwei pro Bewohner. In den Kühlschränken würden jedem Bewohner zwei Fächer zugeteilt sein, und in einem davon würden seit Langem vergessene Essensreste liegen, auf denen sich Schimmel breitmachte. Und an der Wand in der Küche würde ein handgeschriebener Zettel hängen, auf dem entweder »Deine Mama arbeitet hier nicht!« oder »Wer sein Zeug nicht abspült, wird sterben« stand.

Johanna und ich traten in den kleinen Vorraum hinter der Eingangstür und zogen unsere Schuhe aus. Schmutz in den gemeinsamen Bereich zu bringen war eine der Todsünden im WG-Leben, das hatte ich gelernt. Die Miete schloss nur das Säubern des Treppenhauses und der Waschstuben ein. Die Schuhablage war mit Turnschuhen, Stiefeln und Hausschuhen vollgestopft. Fast feierlich schob ich ein Paar Birkenstock beiseite, um Platz für meine Winterstiefel zu schaffen. Johanna sah mir zu und lächelte.

Mein Zimmer lag rechts vom Eingang in der Mitte mit je einem Zimmer zur Linken und zur Rechten. Bevor ich die Tür aufschloss, öffnete ich den Brief der Wohngenossenschaft und nahm den kleinen Plastikstreifen heraus. Ich zog die Schutzhülle ab und befestigte das Schild mit meinem Namen an der Tür. »Jetzt gehörst du mir«, flüsterte ich lautlos.

Johanna und ich trugen das Gepäck hinein und stellten es auf dem Boden ab. Das Zimmer sah genauso aus, wie ich es erwartet hatte. Linoleumboden und Hutablage aus Metall. Standardbett, Standardschreibtisch, Standardbücherregal, alles aus lackiertem Fichtenholz. Ein Standardvorhang vor dem Fenster und eine weiße, biegsame Metalllampe, die an der Schreibtischplatte festgeschraubt war. Alles stimmte mit den Inventarangaben auf der Innenseite der Tür des Standardkleiderschranks im Eingangsbereich meines Zimmers überein.

Es war nichts Besonderes, ein Studentenzimmer wie Tausende andere schwedische Studentenzimmer. Aber vor dem Fenster würde eine große Linde ein Natur-Feeling wecken, wenn der Frühling kam. Und mit meinen Bildern an den Wänden und der warmen Decke meiner Großmutter auf dem Bett konnte es hier richtig gemütlich werden.

»Schönes Zimmer«, meinte Johanna und sah sich um. »Größer als meines, glaube ich. Nur schade wegen dem Baum, ohne den wäre es heller. Aber man kann nicht alles haben.«

Ich trug einen von den Kleiderkoffern zum Kleiderschrank. Am besten fing ich sofort mit dem Auspacken an, sonst würden die Sachen wochenlang kreuz und quer herumliegen – wenn ich mich selbst richtig einschätzte.

Johanna wühlte ziellos in den Pappkartons. Ich musste

innerlich über ihre Rastlosigkeit grinsen. Johanna war eine gute Freundin. Sie hatte keinen Augenblick gezögert und mir beim Umzug geholfen, obwohl ich wusste, dass sie viel lernen musste. Es war mir schon immer schwergefallen, Freunde zu finden, und nach drei Monaten im ersten Semester war Johanna noch immer die Einzige, der ich vertraute. Dabei waren wir sehr unterschiedlich. Johanna war immer ungeduldig, ständig irgendwohin unterwegs; hin zu neuen Abenteuern und neuen Revieren, die es zu erobern galt. Im Gegensatz zu mir.

»Ich danke dir sehr für deine Hilfe, Johanna«, sagte ich. »Aber ich denke, jetzt komme ich allein klar. Wenn du noch was anderes vorhast, meine ich.«

Johanna schob sofort die Kartons weg und trat zu mir.

»Bist du sicher? Ja, ich sollte wohl los. Ich hab' ja bald die Wiederholungsprüfung in externer Buchführung«, sagte sie und verzog das Gesicht. »Ich muss nur noch mal kurz aufs Klo. Jemand muss ja schließlich dein neues Badezimmer einweihen, nicht wahr?«

Nach ausführlichem Herumkramen in einem Karton förderte ich eine Rolle Toilettenpapier zutage, und Johanna ging ins Bad und schloss die Tür hinter sich.

Johanna ist in mein Bad gegangen, dachte ich, zog den untersten Schub des Kleiderschranks heraus und fing an, meine selbstgestrickten Pullover hineinzulegen. Bald wird sie die Spülung meiner Toilette betätigen, und dann wäscht sie sich die Hände an meinem Waschbecken. Meinem Waschbecken, das mir gehört. Schöne Gedanken.

Ein paar Sekunden darauf hörte ich Johannes erregte Stimme durch die Badezimmertür:

»Nein, das kann doch nicht wahr sein!«

»Was ist los?«, rief ich.

»Diese Drecksäcke. Haben mir eiskalt ins Gesicht gelogen.«

Ich erhob mich schwerfällig und ging ins Bad. Johanna stand gleich hinter der Tür und deutete vorwurfsvoll Richtung Wand.

»Schau hin!«

»Ja, was denn? Das ist eine Badewanne«, sagte ich.

»Genau. Eine Badewanne«, erwiderte Johanna und klang höchst beleidigt. »Du hast eine Badewanne. Die von der Vermietung haben mir gesagt, dass es keine Studentenzimmer mit Badewanne mehr gibt. Lügner! Ich will auch eine Badewanne und nicht nur eine blöde Dusche.«

Wir traten näher heran und schauten uns die verhasste Wanne genauer an.

»Sie ist ganz klein«, sagte ich und linste zu Johanna hinüber, die mit schmollend vorgeschobener Unterlippe und vor der Brust verschränkten Armen dastand. »Und ganz abgenutzt. Schau da, am Boden ist es ganz zerschrammt.«

»Aber es ist trotzdem eine Badewanne«, antwortete Johanna stur.

»Die bestimmt eine Ewigkeit braucht, bis sie vollgelaufen ist und keinen dichten Ablauf hat. Und schau da am Boden, die Fugen hier sind ganz verdreckt. Bei dir ist es total praktisch, du hast einen Kunststoffboden, in den der Abfluss eingelassen ist. Richtig schick, kackbrauner Kunststoffboden ist der letzte Schrei, hab' ich gehört.«

Johanna kicherte und bohrte mir ihren Ellenbogen in die Seite.

»Ach, du kannst gern deine versiffte alte Badewanne haben, du kleine Spinnerin. Jetzt raus mit dir, damit ich endlich pinkeln kann.«

Johanna ging nach einer festen Umarmung und dem Versprechen, dass ich ihr das nächste Mal, wenn wir ausgingen, als Dank für die Hilfe einen Martini spendieren würde. Ich muss so nervös ausgesehen haben, wie ich mich fühlte, denn bevor sie verschwand, strich sie mir aufmunternd über den Arm und sagte:

»Es wird alles gut, du wirst schon sehen. Wenn ich weg bin, drehst du eine Runde im Flur, spionierst ein bisschen in den Kühlschränken und schaust dir alle Namensschilder an. Damit du vorbereitet bist, wenn die anderen nach Hause kommen. Leute in einem Wohnheim muss man nicht treffen, um sie kennenzulernen, es reicht, wenn man die Zeichen deuten kann. Wie bei ihm da zum Beispiel.«

Johanna deutete auf die geschlossene Tür gegenüber von meinem Zimmer. »Per Holmberg« stand auf dem Namensschild, und die Tür wurde fast gänzlich von einem Plakat bedeckt, das Werbung für das Konzert einer Band machte, von der ich noch nie gehört hatte. Am Türgriff hing ein Schild mit dem Text »Do not disturb. History is being made«. Und auf dem Boden neben der Tür stand ein Paar große schmutzige Schuhe aus weißem, perforiertem Leder mit dicken Sohlen.

»Studiert irgendwas mit Verwaltungsrecht oder besucht verschiedene Kurse in Soziologie. Ungefähr zwei Meter groß, wirres Haar und kariertes Hemd. Hat einen Nebenjob als Koch, vermutlich im Flamman. Bestimmt ein netter Typ.«

Johanna grinste, als sie meine verblüffte Miene sah, und zuckte die Achseln.

»Vorurteile, mein lieber Watson. Vorurteile und Erfahrung. Und die da.« Sie deutete auf die weißen Schuhe.

»Solche Schuhe haben nur Köche oder Krankenschwestern. Und bei der Schuhgröße dürfte da drin kaum ein Zwerg hausen.«

Dann ging sie und ließ mich allein in meinem neuen Heim zurück.

3

Eine Stunde später blieben von dem Einzug nur noch zwei leere Reisekoffer und eine Papiertüte mit Küchenutensilien, die ich später in die Küche bringen wollte.

Was sollte ich mit den Koffern machen? Im Kleiderschrank gab es keinen Platz, und unter das Bett passten sie auch nicht. Hatte ich vielleicht eine Art Abstellraum? Ich holte den Brief der Wohngenossenschaft hervor. Tatsächlich, darin lag ein Extraschlüssel, auf dem »Kellerabteil C 305« vermerkt war. Das erste Kellerabteil meines Lebens.

Bevor ich die Tür öffnete, ging ich ins Bad und stellte mich vor den Spiegel. Ich spritzte mir ein wenig Wasser ins Gesicht, trocknete mich mit einem Handtuch ab und blickte mir tief in die Augen.

»Hallo, ich heiße Malin«, sagte ich zu mir und übte ein Lächeln. Aber als ich in den Flur trat, waren die anderen Türen noch immer geschlossen, und aus der Küche drangen keine Geräusche.

Auf dem Weg in den Keller blieb ich kurz stehen und las die Namensschilder, wie Johanna es mir geraten hatte. Links neben meinem Zimmer wohnte »Camilla Larsson«, und im Zimmer rechts von mir »Richard Hanselius«. Weder die Ausstattung der Türen noch die Namen auf den Schildern weckten bei mir irgendwelche Assoziationen.

Der Keller des Hauses bestand aus einer langen Reihe von rechteckigen Abschnitten, die mit Hasendraht unterteilt waren. Die mit Hängeschlössern versehenen Türen zu den Räumen waren ebenfalls aus Hasendraht. Die meisten Abstellräume waren bis zum Platzen mit Fichtenmöbeln der Wohngenossenschaft, Umzugskartons, Golftaschen, Skiausrüstungen und anderen Besitztümern vollgestapelt, die in den Zimmern des Wohnheims keinen Platz hatten. Als ich auf den Lichtschalter drückte, wurde der Keller von einem grellen Neonlicht erhellt, das mehrere Furcht einflößend blinkende Röhren an der Decke verbreiteten. Ich fühlte mich wie in einem Horrorfilm.

Das Abteil, das zu meinem Zimmer gehörte, lag fast ganz am Ende gleich unter der am heftigsten blinkenden Leuchtröhre. Es war leer. Oder fast leer.

Nachdem es mir gelungen war, das Hängeschloss zu öffnen, und ich meine Koffer auf den Boden stellte, bemerkte ich, dass hinten im Raum zwei Kartons an der Wand standen. Zwei braune Umzugskartons, übereinander, in dem sonst leeren Kellerabteil.

Zuerst starrte ich reglos die Kartons an. Vermutlich lag das nur an dem unbehaglich blinkenden Licht der Neonröhre, aber der Anblick erfüllte mich mit Angst, als könnten sich die Kartons öffnen und ein brüllendes Monster daraus hervorspringen.

Schließlich riss ich mich zusammen. Ich trat auf die Kartons zu und machte den oberen auf. Natürlich geschah nichts, kein Monster sprang heraus, und kein Leichengeruch schlug mir entgegen, als ich die Deckel aufklappte. Ich schaute hinein. Der Karton schien voller Papiere, Bücher und anderer Dinge zu sein, die man in einem Umzugskarton in einem Kellerabteil vermuten würde. Dinge, die ein früherer Mieter hinterlassen haben konnte. Ich seufzte genervt. Typisch. Jetzt musste ich die Wohngenossenschaft anrufen und mich beschweren. Ausgerechnet ich, die so etwas verabscheute.

Ich verschloss den Karton wieder und stellte meine leeren Koffer in die andere Ecke, möglichst weit weg von den fremden Kartons.

Als ich wieder in mein Stockwerk kam, war eines der Studentenzimmer nicht mehr geschlossen.

Ich blieb kurz mit dem Rücken an die Eingangstür gelehnt stehen und redete mir ins Gewissen, nicht so bescheuert zu sein. Wie albern war es denn, allein bei dem Gedanken, einen unbekannten Flurnachbarn grüßen zu müssen, feuchte Hände und Bauchkneifen zu bekommen? War es nicht das, wonach ich mich die ganze Zeit über gesehnt hatte? In einem Wohnheim zu leben bedeutete, neue Menschen kennenzulernen, so war es ganz einfach. Und war ich nicht wenige Monate zuvor bei der Einführungsveranstaltung des neuen BWL-Jahrgangs genauso nervös gewesen, bevor ich Johanna getroffen hatte? Es galt schlicht, den Stier bei den Hörnern zu packen und es hinter mich zu bringen.

Es war die Tür zu dem Zimmer gegenüber von meinem, die offen stand; wo Per Holmberg mit dem Konzertplakat und den Kochschuhen wohnte. Während ich vor meiner Tür nach dem Schlüssel kramte, schaute ich mich verstohlen um und lugte in sein Zimmer. Ich konnte niemanden sehen, aber ich glaubte, aus der Küche ein vergnügtes Pfeifen zu vernehmen. Mein neuer Nachbar bereitete sich ganz offenbar ein frühes Abendessen zu.

Bevor ich besagten Stier bei den Hörnern packte, ging ich in mein Zimmer, tauschte meine ausgewaschene Jogginghose gegen eine Jeans und fuhr mir mit einer Bürste durchs Haar. Einen Moment lang erwog ich, mich auch zu schminken, beschloss aber, es sein zu lassen. Es wäre dumm, einen Standard zu setzen, den ich später nicht mehr erreichen würde.

Ich nahm die Tüte mit meinen Küchenutensilien und trat wieder auf den Flur. Ich kam an den geschlossenen Türen der Zimmer in der Nähe der Küche vorbei. Sie gehörten einem Torbjörn und einer Rebecka. Dann betrat ich den Aufenthaltsraum. Er sah in etwa so aus wie in allen anderen Wohnheimen, die ich schon besucht hatte. Ganz vorn stand eine ramponierte Sofagruppe hinter einem dunkel gebeizten, flachen Tisch, auf dem Fernbedienungen und alte Fernsehzeitschriften lagen. Dem Sofa gegenüber stand ein altertümlicher Fernseher mit dazugehörigem Videogerät, und an der Wand zur Küche hin ein Esstisch aus Fichte, um den sich sechs Stühle reihten. Die einzige Verzierung war eine Collage aus Fotos an der Wand über dem Esstisch.

Ich ging auf das Scheppern der Töpfe zu und trat in die Türöffnung, die zur Küche führte. An einem der Herde stand ein großer junger Mann mit blonden, halblangen Haaren. Er drehte mir den Rücken zu und briet eine Wurst. Er trug eine Jeans und – genau wie Johanna weisgesagt hatte – ein kariertes Hemd mit aufgekrempelten Ärmeln.

Ich blieb in der Türöffnung stehen und hoffte, er habe mich kommen hören und würde sich bald umdrehen, ohne dass ich so tun musste, als würde ich husten, oder etwas anderes ähnlich Doofes. Aber am Ende musste ich aufgeben.

Bei meinem Husten zuckte er zusammen und fuhr herum. Als er mich erblickte, riss er die Augen auf und ließ seine Gabel zu Boden fallen. Er schien vor Schreck wie gelähmt zu sein.

»Oh entschuldige, ich wollte dich nicht erschrecken«, stammelte ich und machte ein paar Schritte rückwärts, um meine Ungefährlichkeit zu unterstreichen. Mein dümmliches Lächeln verblasste. »Ich wollte nur hallo sagen. Ich heiße Malin und bin heute hier eingezogen.«

Zunächst schien er mich nicht zu hören und starrte mich weiterhin mit aufgerissenen Augen an. Aber dann schüttelte er den Kopf und erwiderte mein Lächeln.

»Tut mir leid, ich dachte …«, setzte er an, hielt abrupt inne und lächelte verlegen. »Ach, das spielt keine Rolle. Herzlich willkommen, Malin. Ich bin Pelle. Ich hoffe, du wirst dich hier wohlfühlen.«

Pelle zeigte mir, welche Küchenschränke für mich waren, und ich räumte meine Sachen ein. Er war ein redseliger Typ, und bald wusste ich, dass er nicht Soziologie studierte, sondern Informatik, und dass er in der Tat nebenher als Koch arbeitete. Jedoch nicht im Flamman, wie Johanna vermutet hatte, sondern im Herrgår'n, dem Studentenpub mitten in Ryd.

Nach einer Weile kam ein blondes Mädchen mit einer Plastiktüte vom Supermarkt in der Hand in die Küche und stellte sich als Camilla vor, ehe sie die Waren in den Kühlschrank räumte. Ich kannte sie. Sie war ein Jahr über mir und betreute als Patin einen Jungen in meinem Kurs. Sie und die anderen Paten hatten mit uns Neulingen in den ersten Wochen des Semesters Partys veranstaltet, und ich erinnere mich, dass ich sie für eine dumme Kuh gehalten hatte. So fröhlich und keck und positiv, wie ich selbst nie sein würde. Ich bemühte mich, mir das nicht anmerken zu lassen, als ich ihr hallo sagte, man muss den Menschen ja eine ehrliche Chance geben. Camilla ihrerseits schien mich überhaupt nicht wiederzuerkennen – oder tat zumindest so. Als Pelle uns einander vorstellte, war ihr Lächeln angespannt, und ihr »Oh, wie nett« klang ein bisschen zu schrill. Der Klumpen in meinem Magen, der mir sagte, dass ich nicht hierher gehörte, machte sich bemerkbar.

Als ich Camillas Tüte mit Lebensmitteln sah, ging mir auf, dass ich auch einkaufen sollte, ich hatte seit dem Frühstück nichts mehr gegessen und fing an, ordentlich hungrig zu sein. Also entschuldigte ich mich bei Per und Camilla und ging ebenfalls in den Supermarkt im Einkaufszentrum von Ryd.

Als ich eine halbe Stunde später zurückkam, hatte Per aufgegessen und war in sein Zimmer zurückgegangen. Camilla saß mit einem Salat und einem Glas Wasser vor sich an dem Tisch im Aufenthaltsraum.

Neben ihr hockte ein kleiner, blasser Typ, der wie die Karikatur eines nerdigen Ingenieursstudenten aussah. Er hatte eine Frisur, die zu einem Zwölfjährigen gepasst hätte, und trug eine Brille, die zu niemandem gepasst hätte. Am rechten Arm trug er eine digitale Armbanduhr der Marke Casio, und er hatte einen weißen Pullover an, auf dessen Brust das Logo der Uni prangte.

Als der Typ mit der Brille mich sah, lief er sofort rot an

und blickte auf seinen Teller herab. Camilla grinste und stieß ihn in die Seite.

»Na, Torbjörn, jetzt sag mal hallo zu Malin. Sie ist heute hier eingezogen.«

Torbjörn öffnete den Mund, um etwas zu sagen. Aber bevor er einen Laut hervorgebracht hatte, redete Camilla weiter:

»Ja, in das leere Zimmer, meine ich.« Sie betonte jede Silbe und sah ihm in die Augen, als wäre er ein ungehorsames Kindergartenkind.

Torbjörn schloss den Mund wieder und begnügte sich mit einem freundlichen Nicken. Ich beschied währenddessen, dass Camilla definitiv die Chance verwirkt hatte, bei mir einen guten Eindruck zu hinterlassen. Sie war wirklich eine dumme Kuh.

Ich wandte mich demonstrativ direkt an Torbjörn und sagte:

»Hallo Torbjörn. Schön, dich kennenzulernen.« Dann nahm ich die Tüte mit meinen Einkäufen und ging in die Küche. Camilla rief mir nach:

»Rechter Kühlschrank. Die zwei untersten Fächer sind deine, und das oberste im Gefrierschrank.«

Ich folgte ihren Anweisungen und stopfte Milch, Butter und Käse in den Kühlschrank sowie zwei Pizzen in mein Gefrierfach. Dann stand ich einen Moment lang da und starrte auf mein Essen, das von Dingen umgeben war, die andere Menschen gekauft hatten; andere Menschen, die ich noch nicht kannte, mit denen ich aber von nun an den Alltag teilen würde. Es war ein merkwürdiges Gefühl.

4

Später am Abend hockte ich auf dem Sofa im Aufenthaltsraum zwischen Pelle und Torbjörn und schaute *Eine schrecklich nette Familie.* Am Esstisch hinter uns saß Richard Hanselius und aß ein Sandwich. Er war eine halbe Stunde vorher in der Küche aufgetaucht, und ich hatte schon jetzt die Nase voll von ihm. Richard hatte sich mit einem schlaffen Händedruck vorgestellt und umständlich erzählt, dass er ein Urlaubssemester genommen hatte, um als Vertrauensperson in einer der Studentenorganisationen zu arbeiten. Bislang hatte Richard Hanselius sämtliche meiner Vorurteile über Studentenpolitiker bestätigt. Hochnäsig, arrogant und ziemlich nervig.

»Ich kapiere nicht, wie ihr euch jeden Abend so einen Mist ansehen könnt. Jede Folge ist wie die andere, und dieser Ted Bundy ist doch kein bisschen komisch, nur behämmert. Um neun müssen wir auf jeden Fall zu den Nachrichten umschalten, nur, damit ihr Bescheid wisst. Ich will hören, was Bengt Dennis zur Verteidigung der Krone zu sagen hat.«

Pelle seufzte hörbar und flüsterte mir theatralisch »Verbindungsfuzzi« ins Ohr.

»Er heißt Al Bundy, nicht Ted Bundy. Ted Bundy war ein amerikanischer Serienkiller, der vor drei Jahren hingerichtet wurde, hätte echt gedacht, dass du das weißt, Richard. Du bist doch sonst immer so gut informiert. Aber ja, wir schalten nachher zu den Nachrichten um neun. Wir können ja alle nicht schlafen, wenn wir nicht gehört haben, was der Chef der Riksbank zur Bankenkrise erzählt«, sagte Pelle und blinzelte mir zu. Ich fragte mich, ob sie sich wirklich nicht mochten oder ob das nur ein freundschaftliches Scharmützel war.

Bevor Richard antworten konnte, ertönte das Klingeln eines Telefons aus dem Flur. Alle hielten inne und lauschten gespannt, um es dem richtigen Studentenzimmer zuzuordnen.

Das Telefon klingelte noch zweimal, bevor Pelle mich mit dem Ellbogen anstupste und sagte:

»Willst du nicht rangehen, Malin?«

Ich lief mit knallroten Wangen zu meinem Zimmer. Wie peinlich. Ausgerechnet ich, wo ich doch so glücklich über meinen Besuch in dem Laden von Televerket in der Kungsgatan gewesen war; meine erste eigene Telefonnummer und das neue schwarze Telefon auf dem Schreibtisch. Ein eigenes Telefon mit einer eigenen Telefonrechnung. Keine Eltern, die sich wegen zu langer Gespräche beklagten und keine kleine Plastikdose mit der Aufschrift »1 Krone pro fünf Minuten. Vergiss bitte nicht zu bezahlen!« wie bei meinen Vermietern in Lambohov.

Ich erreichte meinen Schreibtisch, als das sechste Klingeln verhallte, und hoffte, dass der Anrufer noch nicht aufgelegt hatte.

»Hallo, hier ist Malin«, antwortete ich außer Atem.

Erst war nur ein seltsames Rauschen in der Leitung zu hören, wie das Geräusch von Elektrizität, die sich durch die Telefonleitungen zwängte. Es war ein unbehagliches Geräusch, und ich war gezwungen, den Hörer ein Stück weit vom Kopf wegzuhalten, um keine Ohrenschmerzen zu bekommen.

»Hallo? Sie sprechen mit Malin Granström. Ist da jemand?«, versuchte ich es erneut und runzelte die Stirn. Verdammtes Televerket, konnte nicht auch mal etwas auf Anhieb funktionieren?

Ich lauschte weiter. Das Geräusch war noch immer da, aber dann vernahm ich ein schwaches »Hallo«. Es war die Stimme meiner Mutter, sonderbar verzerrt und übertönt von dem Rauschen. Es folgte ein verwirrtes Hin und Her von »Hallo, hörst du mich?« und »Bist du dran, Liebes?«. Aber dann verschwand das merkwürdige Geräusch auf einmal, und ich hörte die Stimme meiner Mutter so klar und deutlich, als würde sie neben mir sitzen.

»Hallo Mama, jetzt höre ich dich endlich«, sagte ich. »Televerket hat die Freischaltung offenbar nicht so gut hingekriegt.«

»Ja, das war ein ordentlicher Lärm«, sagte meine Mutter. »Aber sie hat ja irgendwann aufgelegt.«

»Sie? Von wem redest du?«

»Von dieser anderen Person in der Leitung. Manchmal passiert das ja, dass andere Gespräche irgendwie dazwischenfunken. Hast du das nicht gehört?«

»Nein, nur eine heftige Störung. Und du hast Stimmen gehört? Komisch.«

»Nur eine Stimme. Es war eine Frau, aber sie sprach nicht Schwedisch, ich habe kein Wort von dem verstanden, was sie gesagt hat. Aber genug davon. Wie geht es dir, Liebes? Ging alles gut beim Umzug?«

Ich erzählte von der Busfahrt von Lambohov und dem fragenden Blick des Fahrers, als er meine Tüten und Koffer gesehen hatte, von der Vermieterin, die einen Zuschuss auf die letzte Miete forderte, weil ich die Pelargonien in meinem Zimmer zu viel gegossen hatte, und von der Badewanne, um die mich Johanna so beneidete.

»Dabei hasst du ja Badewannen«, sagte meine Mutter.

»Ich weiß«, antwortete ich. »Aber ich muss wohl lernen, sie zu mögen. Jetzt, wo ich eine habe.«

»Und die anderen in deinem Stockwerk? Hast du sie schon kennengelernt?«

»Ja, fast alle. Außer einem Mädchen, das Rebecka heißt.«

»Und sind sie nett?«

»Schon. Aber …« Ich hielt inne und hoffte, dass meine Mutter nicht mitbekam, wie meine Stimme zitterte. »… ich fühle mich hier noch nicht so richtig zu Hause.«

Die Stimme meiner Mutter wurde weich.

»Das wird schon, du wirst sehen. Erinnerst du dich noch an den Abend, als du mich aus dem Supermarkt angerufen hast?«

Natürlich erinnerte ich mich daran, obwohl ich am liebsten überhaupt nicht mehr daran dachte. Es war mein allererster Tag in Linköping gewesen. Ich war den ganzen Weg von Lambohov ins Zentrum geradelt, war unterwegs an den kargen Siebzigerjahre-Bunkern der Universität vorbeigekommen und war den lieben langen Tag in der Stadt umhergeirrt, ohne mit einem einzigen Menschen zu reden. Am Abend war ich einkaufen gegangen und planlos an den Regalreihen entlanggewandert, völlig überwältigt von der Einsicht, dass ich selbst bestimmen konnte, was ich zum Abendessen machen wollte und welchen Käse ich kaufen würde. Es gab einen Telefonautomaten hinter der Kasse, und dort heulte ich dann meiner Mutter die Ohren voll, während ich auf einem wackeligen Schemel hockte, die Einkaufstüte zwischen den Knien. Meine Mutter hatte mir geduldig zugehört und schließlich vorgeschlagen, dass ich zumindest bis nach der Einführungsveranstaltung am nächsten Tag bleiben solle. Und wie ein braves Mädchen tat ich das, was sie mir geraten hatte, und blieb noch einen Tag. So lernte ich dann Johanna kennen.

»Ja, es wird sicher alles gut, ich muss mich nur daran gewöhnen«, sagte ich. »Kommst du mit Papa nächstes Wochenende, wie wir ausgemacht haben? Mit meinen CDs und Büchern?«

Es herrschte kurz Stille am anderen Ende.

»Tut mir leid, Liebes, aber das geht leider nicht. Papa tut der Rücken wieder weh, er kann nicht so weit fahren. Und außerdem hat deine Schwester ein Turnier. Vielleicht in zwei Wochen. Aber es ist ja auch bald Weihnachten, und da sehen wir uns sowieso, oder?«

»Klar. Macht nichts«, sagte ich und versuchte, ebenso heiter zu klingen wie sie. »Ich habe ja in der Zwischenzeit meine Kassetten.«

Dann hatten wir uns nicht mehr viel zu sagen.

Als ich in den Aufenthaltsraum zurückkehrte, hatten die Nachrichten schon begonnen. Richard hatte meinen Platz auf dem Sofa eingenommen und hörte gebannt zu, während die Finanzministerin Anne Wibble zu den letzten Entwicklungen in Schwedens Finanzkrise befragt wurde. Ich setzte mich auf einen der Stühle am Esstisch und verfolgte Richards und Pelles Diskussion darüber, wer von Anne Wibble und der Journalistin weniger Ahnung von Schwedens wirtschaftlicher Lage hatte. Ich hoffte, dass keiner von beiden erwartete, dass ich als angehende Ökonomin mit einer scharfsinnigen Analyse zu ihrer Unterhaltung beitragen konnte. Obwohl das hier eigentlich mein Spezialgebiet war, hatte ich absolut nichts dazu zu sagen.

Das Interview war gerade zu Ende, als draußen im Gang die Tür zum Flur krachend ins Schloss fiel, und wir vernahmen das Geräusch von klackernden Absätzen auf dem Linoleumboden. Auf halbem Weg etwa hielten die Schritte plötzlich inne, nur um kurz darauf umso schneller weiterzumarschieren, und gleich darauf tauchte die Urheberin der Schritte im Türrahmen auf.

Sie war größer als ich und sah ein paar Jahre älter aus. Bekleidet mit schwarzen Jeans, schwarzer Lederjacke und einem Paar hohen schwarzen Stiefeln, die sie nicht in das Schuhregal am Eingang gestellt hatte, wie man es tun sollte. Aber eigentlich war es völlig uninteressant, was sie anhatte. Jedenfalls im Vergleich mit ihrem Aussehen. Ihre Haare waren lang und dunkelbraun und so unglaublich natürlich gelockt, wie es keine Dauerwelle auf Erden nachahmen konnte. Sie hatte leuchtende grüne Augen und zum Sterben schöne Wangenknochen, und ich spürte, wie ich zu einer unansehnlichen kleinen Maus schrumpfte, als sie in den Raum trat.

Ja, Rebecka war furchtbar schön an jenem Abend, an dem ich sie zum ersten Mal sah. Und furchtbar wütend.

Sie stand mit vor der Brust verschränkten Armen in der

Türöffnung, und ihre Augen blitzten vor Zorn. Es war, als gefriere der ganze Raum zu Eis und wartete auf die Erklärung für ihre Wut. Nur der Nachrichtensprecher im Fernseher redete weiter über feste Währungskurse und Zinssätze.

»Wer zum Teufel hat meine Dr. Martens durch die Gegend geschmissen?«, fragte sie und blickte nacheinander anklagend zu Pelle, Richard und Torbjörn, der sofort hochrot anlief und aussah, als wolle er im Boden versinken. Mich ignorierte sie vollkommen. Ich hatte noch nie von Dr. Martens gehört, aber da sie ein Paar robuste Stiefel in der einen Hand hielt, nahm ich an, dass sie die Schuhe meinte.

»Sie lagen mitten im Flur«, sagte sie und fuchtelte mit den Stiefeln in der Luft herum. »Ihr wisst haargenau, dass ich sie für verdammt viel Geld in London gekauft habe und verdammt gut auf sie achtgebe.«

»Jetzt komm mal runter, Rebecka«, sagte Pelle ruhig. »Warum sollten wir absichtlich deine Stiefel durch die Gegend werfen? Wahrscheinlich ist nur einer von uns aus Versehen mit dem Fuß dagegen gestoßen. Deshalb muss man sich doch nicht so aufregen.«

Rebecka antwortete nicht.

»Fass dich lieber mal an die eigene Nase«, sagte Richard. Er lehnte sich auf dem Sofa zurück und lächelte überlegen. »Hättest du deine Schuhe ordentlich ins Schuhregal gestellt wie wir anderen, anstatt sie daneben in die Ecke zu pfeffern, hättest du sie später nicht im Flur gefunden.«

Rebecka hatte dafür nur ein verächtliches Schnauben übrig. Dann drehte sie sich um und stapfte wieder aus dem Aufenthaltsraum.

»Aber Rebecka, willst du nicht unsere neue Mitbewohnerin

begrüßen?«, rief Pelle ihr nach. Entweder hörte sie ihn nicht, oder sie hatte keine Lust, mich zu begrüßen. Eine Sekunde darauf krachte ihre Tür ins Schloss.

Es wurde still im Aufenthaltsraum. Schließlich wandte Pelle sich zu mir um und lächelte verlegen.

»Du musst entschuldigen, Rebecka ist eigentlich ganz okay. Sie hat nur ... ein wenig Temperament.«

Richard schnaubte und stand auf, um sein Geschirr in die Küche zu bringen.

»Ich habe jedenfalls keine Schuhe durch die Gegend geworfen«, sagte Torbjörn und starrte zur Tür, als würde Rebecka noch dort stehen. »Und bin auch nicht gegen welche gestoßen. Warum sollte ich?«

Es waren die ersten Sätze, die ich Torbjörn hatte sagen hören. Seine Stimme war merkwürdig hoch für einen erwachsenen Mann, als wäre er nie richtig in den Stimmbruch gekommen.

»Ach, du weißt ... Rebecka«, sagte Pelle, ohne zu erklären, was er damit meinte. Weder er noch Torbjörn schienen mehr über die Sache sagen zu wollen, und kurz darauf schalteten wir den Fernseher aus, wünschten einander gute Nacht und gingen in unsere Zimmer.

Es dauerte lange an diesem Abend, bis ich einschlafen konnte, und das lag nicht nur daran, dass ich es nicht mehr gewohnt war, in einem richtigen Bett zu liegen anstatt auf einem Klappsofa. Oder am Licht von der Straßenlaterne, das durch die Ritzen im Vorhang hereinfiel. Rebeckas Wutanfall und Richards Boshaftigkeiten schwirrten mir noch im Kopf herum. Auch wenn niemand auf mich wütend gewesen war, bekam ich von der schlechten Laune anderer immer Magenschmerzen. Ich war an so etwas nicht gewöhnt. Dort, woher ich kam, wurde nie gestritten, es wurde sich nie angeschrien und niemals dreimal in ein- und demselben Satz geflucht. In meiner Familie war man sich immer einig gewesen, zumindest an der Oberfläche.

Aber Pelle war ja nett und Torbjörn auch, zumindest auf seine Art. Camilla war zwar eine blöde Kuh und Richard ein nerviger Streber, aber im Großen und Ganzen waren die vier nicht übel.

Und dann war da noch Rebecka. Bei ihr wusste ich nicht recht, wie ich sie einschätzen sollte. Trotz ihrer miesen Laune und der Tatsache, dass sie mich wie Luft behandelt hatte, faszinierte mich etwas an ihr. Vielleicht, weil ich mir wünschte, eines Tages selbst in ein Zimmer rauschen zu können und dort Leute wegen eines Paars herumliegender Stiefel zu beschimpfen.

Als ich an diesem Abend doch noch einschlief, hatte ich das Bild von Rebeckas wütenden grünen Augen vor mir. Und den Gedanken, dass ganz bestimmt keine schwarzen Stiefel im Flur herumgelegen hatten, als ich aus meinem Zimmer gekommen war, und das war nur kurz vor Rebeckas Auftritt im Aufenthaltsraum gewesen.

5

Den Großteil des Campus von Linköpings Universität nahm eine breite, mit Zementplatten belegte Durchfahrt für Fahrräder und Fußgänger ein, genannt der Korso, die zu beiden Seiten von nichtssagenden Gebäuden gesäumt wurde, deren Fassaden entweder aus dunkelrotem Wellblech oder fleckigem Rohbeton bestanden. Im Zentrum des Korsos lag das Verbindungshaus der Uni, das aussah wie ein Boot.

Das zumindest war die Vision des Architekten gewesen, als er das Gebäude entworfen hatte. In Wirklichkeit war es ein vage schiffförmiges Haus mit einigen wenigen Bullaugen, einer unbenutzten Kommandobrücke ganz oben und einem Wallgraben rund herum. Oder besser gesagt einem tiefen, mit Gras überwucherten Graben, über den die Hausmeister vermutlich jedes Mal ausführlich fluchten, wenn sie im Sommer den Rasen mähen mussten. Aus der Vision des Architekten resultierte auch ein symbolischer Anker, der aus einem starken Tau bestand, das sich von einem Metallring mitten an der Fassade über den Wallgraben bis zu dem asphaltierten Platz vor dem Eingang erstreckte – und über den mehr als nur ein nicht mehr ganz nüchterner Student im Laufe der Jahre gestolpert war. Aber das Merkwürdigste von allem war eine große metallische Erhöhung im Fußboden des Erdgeschosses, welche die Bootsschraube darstellen sollte. Und über die noch mehr nicht ganz nüchterne Studenten gestolpert waren.

Um kurz nach zehn am Tag nach meinem Umzug saß ich mit Johanna in der Cafeteria des Verbindungshauses, wo wir uns nach dem Seminar in volkswirtschaftlicher Mikrotheorie mit Kaffee und Schokoladenkugeln stärkten. Das hatte ich bitter nötig. Unser Professor in VWL stand kurz vor der Pension und liebte es, einen Studenten nach dem anderen an die schwarze Tafel zu rufen und diese dort unter Zeitdruck Nachfragekurven aufzeichnen zu lassen. Heute war ich an der Reihe gewesen und hatte es vollkommen verbockt. Ich errötete noch immer, wenn ich an den herablassenden Ton des Professors dachte: »Aber du kriegst es doch wenigstens hin, die y- und x-Achse zu zeichnen?« Während ich mit einer totalen Denkblockade an der Tafel stand.

VWL war wirklich nicht mein Ding. Die einführenden Kurse im Herbst waren halbwegs gut gelaufen, und ich hatte bislang alle Prüfungen bestanden, wenn auch nur knapp. Aber jetzt, wo nur noch eine Woche bis zur Prüfung in Mikroökonomie blieb, erschien mir die Lage hoffnungslos. Die Angst vor dem Versagen machte mich fertig, und ich hatte angefangen zu bezweifeln, ob das Wirtschaftsstudium wirklich etwas für mich war. Nicht, dass ich jemals davon überzeugt gewesen wäre. Die Wahl war in erster Linie der Tatsache geschuldet, dass ich ohne groß zu überlegen am Gymnasium Wirtschaft als Leistungskurs belegt hatte. Und weshalb ich damals am Gymnasium Wirtschaft gewählt hatte, wusste ich nicht mehr. Ich war nur sicher gewesen, dass ich in Uppsala studieren wollte, umgeben von einer ahnenreichen Geschichte und mächtigen Ziegelgebäuden mit efeuberankten Mauern. Aber meine Noten waren zu schlecht gewesen, man hatte mich nicht genommen.

Am Tisch saßen auch Pernilla und Ulrika, die in unserem Jahrgang waren und zu der Clique von Wirtschaftsmädels gehörten, die zusammen lernten und feierten. Es waren auch zwei von denen, die ich vermutlich als meine Freundinnen bezeichnen würde, wenn mich jemand fragte. Falls jemand sie danach fragte, war ich nicht sicher, ob sie mich nennen würden.

»Na, wie fühlt es sich an, in einem Wohnheim zu wohnen, Malin?«, fragte Pernilla.

»Ganz gut«, sagte ich. »Glaube ich jedenfalls. Ich wohne ja erst seit einem Tag da.«

»Hoffentlich hast du nettere Mitbewohner als ich«, sagte Ulrika und legte ihr halb gegessenes Thunfischsandwich auf den Tisch. »Heute war der ganze Küchenboden mit Bier überflutet. Ich habe kaum mein Frühstück runtergekriegt, so grauenhaft hat es gestunken. Ich kann nicht fassen, wie manche Leute so wenig Rücksicht nehmen können. Aber deine sind in Ordnung, oder?«

»Ja, sie scheinen nett zu sein.« Ich hatte keine Lust, die Sache näher zu erläutern.

»Und sie hat eine Badewanne«, ergänzte Johanna.

»Ooh«, sagten Pernilla und Ulrika im Chor. Offenbar fand nicht nur Johanna, dass der Besitz einer Badewanne imponierend war.

»Ja, aber es wäre angenehmer, wenn ich heute früh nicht als Erstes den Abfluss hätte reinigen müssen«, sagte ich.

Denn so war es. Nach dem Frühstück hatte ich beschlossen, die Dusche in meinem Bad einzuweihen und mir vor dem Seminar die Haare zu waschen. Zu Hause bei meinen Eltern hatte es nur eine Duschkabine gegeben, und es war ungewohnt, zum Duschen in eine Badewanne klettern zu müssen. Ich bekam nicht einmal den Duschkopf an. Als ich den Wasserhahn aufdrehte, schoss ein eiskalter Strahl auf meine Füße. Bis ich endlich austüftelte, was ich tun musste, hatte ich schon das Bild vor Augen, wie ich verzweifelt in der Wanne kniend versuchte, mir das Shampoo aus den Haaren zu waschen, den Schädel unter den Wasserhahn gedrückt. Schließlich fand ich aber den Hebel und wurde mit einem eiskalten Wasserstrahl in den Nacken belohnt.

Als ich fertig geduscht hatte und wieder aus der Wanne steigen wollte, merkte ich, dass ich knöcheltief in schäumendem Wasser stand. So sehr ich auch mit den Füßen trat, es wollte nicht abfließen. Schließlich wusste ich mir keinen anderen Rat, als mich hinzukauern und die Finger in das Loch des Badewannenabflusses zu stecken. Als ich sie wieder herauszog, klebte ein großes Büschel schwarzer, langer Haare an meiner Hand.

»Was? Warum hast du so viele Haare verloren? Bist du krank?«, fragte Pernilla, nachdem ich das alles erzählt hatte.

»Es waren nicht ihre Haare, Mann«, sagte Ulrika. »Bäh, wie eklig. Was hast du dann gemacht?«

Ich zuckte die Achseln.

»Ich bin aus der Wanne gestiegen und hab das Haarbüschel im Klo runtergespült.«

»Hast du nicht beim Service-Büro angerufen, um dich zu beklagen? Das hätte ich auf jeden Fall getan«, sagte Ulrika und riss die Augen mit einem Gesichtsausdruck auf, bei dem ich mich immer dumm fühlte, ohne genau zu wissen, weshalb.

»Und dann soll ich drei Wochen lang warten, bis ein Hausmeister vorbeikommt, nur um festzustellen, dass das Haarbüschel weg ist? Jetzt ist deine Bazillenangst aber mit dir durchgegangen, Ulrika«, sagte Johanna und lachte.

»Aber ein verstopfter Abfluss kann total schlimm enden. Stell dir vor, wenn es einen Wasserrohrbruch gibt oder so. Außerdem ist die Reinigung des Abflusses ja wohl Teil der Endreinigung«, sagte Ulrika.

Johanna antwortete nicht, und als ich ihrem Blick folgte, wusste ich auch, warum. Eine Gruppe laut schwatzender Kerle hatte die Cafeteria betreten, darunter ein gewisser Daniel Lagerlöw, um dessen Aufmerksamkeit Johanna mit aller Kraft buhlte.

Daniel Lagerlöw war ein Jahr über uns. In meinen Augen war er ein äußerst unerträgliches Oberklassenbürschchen mit langem, schrägem Pony und einem charmanten Lächeln, mit dem er wahllos um sich warf. Er war Mitglied des Partykomitees, in dem die Wirtschaftsstudenten saßen, die sich für die Veranstaltung sämtlicher Partys des Jahres verantwortlich zeichneten. Aus irgendeinem Grund wurden die Leute des Partykomitees auch als cooler als alle anderen Studenten angesehen. Nicht von mir, aber von vielen anderen. Zum Beispiel von Johanna, die scharf darauf war, im nächsten Jahr ins Komitee gewählt zu werden. Aber vor allem war sie scharf auf Daniel Lagerlöw, mit dem sie seit den Einführungswochen eine Art Flirt hatte. Ich hatte versucht, ihr abzuraten, zu viel Energie für jemanden wie ihn zu verschwenden, aber sie lachte nur über meine unbeholfenen Versuche, eine Beziehungsratgeberin abzugeben.

Ich wollte nur nicht, dass jemand sie verletzte. Wie ich war Johanna in einem kleinen Industriekaff ohne jeden Hauch von Kleinstadtcharme aufgewachsen, wo die Väter in der Fabrik arbeiteten und die Mütter im Krankenhaus. Wo für den einzigen Zeitvertreib an den Samstagen der Stadtpark und die Premier League im Fernsehen sorgten. Wo man keine »Drinks«, sondern »Grogg« trank. Wo »hyperintelligent« ein Schimpfwort war und »ehrgeizig« kaum als ein positiver Charakterzug gesehen wurde. Johannas Kaff lag in Småland, meines in Dalarna, aber das Gebot zur Gleichheit aller, das uns durch unsere gesamte Kindheit verfolgt hatte, hing uns beiden gleich schwer an den Knöcheln.

Oder vielleicht doch nicht ganz. Im Gegensatz zu Johannas Vater und Mutter waren meine Eltern Akademiker. Sie hatten sich in Uppsala kennengelernt und waren dahin gezogen, wo es Arbeit für zwei frisch examinierte Lehrer gab, was zufällig in einem Industrieloch im südlichen Dalarna der Fall war. In meiner Familie wurde es als selbstverständlich angesehen, dass man nach dem Gymnasium noch studierte, auch wenn meine Eltern mich niemals dazu gezwungen hätten. Seit meiner Geburt lief alles darauf hinaus, dass ich eines Tages mein Kaff verlassen würde. Johanna musste sich mit Zähnen und Klauen daraus befreien.

In vielerlei Hinsicht war ich neidisch auf Johanna. Sie war fröhlicher und unbeschwerter, es fiel ihr leichter, neue Menschen kennenzulernen, und sie zerbrach sich nicht so sehr den Kopf über unnötige Dinge wie ich. Sie kannte schon die halbe Welt an der Uni und grüßte vergnügt Leute, von denen ich keine Ahnung hatte, wer sie waren. Aber sie trug auch einen Hunger in sich, eine Lust auf Revanche, die ich nicht richtig verstehen konnte. Zu jedem Preis wollte sie werden wie jene selbstsicheren Stockholmer mit teuren Klamotten und eigenen Autos, die Linköping lediglich als Zwischenstation auf dem Weg zu einer erfolgreichen, internationalen Karriere betrachteten. Menschen wie Daniel Lagerlöw. Ich registrierte ihre Bemühungen und hoffte, dass sie das bekam, wonach sie sich sehnte. Aber ich fand, dass sie sich sehr billig verkaufte, ja, das fand ich.

Nach einer Weile verließen Daniel Lagerlöw und der Rest der Jungenbande die Cafeteria, und Johanna richtete ihre Aufmerksamkeit wieder auf uns.

»Also, wer kommt am Donnerstag mit ins Herrgår'n? Wir können bei mir vorfeiern.«

Ulrika und Pernilla nickten sofort begeistert.

»Ich kann wahrscheinlich nicht mitkommen, leider«, sagte ich. »In unserem Stockwerk machen wir am Donnerstag ein gemeinsames Abendessen.«

Ich hatte am Morgen auf der Schmiertafel in der Küche gelesen, dass an jedem dritten Donnerstag im Monat ein gemeinsames Abendessen im Stockwerk stattfand, und das war in dieser Woche. Ob das wirklich der Fall sein würde, und ob ich überhaupt eingeladen war, wusste ich nicht, keiner von den anderen hatte etwas in dieser Richtung erwähnt. Aber ich wollte mir den Abend sicherheitshalber offen halten.

»Oh, das ging ja schnell mit der Integration in die Gemeinschaft«, sagte Johanna, und ich bildete mir ein, dass ihre Stimme einen leicht säuerlichen Unterton hatte.

»Aber ich kann bestimmt später dazukommen. Wir werden ja wohl nicht die ganze Nacht brauchen«, meinte ich.

Johanna brummte zustimmend, und damit war das Thema erledigt.

6

Ich saß am Esstisch im Aufenthaltsraum und aß industriell hergestellten Milchreis. Mein Kopf schmerzte, und ich schluckte mechanisch, ohne darauf zu achten, wie es schmeckte. Nachdem ich von der Uni nach Hause gekommen war, hatte ich den ganzen Nachmittag lang in meinem Zimmer erfolglos versucht, invertierte Nachfragekurven und Pareto-Optima zu durchschauen. Die Lage vor der Prüfung erschien hoffnungsloser denn je.

Ich hatte gerade die halbe Milchreisportion verspeist, als ich hörte, wie im Flur die Eingangstür aufging und sich Schritte näherten. Eine Gestalt tauchte in der Türöffnung auf. Es war Rebecka. Einen Moment lang starrten wir einander an, ich wie festgefroren mit dem Löffel in der Luft, sie reglos an der Tür, wie in einem Film, bei dem jemand auf Pause gedrückt hatte. Dann lief der Film aber weiter, und Rebecka stakste an mir vorbei in die Küche. Ich hörte, wie der Kühlschrank geöffnet und geschlossen wurde, wie kurz darauf Flüssigkeit in ein Glas gegossen wurde. Sie kam mit einem Glas Saft wieder heraus, setzte sich aufs Sofa, legte die Füße auf den flachen Tisch und schaltete MTV ein.

Eine Weile hockten wir so da. Rebecka vor der Boygroup Take That, die auf der Mattscheibe tanzten, und ich vor meinem Milchreis. Aber irgendwann seufzte Rebecka und schaltete den Fernseher mit der Fernbedienung aus.

»Ich heiße Rebecka«, sagte sie, ohne mich anzusehen.

»Ich weiß«, antwortete ich. »Das steht an deiner Tür.«

Es wurde wieder still. Rebecka stierte auf den schwarzen Bildschirm, und ich aß meinen Milchreis auf. Und wartete. Als eine Minute vergangen war und Rebecka noch immer keinen Ansatz gemacht hatte, eine Konversation anzustoßen, erhob ich mich und ging in die Küche.

Ich stand mit meinem Teller in der Hand vor der Spüle, als ich aus dem Augenwinkel sah, wie Rebecka hinter mir auftauchte und stehen blieb. Stur blickte ich auf meinen Schwamm und bearbeitete einen Rand aus eingetrocknetem Zimt.

»Es tut mir leid«, hörte ich ihre Stimme. Ich drehte mich um und lehnte mich gegen die Anrichte. Ich sah ihr in die Augen, bis sie den Blick abwandte und zum Kühlschrank ging, um sich mehr Saft zu holen.

»Wegen gestern, meine ich. Ich hätte hallo sagen sollen«, erklärte sie und schaute in ihr Saftglas.

Keine sehr herzerwärmende Entschuldigung, aber es musste reichen.

»Ist schon okay. Wir sagen ja jetzt hallo«, erwiderte ich. Rebecka sah auf und lächelte kurz, bevor sie den Blick wieder auf ihr Saftglas senkte.

»Dumme Sache, das mit deinen Schuhen. Auch wenn es nur ein Versehen war«, meinte ich artig.

Rebecka schnaubte.

»Ein Versehen? Ganz bestimmt nicht. Ich weiß genau, wer dahintersteckt.«

»Ah ja, wer denn?«

»Richard natürlich. Er ist so was von pedantisch. Wenn kein anderer für Unordnung sorgt, dann erledigt er das selber, nur damit er was hat, worüber er sich beklagen kann.«

Oder aber du hast es selbst nur erfunden – damit du etwas hast, worüber du dich beklagen kannst, dachte ich. Aber ich sprach es nicht laut aus. Ich hatte nicht vor, mich in die Schuhkonflikte unter den Bewohnern einzumischen. Stattdessen räumte ich meinen Teller weg und machte mich daran, wieder in mein Zimmer zu gehen, um mich wieder der Mikrotheorie zu widmen. Meine Pause war bereits viel zu lang. Aber Rebecka versperrte mir den Weg. Sie musterte mich auf eine Art, die ich nicht verstand, und ich sah verlegen beiseite.

»Gibt es nichts, worüber du dir Fragen stellst? Über das Wohnheim und alles?«

Ihre plötzliche Fürsorge überraschte mich, aber ich verdrängte meine Skepsis und wertete die Frage als Friedensangebot.

»Nein, so weit klappt alles sehr gut«, sagte ich. »Abgesehen von der Sache mit der Badewanne.«

Ich sah, wie Rebecka zusammenzuckte und wie sie ihr Saftglas fester umklammerte.

»Die Badewanne? Was hast du darüber gehört?«, fragte sie mit angespannter Stimme.

»Sind die Probleme mit dem Abfluss so bekannt, dass die Leute sogar in der Stadt darüber reden?«, sagte ich und lachte. Dann sah ich Rebeckas verwirrten Gesichtsausdruck und hörte auf zu lachen.

»Probleme mit dem Abfluss?«, wiederholte sie.

»Ja, heute Morgen lief das Wasser nicht ab, als ich geduscht habe. Was dachtest du denn, wovon ich rede?«

»Ach, vergiss es. Das ist nichts«, sagte Rebecka und wirkte erleichtert. »Sonst nichts?«

»Doch, eine Sache. Ich habe hier an der Tafel gesehen, dass ihr manchmal zusammen kocht. Stimmt das?«

»Ja, genau«, sagte sie und blickte auf die Tafel. »Das ist ja an diesem Donnerstag. Dann können wir ein Willkommensessen für dich machen, das passt ja gut.«

Rebecka lächelte mich breit an, und ich lächelte zurück. Willkommensessen. Ich konnte mich nicht erinnern, dass jemand schon einmal wegen mir ein Willkommensessen veranstaltet hätte.

»Wir teilen uns immer die Aufgaben, jeder übernimmt eine Sache für die Feier. Ich zum Beispiel kümmere mich um die Nachspeise. Und du könntest ...«

Nicht das, dachte ich, während Rebecka überlegte. Bitte, alles, was du willst, aber nicht das. Aber natürlich wählte sie genau das.

»... zum Systemet gehen. Wir haben noch ein paar Flaschen Rotwein vom letzten Mal, glaube ich. Aber zwei, drei Flaschen mehr würden nicht schaden, und ein paar Bier wären auch gut.«

Ich holte tief Luft und sagte das auf, was ich so oft erklären musste:

»Tut mir leid, aber das geht nicht. Ich werde erst nächstes Jahr zwanzig.«

Vielleicht hob Rebecka erstaunt die Augenbrauen, vielleicht auch nicht. Aber sie kommentierte das nicht, sondern zuckte nur mit den Schultern und meinte:

»Okay, dann tauschen wir. Ich übernehme den Alkohol, und du besorgst die Nachspeise. Geht das klar?«

Ich nickte und versuchte, nicht auf die Stimme in meinem Kopf zu achten, die behauptete, dass Rebecka dachte, ich sei ein Weichei.

7

Ich schlief schlecht in dieser Nacht.

Nach der Unterhaltung mit Rebecka ging ich zurück in mein Zimmer und saß bis kurz vor Mitternacht pflichtbewusst auf dem Stuhl am Schreibtisch. Nutzen gleich null. Die volkswirtschaftlichen Theorien flatterten vor meinen Augen wirr auf den Buchseiten umher, und wenn die Zahlen, die ich berechnete, ausnahmsweise mal mit dem Kontrollergebnis übereinstimmten, wusste ich nicht, warum es in dem Fall stimmte und in all den anderen nicht. Am Ende hockte ich nur noch da und starrte ins Leere. Als ich keine Lust mehr hatte so zu tun, als würde ich lernen, gab ich auf, putzte mir die Zähne und legte mich ins Bett.

Es fühlte sich an, als wäre ich kaum eingeschlafen, da wachte ich schon wieder auf. Mein Herz pochte wild, und meine Decke lag zusammengeknüllt zu meinen Füßen. Einige schwindelerregende Augenblicke lang wusste ich nicht, wo ich mich befand, und ich suchte verzweifelt nach dem Leinwanddruck in dem Übergangszimmer in Lambohov. Dann wurde ich von den Lichtstreifen, die von den Straßenlaternen durch die Ritzen des Vorhangs an die Wand geworfen wurden, daran erinnert, wo ich war, und ich zog bibbernd die Decke bis ans Kinn.

Ich blickte auf die Uhr meines Radioweckers auf dem

Nachttisch. 02:16. In genau sechs Stunden sollte ich hellwach und munter im Seminarraum in der Uni sitzen. Ich wickelte die Decke eng um mich, schloss die Augen und versuchte, wieder einzuschlafen. Ein unbehagliches Gefühl wie nach einem unheimlichen Traum steckte mir in den Gliedern. Wovon der Traum gehandelt hatte, wusste ich nicht mehr, ich war nicht einmal sicher, ob er überhaupt eine Handlung gehabt hatte. In mir herrschte nur eine unklare Erinnerung an eine starke Kraft, die an meinem Körper gezerrt hatte, immer tiefer hinab auf eine große Dunkelheit zu, und an das Gefühl, keine Luft mehr zu bekommen. Ich versuchte, mich zu entspannen und langsam zu atmen, um die Unruhe in mir loszuwerden, aber so sehr ich mich auch anstrengte, an Einschlafen war nicht zu denken.

Es war nicht das erste Mal, dass ich dieses Gefühl verspürte. Als Kind litt ich in gewissen Perioden unter sogenannter Nachtangst, einer Art nächtlicher Anfall, der vorwiegend Klein- und Schulkinder betrifft. Während des Anfalls ist das Kind scheinbar wach, aber nicht ansprechbar – und völlig verängstigt. Nachtangst verschwindet meistens beim Älterwerden und ist vollkommen ungefährlich, aber natürlich ist es sehr unangenehm für die Umgebung. Selbst erinnerte ich mich nie an etwas von einem Anfall, außer manchmal an ein vages, länger anhaltendes Unwohlsein. Wie jetzt. Was ich jedoch noch sehr genau von den Anfällen wusste, war, dass meine Mutter danach stets auf meiner Bettkante saß und Lieder summte, bis ich wieder eingeschlafen war. In diesem Augenblick wünschte ich mir, wieder sechs Jahre alt zu sein und eine Mama zu haben, die auf der Bettkante sitzen und singen konnte. Dass ich nicht jemand war, der gezwungen war, so zu tun, als wäre er erwachsen; der eine akademische Ausbildung erstreben und alle Entscheidungen allein treffen musste. Und der am nächsten Tag eine Prüfung in mikroökonomischer Theorie schreiben musste.

Als die Uhr 02:34 zeigte und ich noch immer nicht wieder eingeschlafen war, gab ich auf und stieg aus dem Bett. Kamillentee, entschied ich. In die Küche zu gehen und mir eine große Tasse Kamillentee mit Milch zuzubereiten war der einzige Trick, der mir einfiel. Ich musste nur erst noch pinkeln.

Ich machte mir nicht die Mühe, die Badezimmerbeleuchtung einzuschalten, sondern pinkelte, spülte und wusch mir die Hände im Dunkeln mit den automatischen Bewegungen einer Person, die dieselbe Sache schon mehrere Tausend Male zuvor gemacht hatte.

Ich wollte gerade das Bad verlassen, als mich etwas stutzen ließ. Ohne dass ich hätte erklären können, warum, wurde ich von purem Unbehagen erfasst, und mich überlief ein Schauer. Mein müdes Gehirn brauchte ein paar Sekunden, um die Quelle des Unbehagens zu orten: Es war der Boden unter meinen Füßen. Er war eiskalt, das spürte ich jetzt. Nass und eiskalt.

Ich kauerte mich hin und tastete den Boden ab. Wasser. Es befand sich definitiv Wasser auf dem Boden, noch dazu sehr viel. Bei dem Kontakt meiner Fingerspitzen mit dem eiskalten Wasser erschauerte ich, und das ganze Bad erschien mir auf einmal viel kühler. Die Erinnerung an den Albtraum, der mich geweckt hatte, fegte über mich hinweg, und ganz ohne Grund fühlte ich mich auf einmal unsäglich traurig, als strahlte die Pfütze auf dem Boden viel mehr aus als nur die Kälte des Wassers.

Ich schüttelte den Kopf, um das Gefühl zu vertreiben. Blödsinn. Das war doch nur eine Wasserpfütze. Eine Wasserpfütze, die sich nicht hier befinden durfte, klar, aber trotzdem. Morgen würde ich tatsächlich das tun, was Ulrika gesagt hatte, nämlich das Service-Büro anrufen, damit jemand kam und sich den Abfluss anguckte. Ich ging hinaus in den Eingangsbereich meines Zimmers und holte einen Lappen.

Ich hatte den Lappen aus den Putzsachen in dem Schrank geholt und gerade wieder einen Schritt in Richtung Bad gemacht, als ich eine plötzliche Bewegung wahrnahm, aufschrie und den Lappen fallen ließ. Gleich hinter der Badezimmertür war der Spiegel zu sehen, er glitzerte schwach in dem matten Schein der Straßenlaterne vor dem Fenster. Und genau als ich mich umdrehte, hatte ich gesehen, wie sich drinnen im Spiegel etwas bewegte. Oder besser gesagt jemand.

Es hatte nur einen Augenblick gedauert, und durch die Dunkelheit im Raum war das Bild verschwommen, aber ich war dennoch sicher, etwas gesehen zu haben. Eine schemenhafte Gestalt in Weiß, die hastig von einer Seite des Spiegels zur anderen gehuscht war, gebückt und mit abgewandtem Gesicht.

Mir war natürlich klar, dass es keine rätselhafte Gestalt in meinem Badezimmerspiegel gab. Ich hatte nur mein Spiegelbild gesehen, meinen weißen Pyjama, der sich im Glas spiegelte, als ich mich umgedreht hatte. Völlig klar war mir das, aber trotzdem wollte mein Herz nicht aufhören, wie wild zu pochen. Mein Magen zog sich vor Angst zusammen. Genau dasselbe hatten ich und meine Schulkameradinnen verspürt, als wir uns in der Mittelstufe manchmal in der Schultoilette einschlossen, um Bloody Mary zu spielen. Wir standen da im Dunkeln und starrten in den Spiegel, und obwohl wir alle wussten, dass es nur gespielt war, hatte es immer damit geendet, dass wir hysterisch schreiend aus der Toilette rannten, überzeugt, etwas auf der schwarzen Spiegeloberfläche gesehen zu haben, das sich bewegte.

Und obwohl ich nicht mehr in der Mittelstufe war, wünschte ich mir jetzt nur, aus meinem Zimmer zu rennen, hinaus in den Flur, so weit weg von dem Spiegel wie nur möglich. Ich machte ein paar rasche Schritte durch mein Zimmer, drückte die Türklinke nach unten und hastete in den Flur.

Und landete geradewegs in den Armen einer weiß gekleideten Gestalt.

»Hör auf zu schreien, Mensch. Du weckst ja das ganze Haus auf«, sagte Pelle und hielt mich mit beiden Händen auf Abstand.

Geniert legte ich mir die Hand auf den Mund, als wollte ich im Nachhinein den Schrei stoppen, der mir soeben entfahren war. Als mir klar wurde, dass es kein Badezimmergeist war, in den ich gerannt war, sondern Pelle in seiner Kochmontur und mit verwuschelten Haaren, war ich so froh und erleichtert, dass ich unwillkürlich zu kichern begann, woraufhin Pelle mich erneut anzischte. Ein paar Meter von uns entfernt ging eine Tür auf, und ein verschlafener Richard blickte heraus. Er runzelte verärgert die Stirn, als er uns sah.

»Könntet ihr euren Ton ein bisschen dämpfen? Hier leben Leute, die etwas Besseres zu tun haben, als nachts herumzulaufen und Lärm zu machen. Schlafen zum Beispiel.« Dann schloss er die Tür mit einem Knall. Pelle schaute mich an.

»Kannst du nicht schlafen?«, fragte er.

Ich schüttelte den Kopf.

»Willst du eine Tasse Tee?«

Ich nickte.

»Okay. Geh schon mal zu mir rein, ich mache den Tee«, sagte Pelle über die Schulter, bereits auf dem Weg in die Küche.

»Aber ...«, setzte ich an. Ich war davon ausgegangen, dass wir den Tee im Aufenthaltsraum trinken würden. Zu Pelle ins Zimmer zu gehen fühlte sich ziemlich intim an für einen zweiten Abend im Wohnheim. Aber ich schluckte mein »... wir kennen uns doch gar nicht« hinunter. Es fühlte sich wie ein dummer Kommentar an, als würde ich glauben, Pelle hätte vor, mich in sein Zimmer zu locken, um mich zu verführen. Als wäre das extrem wahrscheinlich.

»... es ist so spät«, sagte ich stattdessen.

»Kein Problem, ich muss nach der Arbeit sowieso immer ein bisschen runterkommen, bevor ich schlafen kann«, sagte Pelle.

Er verschwand in der Küche, und nach kurzem Zögern überquerte ich den Flur und trat in sein Studentenzimmer.

Man merkte gleich, dass er schon lange dort wohnte. Die Grundeinrichtung aus Fichtenmöbeln war größtenteils gegen eigene Möbel ausgetauscht worden, und Pelles Persönlichkeit kam in jedem noch so kleinen Gegenstand zum Ausdruck.

Das Bücherregal ächzte unter einer gigantischen CD-Sammlung, und an der Wand lehnte eine akustische Gitarre. An den Wänden hingen Konzertplakate und weitere Gitarren, und auf dem Schreibtisch stand der größte Computerbildschirm, den ich je gesehen hatte. Ich war noch nie bei jemandem gewesen, der einen eigenen Computer besaß, aber wenn man sich entschieden hatte, Informatik zu studieren, interessierte man sich natürlich für Computer.

Sowohl der Schreibtischstuhl als auch der Sessel waren völlig überladen mit Klamotten, und die einzigen freien Sitzplätze waren das ungemachte Bett und der Fußboden. Ich wählte den Boden, setzte mich und lehnte mich erschöpft gegen die Seite des Betts. Jetzt spürte ich erst, wie müde ich eigentlich war.

Pelle kam mit zwei großen, dampfenden Keramiktassen herein. Er stellte sie vorsichtig neben mir auf den Boden. Dann ging er zum Bücherregal und überlegte lange, bis er schließlich eine CD in die Stereoanlage legte.

»The Mission, das dürfte angemessen düster sein für diese Tageszeit, oder? Aber wir müssen leise sein, damit unser lieber Richard nicht wieder ausflippt.«

Ich hatte noch nie von The Mission gehört, aber als die Musik einsetzte, musste ich ihm zustimmen. Das klang in der Tat angemessen düster für diese Tageszeit.

Pelle setzte sich neben mich und nahm seine Teetasse. Wir nippten eine Weile stumm an unserem Getränk. Dann warf er mir einen kurzen Seitenblick zu und sagte:

»Na, jetzt erzähl mal Onkel Pelle, was los ist.«

Ich zuckte die Achseln.

»Ich hatte einen Albtraum, das ist alles. Und dann konnte ich nicht mehr einschlafen. Es tut mir leid, dass ich so geschrien habe, ich war nur total überrascht.« Ich erzählte ihm nichts von der Gestalt, die ich im Badezimmerspiegel gesehen zu haben glaubte. Meine Angst, die vor Kurzem noch so stark gewesen war, hatte sich bereits verflüchtigt, und das Ganze erschien mir nur noch kindisch.

Pelle nahm noch einen Schluck von seinem Tee und musterte mich forschend.

»Einen Albtraum? Machst du dir nicht wegen etwas ganz Konkretem Sorgen?«

»Na ja, schon ein bisschen wegen meinem VWL-Kurs. Morgen schreibe ich die Prüfung, und ich kapiere ehrlich gesagt überhaupt nichts.«

Pelle lächelte und breitete die Arme aus.

»Ist das alles? Hol mal deine Sachen, dann wird Onkel Pelle das eine oder andere klären.«

»Aber du bist doch gar kein Ökonom.«

»Ich bin Informatiker. Wir können alles. Scherz beiseite, ich hatte VWL als Nebenfach, und das meiste ist ja eh nur Mathe.«

»Aber solltest du jetzt nicht schlafen?«

»Natürlich sollte ich das. Und du auch. Wir gehen nur ein paar Fallbeispiele durch, dann wirst du ruhiger im Kopf.«

Ich warf Pelle einen dankbaren Blick zu und lief in mein Zimmer, um das VWL-Buch und meine Notizen zu holen. Dann setzte ich mich wieder neben Pelle auf den Boden, und wir fingen an, Pareto-Optima und Angebotslogarithmen zu berechnen. Pelle war ein guter Lehrer, er war geduldig und fand Wege, alles so zu erklären, dass sogar ich es begriff. Bald fühlte sich alles viel besser an.

Ich linste ab und zu heimlich zu ihm hinüber, wenn er besonders in eine Rechnung vertieft war. Er war richtig süß, Pelle. Eigentlich nicht mein Typ, sofern ich einen hatte, aber süß. Und nett, wo er doch seinen Nachtschlaf für eine arme, bescheuerte Wirtschaftsstudentin opferte. Ich wurde mir plötzlich meines alten, zerschlissenen Pyjamas bewusst, meines ungeschminkten Gesichts und meiner ungeschnittenen Zehennägel. Ich wünschte mir, ich hätte wenigstens meinen Morgenmantel angezogen.

Nach einer Weile – wir steckten gerade in einer richtig komplizierten Gleichung – sah ich auf, um ihn etwas zu fragen, und bemerkte, dass Pelle nicht mehr in meine Richtung blickte. Stattdessen starrte er an mir vorbei in den Flur hinaus, geradewegs auf meine offene Tür. Sein Blick war abwesend, und er sah ernst aus.

»Was ist los?«, fragte ich. Pelle zuckte zusammen und lächelte. Ein wenig verlegen, wie ich fand.

»Nichts, nichts. Ich dachte nur …« Dann verstummte er, und ich hielt den Atem an und wartete auf eine Fortsetzung. Was wollte er sagen? Es konnte doch nicht sein, dass auch er … Nein, sei jetzt nicht albern, Malin. Wie gesagt, wir kannten uns ja kaum. Gerade mal seit etwa vierundzwanzig Stunden, um genau zu sein. Trotzdem spürte ich, wie mir die Hitze in die Wangen stieg, und ich hoffte, dass ich nicht rot anlief.

»Was dachtest du?«, fragte ich und versuchte, unbeschwert zu klingen. Pelle schien etwas sagen zu wollen, aber dann änderte er offenbar seine Meinung und zuckte mit den Schultern.

»Ach, nichts. Falls da was war, habe ich es vergessen. Aber ich finde, jetzt reicht es für heute Nacht. Das wird schon, mach dir keinen Kopf. Du bist eine sehr fleißige Schülerin«, sagte er lapidar und gab mir das VWL-Buch zurück. Ich erwiderte sein Lächeln und bedankte mich für die Hilfe, wobei ich versuchte, meine Enttäuschung nicht zu zeigen. Immerhin bekam ich eine dicke Umarmung, bevor ich wieder zu mir ging.

Bevor ich mich ins Bett legte, hob ich den Lappen auf, den ich hinter meiner Zimmertür fallen gelassen hatte, ging ins Bad und machte das Licht an. Aber das Wasser, das ich aufwischen wollte, war nicht mehr da. Der Boden war vollständig trocken.

8

Es war Donnerstagabend kurz nach sieben, und in der Küche im dritten Stock der Ryds Allé 23 herrschte Hochbetrieb. Rebecka stand am Herd und briet Rinderfilet, während Pelle neben ihr darauf achtete, dass sie alles richtig machte. Er war ja immerhin Koch. An der Anrichte schnitt Richard Kartoffeln in kleine Stücke, während Torbjörn, der fürs Tischdecken eingeteilt war, Teller und Besteck in den Aufenthaltsraum trug. Nur Camilla fehlte.

Die anderen bewegten sich trotz des Gedränges routiniert in der Küche, und es war offensichtlich, dass sie nicht zum ersten Mal zusammen kochten. An diesem Abend gab es keine Konflikte, Rebecka und Pelle plauderten und kicherten leise am Herd, und sogar Richard verhielt sich ruhig.

Ich stand mit meiner Nachspeise in einer Ecke und fühlte mich außen vor. Birnen mit After Eight war das einzige festliche Dessert, das ich zubereiten konnte. Ich wandte den anderen den Rücken zu, während ich die Schokoladentäfelchen auf die Birnenhälften legte. Die Tränen brannten in meinen Augenwinkeln.

Mensch, sei nicht so bescheuert, dachte ich. Keiner ist böse zu dir oder sagt, dass du nicht dabei sein darfst, oder? Nur du bildest dir wieder was ein. Und als könne er meine Gedanken lesen, kam Pelle genau in diesem Moment zu mir herüber, legte mir eine Hand auf den Rücken und sagte freundlich:

»Klappt alles, Malin? Das sieht gut aus.« Das war natürlich ein völlig sinnfreier Kommentar, Birnen mit Minzschokolade stellten kaum eine höhere Kochkunst dar, aber seine Worte taten dennoch gut.

Ein paar Minuten später – Pelle machte sich gerade daran, die Champignonsauce über die Filets zu gießen – hallten Schritte im Flur, und Camilla tauchte auf. Sie trug Trainingsklamotten, hatte die Haare zu einem Pferdeschwanz hochgebunden und war völlig verschwitzt.

»Was macht ihr?«, fragte sie.

»Unser WG-Essen natürlich. Dritter Donnerstag im Monat, das weißt du doch«, sagte Pelle. Er klang bemüht fröhlich.

Camilla warf mir einen raschen Blick zu und starrte dann Pelle an.

»Aber wir hatten doch ausgemacht, dass wir es diesmal ausfallen lassen?«

»Ja, aber wo jetzt Malin eingezogen ist und alles ... wir müssen doch eine Willkommensfeier veranstalten. Komm jetzt und hilf lieber mit«, sagte Pelle und breitete die Arme aus. Die anderen sagten nichts.

»Ja, ja, aber ich muss jetzt erst mal duschen«, erwiderte Camilla düster.

Pelle lächelte mir verlegen zu.

»Kannst du vielleicht Richard mit dem Salat helfen, Malin? Wenn du mit den Birnen fertig bist, meine ich.«

Ich ging zu Richard und fing an, Tomaten in Scheiben zu schneiden.

»Warum wolltet ihr das WG-Essen denn absagen?«, fragte ich. Ich sagte es leise, damit Pelle mich nicht hörte.

»Nur so. Alle haben so viel mit den Prüfungen zu tun«, murmelte Richard, ohne mich anzusehen, scheinbar ganz darauf konzentriert, die Gurke in exakt gleich große Scheiben zu schneiden. Und dann wurde nicht mehr darüber gesprochen. Alle werkelten weiter, als wäre Camilla nie in den Raum geplatzt. Rebecka stellte die Weinflaschen auf den Tisch, Pelle dekorierte die Filets mit Petersilie, und alle applaudierten Torbjörns gedecktem Tisch mit fächerförmig gefalteten Servietten auf den Tellern. Sogar Camilla schien ihre schlechte Laune fortgeduscht zu haben und ließ sich von der Feierstimmung anstecken. Das Ganze war die perfekte Illustration einer vollkommen harmonischen Wohnheim-Gemeinschaft.

Und zugleich doch nicht. Ich konnte nicht genau bestimmen, was es war, aber es lag etwas Sonderbares in der Luft. Das Gefühl, dass die Ungezwungenheit nur Fassade war; dass sich etwas ganz anderes unter der Oberfläche verbarg. Ohne zu begreifen, weshalb, erinnerte ich mich plötzlich an eine Szene aus einem Dokumentarfilm, den ich vor ein paar Jahren im Fernsehen gesehen hatte. Darin ging es um eine Familie, die versuchte, in einem vom Krieg heimgesuchten Land zu einem normalen Leben zurückzukehren. Welches Land es gewesen war, hatte ich vergessen. Mehrere Kinder waren in dem Krieg gestorben, und das Haus, in dem sie wohnten, war teilweise zerstört. Es war herzzerreißend, dabei zuzusehen, wie die Familie ihre alltäglichen Dinge im Haushalt ausführte, wie immer, aber ohne an und für sich zu verstehen, wieso; als hätte der Krieg ihrem Tun den Sinn geraubt.

Aber das ist sicher nur Einbildung, dachte ich. Wie üblich steuerte meine eigene Unsicherheit die Deutung der Anzeichen und schuf Probleme, wo es eigentlich keine gab. Wir würden einen richtig netten Abend verbringen, und ich würde mich bemühen, gut gelaunt und offen zu sein, über die Scherze der anderen angemessen zu lachen und nicht zu viel zu trinken. Jawoll.

Und es wurde ein netter Abend. Das Fleisch schmeckte lecker, der Wein auch, und je tiefer das Level in den Flaschen sank, desto höher stiegen die Lautstärke und die Stimmung. Nach einer Weile hatte ich das merkwürdige Gefühl in der Küche fast vergessen. Mit ein paar Gläsern Wein im Blut fühlte ich mich nicht mehr wie ein unsicherer Neuankömmling. Diese Menschen waren jetzt ein Teil meines Lebens, und das fühlte sich gut an. Zwar war Camilla noch immer unerträglich vorlaut und lamentierte über den hohen Fettgehalt der Champignonsauce, und natürlich schien Richards Oberlehrerart mit jedem Glas Wein, das er konsumierte, immer deutlicher zum Vorschein zu kommen, aber es war okay. An diesem Abend war sogar das okay.

Wir hatten die Hauptspeise fast vertilgt, und Pelle hatte einen Schwank aus seiner Kindheit in Skövde erzählt, als Richard sich zu mir umdrehte und sagte:

»Und was ist mit dir, Malin? Woher kommst du?«

Ich spürte, wie mich der Mut verließ. In meinem Innersten hatte ich gewusst, dass diese Frage früher oder später kommen würde, mich hätte es also eher wundern sollen, dass sie so lange auf sich hatte warten lassen. Aber ich hatte trotzdem gehofft, ihr nicht begegnen zu müssen. Einfach einmal

Malin Granström sein zu können, neunzehn Jahre alt – ohne Erklärungen und Fragen.

»Aus einem Kaff im südlichen Dalarna«, sagte ich und blickte Richard starr in die Augen, als könne ich ihn kraft meiner Gedanken daran hindern weiterzubohren.

»Aber woher kommst du?«, wiederholte Richard. Er war rot im Gesicht vom Wein, Schweiß perlte auf seiner Stirn. Ich fand, dass er aussah wie ein Schwein.

»Hab' ich doch gesagt. Aus einem kleinen Ort im Süden von Dalarna, von dem du vermutlich noch nie gehört hast.«

»Ja, aber woher kommst du ursprünglich?«

Aus dem südlichen Dalarna, habe ich doch gesagt, du verdammter Idiot, hätte ich am liebsten in dieses rote, verschwitzte Gesicht gebrüllt. Aber das tat ich natürlich nicht. Das tat ich nie. Stattdessen holte ich tief Luft und ratterte meine Standardantwort herunter:

»Ich wurde adoptiert und kam aus Südkorea nach Schweden, als ich drei Monate alt war.«

Wie viele Male hatte ich diesen Satz schon gesagt? Wie viele Male war ich gezwungen gewesen, in Worten zu bestätigen, dass ich nicht dazugehörte, obwohl ich innerlich genauso schwedisch war wie alle anderen? Unendlich viele Male. Meine ganze Kindheit war ich dazu verdammt gewesen aufzufallen, Aufmerksamkeit zu bekommen und anders zu sein. Obwohl ich nur in Ruhe gelassen werden wollte.

Eigentlich sollte ich mich nicht beklagen. Es gab eine Menge Leute, die viel schlimmere Mobbing-Geschichten hinter sich hatten als ich, die verprügelt, ausgestoßen und beschimpft worden waren. Ich hatte in der Schule Freunde gehabt, wenn auch nicht sonderlich viele. Sprüche à la »Wie heißt eine chinesische Jungfrau? Mu Schi Tsu!«, die manchmal über den Schulhof hallten, waren auszuhalten gewesen. Für mich war die Bürde schwer genug, ständig sichtbar zu sein; diejenige zu sein, an die sich der Lehrer wandte, wenn im Klassenraum über fremde Kulturen gesprochen wurde, als wüsste ich mehr darüber als meine Mitschüler. Obwohl ich vom Rest der Welt genauso wenig Ahnung hatte. Ich weiß noch, wie erleichtert ich war, als der Iraner Hamid in der fünften Klasse an die Schule kam und sich die Jungs um ihn scharten, um seinen voll entwickelten Schnurrbart zu bewundern. Plötzlich war Hamid der Fremde und nicht mehr ich, und ich kam der Anonymität, nach der ich strebte, einen Schritt näher.

»Oh, Südkorea, total spannend«, sagte Camilla. »Das muss ein faszinierendes Land sein.«

»Bestimmt ist es das«, meinte ich. »So genau weiß ich das nicht, weil ich noch nie dort gewesen bin.«

»Du warst noch nie in Korea? Ist das nicht ein bisschen komisch?«, sagte Richard. »Es ist ja schließlich dein Heimatland.«

»So wie die innere Mongolei deines«, murmelte ich. Falls Richard die Bemerkung gehört hatte, ließ er sich nichts anmerken und redete unbeirrt weiter.

»Könnten wir nicht eine kurze Analyse von der gespannten Lage zwischen Nord- und Südkorea machen und darüber reden, welche Möglichkeiten es gibt, dass die beiden Länder sich wiedervereinigen? Das wäre interessant, finde ich.«

»Wie gesagt, ich bin hierhergekommen, als ich drei Monate alt war, und ich habe keine Erinnerung an meine biologischen Eltern. Ich habe nur eine Familie und ein Heimatland, und das ist Schweden. Entschuldige, aber jetzt muss ich die Birnen in den Ofen stellen«, sagte ich und erhob mich hastig. Ich hoffte, dass die anderen nicht sahen, wie rot meine Wangen waren.

Während ich in der Küche die Schüssel mit den Birnen nahm und eine Schokoladenscheibe zurechtrückte, die abgerutscht war, konnte ich hören, wie Pelle Richard wütend etwas zuzischte. Als ich wieder an den Tisch zurückkam, lächelten alle bemüht, und Richard war noch roter im Gesicht als vorher. Ich setzte mich an meinen Platz neben Pelle, der mir kurz den Arm um die Schultern legte und ihn dann – scheinbar wie zufällig – auf der Rückenlehne meines Stuhls ruhen ließ.

»Aha, Malin, du willst also mal Ökonomin werden«, sagte Richard zu mir und versuchte, aufrichtig interessiert und entspannt dreinzusehen. Das schien ihm nicht leichtzufallen. Ich konnte mir vorstellen, was Pelle ihm soeben zugezischt hatte. *Hör auf, dich wie der letzte Arsch zu benehmen, und sei ein bisschen nett zu ihr. Frag sie irgendwas anderes, was sie studiert zum Beispiel.*

»Ja, das habe ich vor«, sagte ich.

»Also dasselbe wie Camilla?«, meinte Richard, und Camilla nickte. »Dann werdet ihr beide also solche Yuppies, die den ganzen Tag lang mit ihren Handys herumrennen und ›kaufen, kaufen‹ schreien?«

»Hör auf, Yuppies gab es in den Achtzigern. Du bist nicht ganz auf der Höhe der Zeit, Richard. Und überhaupt, du als Mitglied bei den Jungen Konservativen müsstest Finanzheinis doch lieben. Kapitalismus, du weißt schon«, sagte Pelle und lachte.

»Ich möchte mal als Beraterin arbeiten«, sagte Camilla und verzog den Mund. »Im Herbst habe ich bei den Arbeitsmarkttagen mit Ernst & Young gesprochen, und wenn ich mit dem Studium fertig bin, werde ich mich für ihr Traineeprogramm bewerben.«

»Und du, Malin?«, fragte Richard.

Alle Blicke richteten sich auf mich, und ich spürte, wie mir der Schweiß ausbrach. Schließlich hatte ich nicht den blassesten Schimmer, was ich werden wollte.

»Weiß nicht genau. Irgendwas mit Marketing vielleicht.«

»In der momentanen Lage dürfen wir froh sein, wenn wir überhaupt irgendwann einen Job kriegen«, meinte Pelle, während er den letzten Rest Champignonsauce auf seinem Teller zusammenkratzte. »Bei einem Leitzins von 500 Prozent kommen nicht gerade viele Arbeitsplätze zustande. Das hat uns deine feine bürgerliche Regierung eingebrockt, Richard.«

»Die hat nur das getan, was nötig war, um den Kurs der Krone stabil zu halten«, antwortete Richard finster. »Außerdem ist der Leitzins längst wieder gesenkt worden, falls du das nicht mitbekommen hast.«

»Weil sie damit gescheitert sind und jetzt einen schwankenden Wechselkurs hingenommen haben, ja. Das kam heute früh in den Nachrichten. Na dann Prost, bald werden wieder ein paar Krisenpakete geschnürt, ihr werdet schon sehen.«

»Wenn die öffentlichen Ausgaben nicht explodiert wären, hätten wir vielleicht überhaupt kein Krisenpaket gebraucht«, grummelte Richard. »Diese ganzen Flüchtlinge aus dem Jugoslawienkrieg kosten uns ja jedes Jahr Milliarden.«

»Himmel, hört bitte auf, über Politik zu reden«, seufzte Rebecka. »Das ist doch so was von uninteressant.«

»Und was findest du interessant? Alkohol und Sex?«, erwiderte Richard bissig.

Rebecka streckte ihm die Zunge heraus und stand auf.

»Komm, Pelle, wir holen unsere Jacken. Ich muss raus.«

»Und was ist mit der Nachspeise?«, sagte ich und hasste es, wie schrill meine Stimme klang. »Die Birnen sind gleich fertig. Wollt ihr schon gehen?«

Rebecka lachte.

»Raus auf den Balkon, meine ich. Zum Rauchen. Unsere beiden Miesepeter Richard und Camilla möchten nicht, dass wir drinnen rauchen.«

»Es ist wissenschaftlich erwiesen, dass Passivrauchen der Gesundheit schadet. Und Torbjörn hat Asthma«, sagte Camilla. Torbjörn sagte nichts.

»Kommst du mit?«, fragte Rebecka und musterte mich.

»Okay«, sagte ich zu meiner Überraschung. Ich rauchte ja nicht.

Vom Aufenthaltsraum führte eine Tür zu einer kleinen Balkonnische mit Ziegelwänden zu beiden Seiten und einem Eisengeländer in Richtung Straße. Der Boden bestand aus rohem Beton, und der Platz reichte knapp für drei Personen und einen Campingstuhl, der noch vom Sommer stehen geblieben war. In einer Ecke stand ein Einmachglas, das zur Hälfte mit Wasser und Zigarettenstummeln gefüllt war.

»Tut mir leid wegen Richard«, sagte Pelle zu mir. »Er meint es eigentlich nicht böse, er ist nur …«

»… ein rassistischer, machohafter Besserwisser«, unterbrach ihn Rebecka. »Aber er hat tatsächlich seine lichten Momente. Ich habe in diesem Jahr mindestens zweimal miterlebt, wie er sich richtig menschlich benommen hat.«

Rebecka fischte eine Schachtel Marlboro Light und ein Feuerzeug aus einer Tasche und bot mir eine Zigarette an. Bloß nicht husten, dachte ich, während ich mich zu der Flamme vorbeugte und einen ersten Zug nahm. Und hustete.

»Nicht daran gewöhnt, hm?«, sagte Pelle und lächelte.

»Doch, doch, aber ist schon eine Weile her«, log ich.

Es war kalt draußen auf diese raue, unbehagliche Weise, typisch für Östergötland. Zu Hause im Norden konnte es minus zwanzig Grad haben, ohne dass man fror, solange man nicht vergaß, lange Unterhosen anzuziehen. Jetzt herrschten bestimmt Plusgrade, aber ich bibberte trotz Jacke. Vom Nikotin und Wein war mir schwindlig, und der Zigarettenrauch kratzte im Hals. In meiner Fantasie stellte ich mir vor, dass Pelle bemerkte, wie ich fror, und mir den Arm wärmend um die Schultern legte. Aber das tat er nicht.

Wir rauchten schweigend. Ab und zu glaubte ich zu sehen, dass Pelle und Rebecka sich vielsagende Blicke zuwarfen. *Grünschnabel*, flüsterte die Stimme in meinem Kopf.

Nach der halben Zigarette gab ich auf, drückte sie im Glas aus und sagte:

»Ich muss wieder rein und die Birnen aus dem Ofen nehmen.«

Als alle wieder am Tisch saßen und ich unter den lobenden Bemerkungen der anderen die Schale zusammen mit der Sahne abgestellt hatte und wieder zu meinem Platz gehen wollte, fiel mein Blick auf die Fotos an der Wand über dem

Esstisch. Unmengen von glänzenden Farbfotos mit Studenten, die aßen, die tranken, die tanzten, Studenten, die auf Grasflächen in der Sonne lagen und – auf vereinzelten Aufnahmen – tatsächlich Studenten, die sogar studierten. Manche der Fotos waren im Freien gemacht worden, einige auf dem Campus der Uni, aber die meisten zeigten Szenen aus dem Wohnheim.

Den größten Teil der Menschen auf den Fotos kannte ich nicht. Es waren frühere Mitbewohner, die schon vor langer Zeit ihren Lebensweg weiter beschritten und nie mehr zurückgeblickt hatten. Aber auf drei der Fotos befanden sich Gesichter, die ich sehr wohl wiedererkannte.

Das erste zeigte Pelle und Torbjörn auf dem Sofa sitzend und in eine Partie Backgammon vertieft, und ein anderes war in der Küche gemacht worden, wo Rebecka und Camilla etwas am Herd zubereiteten, während Richard mit verschränkten Armen danebenstand und griesgrämig dreinblickte.

Das dritte Foto schien von einem Abendessen wie diesem hier zu stammen. Der Tisch im Aufenthaltsraum war mit Tellern, Weingläsern und Flaschen gedeckt, und in der Mitte thronte ein Topf, der Chili con carne zu enthalten schien.

Das Foto war mit Selbstauslöser gemacht worden. Ganz vorn hockte Pelle mit dem leicht besorgten Blick eines Fotografen, der sich fragte, ob der Auslöser dieses Mal funktionieren würde. Auf den anderen Plätzen am Tisch saßen Torbjörn, Camilla, Rebecka und Richard und blickten lächelnd in die Kamera. Aber was mich zusammenzucken und nach Luft schnappen ließ, war der Anblick der sechsten Person. Einen Moment lang glaubte ich, mich selbst zu erkennen.

Sie saß am Fenster neben Torbjörn, den Blick halb abgewandt. Sie war hübsch, zierlich, hatte lange schwarze Haare und asiatische Gesichtszüge. Sie war die Einzige auf dem Foto, die nicht lächelte.

»Wer ist das?«, sagte ich und deutete auf das Foto. Niemand antwortete.

Erst als ich mich umdrehte, wurde mir klar, welche Wirkung meine unschuldige Frage über das Mädchen auf dem Foto auf die anderen am Tisch gehabt hatte. Camilla war rot angelaufen und schaute nervös von einem zum anderen, Torbjörn starrte mit gesenktem Blick auf seinen Teller, und Richard fuchtelte abwehrend mit den Händen nach dem Motto »Frag nicht mich«.

Pelle verlor am Ende das Schweigespiel.

»Sie heißt Yuko«, sagte er und seufzte. »Eine japanische Austauschstudentin, die vorher hier im Stockwerk gewohnt hat.«

Und? Das erklärte ihr asiatisches Aussehen, aber kaum die heftige Reaktion der anderen. Sie waren in einem Studentenwohnheim, hier zogen ständig Leute ein und aus. Besonders am Monatsende herrschte bei den Umzugsunternehmen in Ryd Hochbetrieb.

»Aber warum macht ihr so ein Gesicht?«, fragte ich. »Ihr seht ja aus, als wäre jemand gestorben.«

Sie hörte, wie Camilla nach Luft schnappte, und Torbjörn gab einen seltsamen Laut von sich. Es klang wie ein Schniefen.

»Das ist sie auch«, murmelte Pelle.

»Was meinst du?«

»Sie ist gestorben«, sagte er und blickte die anderen flehend an, aber niemand schien ihm zur Seite springen zu wollen.

»Gestorben? Hier im Flur?«, fragte ich.

Pelle nickte.

»Wie denn?«

Bevor Pelle antworten konnte, wurde er von Rebecka unterbrochen. Bis dahin hatte sie auf ihrem Stuhl und hin und her gewippt, die Arme vor der Brust verschränkt, mit einem Gesichtsausdruck, der besagte, dass all das völlig uninteressant für sie war. Aber jetzt knallten die Stuhlbeine auf den Boden, und Rebecka beugte sich über den Tisch. Sie klang wütend, als sie sagte:

»Sie hat sich das Leben genommen. Im Badezimmer. Sie hat sich die Pulsadern aufgeschnitten und sich in die Badewanne gelegt.« Sie hielt kurz inne. »In deinem Zimmer.«

»Hör auf«, sagte Camilla und hielt sich die Ohren zu. »Bitte, Rebecka, hör jetzt auf.«

Die Stimmung im Raum war erdrückend. Alle starrten mich an, und ich konnte nur zurückstarren. Sie hat sich das Leben genommen? In meiner Badewanne? Was für ein geschmackloser Witz war das denn? Dass Rebecka gern provozierte, hatte ich schon begriffen, aber das hier ging doch zu weit.

»Das war jetzt echt nicht nötig«, sagte Pelle mit einem zornigen Blick auf Rebecka.

»Was denn? Es stimmt doch. Oder?«, erwiderte Rebecka stur.

Niemand protestierte. Es war also kein Witz. Jemand war tatsächlich in meinem Zimmer gestorben.

»Wann ist das passiert?«, fragte ich und versuchte mich zu

sammeln und mir einzureden, dass es eigentlich gar keine große Sache war. Alle Häuser haben eine Geschichte, und ein Studentenzimmer, in dem so viele Menschen ein- und ausziehen, hat natürlich eine umfangreichere Geschichte. Dass dort einmal ein Mensch gestorben war, irgendwann einmal, war vielleicht nicht so komisch, irgendwann vor langer Zei…

»Letzte Woche«, sagte Pelle.

Der Schock raubte mir den Atem. Mein erster Gedanke war, dass es nicht möglich war. Es konnte nicht wahr sein, dass erst vor wenigen Tagen ein Mensch in meinem Bad gestorben war. Es war ja lächerlich, diesen Gedanken überhaupt zu denken.

Aber dann wurde mir auf einmal vieles klar. Jetzt verstand ich, warum auf dem Brief der Wohnungsgenossenschaft der Vermerk »Mietangebot für sofortigen Einzug« gestanden hatte; einer dieser Vermerke, die verzweifelten Studenten wie mir die Möglichkeit gab, die Warteliste zu umgehen, indem man auf die Kündigungsfrist pfiff, eine Weile doppelt Miete zahlte und mitten im Monat einzog. Und warum die Frau vom Kundenservice so merkwürdig geklungen hatte, als ich dort angerufen hatte, um zuzusagen. Wenn ich gründlicher nachdachte, hatte ich wohl sogar davon reden hören. Hatte Johanna nicht irgendwas von einem Selbstmord in Ryd erzählt, als wir die Woche zuvor im Pub gewesen waren? Aber dass es hier geschehen war, in meinem Zimmer … völlig unbegreiflich. Und warum hatte niemand von den anderen etwas gesagt?

»Warum habt ihr nichts gesagt?«, fragte ich.

Stille. Alle starrten auf die Tischplatte und warteten darauf, dass ein anderer das Wort ergriff. Pelle verlor den Kampf. Mal wieder.

»Ich weiß es nicht. Erst waren wir vermutlich einfach überrumpelt. Wir dachten nicht, dass so schnell wieder jemand einziehen würde. Und als du dann noch dazu … na ja, du weißt schon. Das hat uns allen einen ordentlichen Schock versetzt.«

Er musste nicht mehr sagen, ich erinnerte mich noch gut an Pelles entsetzte Miene, als ich ihn am ersten Tag in der Küche überrascht hatte. Er hatte mich angesehen, als wäre ich ein Gespenst.

»Nein, das ist echt nicht zu fassen. Dass die Vermieter so scharf auf die Kohle sind und nicht einmal bis zum Monatswechsel warten können«, meinte Richard.

»Aber das kann dich doch eigentlich nicht erstaunen, Richard. So funktioniert der Kapitalismus schließlich«, sagte Rebecka.

»Hört doch jetzt mal mit der Streiterei auf«, sagte Pelle und blickte verlegen zu mir. Er sah aus, als würde er sich ganz weit weg wünschen. »Jedenfalls hatten wir natürlich vor, dir nach und nach alles zu erzählen. Aber wir wollten nur, dass du hier erstmal richtig ankommen kannst.«

»Wir hatten vor« und »wir wollten«. Ich spürte einen Stich in der Magengegend und fühlte mich wieder wie eine Aussätzige, die nicht dazugehörte. Deshalb hatte Rebecka also an diesem Tag in der Küche so fürsorglich gewirkt, sie wollte einfach nur testen, wie viel ich wusste. Alle außer mir hatten Bescheid gewusst, und »wir« hatten beschlossen, der kleinen dummen Malin nichts zu sagen. Ich dachte an den Abend, als ich bei Pelle war und wir zusammen für Volkswirtschaft gelernt hatten, da hätte er mir etwas erzählen können, aber er hatte sich nicht getraut, der Feigling. Andererseits verstand ich ihn. Denn wie sollte man so etwas sagen?

»Was geschehen ist, ist geschehen. Es hat keinen Sinn, in der Vergangenheit herumzustochern. Es war schrecklich für uns alle, aber jetzt müssen wir wieder nach vorne schauen«, sagte Rebecka. »Yuko hat nur ein paar Monate hier gewohnt, und wir kannten sie nicht besonders gut. Wir verstanden ja kaum, was sie sagte, sie hat so schlecht Englisch gesprochen.«

»Ich finde das nicht gut, wenn du so über Yuko redest. Sie war nett. Ich mochte Yuko«, sagte Torbjörn mit seiner seltsamen, hohen Stimme. Es war die längste zusammenhängende Aussage, die er am ganzen Abend von sich gegeben hatte.

»Wir alle mochten Yuko, das weißt du, Torbjörn«, meinte Pelle. »Aber Rebecka hat recht. Was geschehen ist, ist geschehen, und wir können jetzt nur eines tun, nämlich unser Leben weiterleben und versuchen, das Ganze zu vergessen. Kannst du dich nicht wieder setzen, Malin? Wir müssen ja noch deine guten Birnen essen, bevor sie ganz kalt sind.«

Ich tat, wie mir geheißen, setzte mich an meinen Platz und aß meine Birnen. Yukos Name wurde nicht mehr erwähnt, und bald plauderten die anderen miteinander, als sei nichts passiert. Ich versuchte auch, eine gute Miene zu machen, aber in meinem Kopf überschlugen sich die Fragen. Wer war sie? Warum war sie den weiten Weg aus Japan gekommen, um ausgerechnet in Linköping zu studieren? Und was hatte sie dazu gebracht, sich in ihrer Badewanne umzubringen?

Immer wieder wanderte mein Blick in Richtung Flur und mein Zimmer, als würde die Antwort dort auf mich warten.

Nachdem alles aufgegessen war, räumten wir zusammen den Tisch ab. Rebecka und Pelle gingen erneut auf den Balkon um zu rauchen, und als sie wieder hereinkamen, sagte Rebecka:

»Pelle und ich fahren jetzt ins Flamman. Wer will mit?«

Camilla war bereits in ihr Zimmer gegangen, und Torbjörn schüttelte den Kopf. Aber Richard nickte und meinte, er komme gern noch auf ein Glas mit.

»Und was ist mit dir, Malin?«, fragte Pelle und wandte sich zu mir um. »Du kommst doch mit, oder?«

»Ich weiß nicht«, sagte ich.

»Ach, komm schon. Heute Abend spielen sie Grunge, und mein Kumpel Fredde legt auf. Das wird total super, garantiert.«

Ich hatte keine Ahnung, was Grunge genau war, und war nach dem, was passiert war, beim besten Willen nicht in der Laune für laute Musik, Gedränge und teure Drinks. Andererseits schmeichelte es mir sehr, wie Pelle mich zu überreden versuchte. Und den Rest des Abends allein in meinem Zimmer zu verbringen fühlte sich alles andere als verlockend an.

»Okay«, sagte ich.

Als wir kurz darauf im Vorraum knieten und uns die Schuhe banden, beugte Pelle sich zu mir herüber, lächelte verlegen und sagte:

»Bist du sehr sauer auf mich, Malin?«

Sein blondes Haar kitzelte mich an der Wange, und von dem Duft seines After Shave wurde mir schwindlig.

Ich schüttelte den Kopf und lächelte tapfer.

»Kein Problem. Ihr habt recht, es ist sinnlos, in Dingen herumzustochern, die man sowieso nicht ändern kann. Passiert ist passiert, und furchtbare Sachen können ja überall geschehen.«

Ich erhob mich und zog mir die Wollmütze entschlossen über die Ohren.

»Und zum Glück glaube ich nicht an Gespenster.«

9

Flamman war ein weiterer Name eines der zahlreichen Studentenviertel von Linköping. Es war kleiner als Ryd, lag näher am Stadtzentrum, aber weiter entfernt von der Universität, und es gab die gleichen öden Backsteingebäude wie in der Ryds Allé 23. Flamman war auch der Name des Pubs im Viertel, das einen grinsenden rot-schwarzen Teufel über dem Eingang hängen hatte und ein bisschen voller und cooler war als die anderen Clubs für Studenten. Außerdem war das Verhältnis Männer/Frauen hier ein wenig ausgeglichener als sonst. Das hatte ich zumindest gehört. Ich war das ganze Semester über kein einziges Mal dort gewesen.

Nicht nur wir wollten an diesem Donnerstagabend ausgehen. Rebecka, Richard, Pelle und ich froren fast eine halbe Stunde lang in der Warteschlange, bevor wir von den Türstehern eingelassen wurden und die Jacken an der Garderobe abgeben konnten.

Sobald wir das Lokal betreten hatten, verschwand Rebecka im Gewimmel, während wir anderen uns zur Bar durchschlugen. Richard schaffte es als Erster und bestellte ein Bier, ohne anzubieten, auch für uns mit zu bestellen, dann schob er sich sofort wieder von der Bar weg in Richtung einiger Typen, die an einem Ecktisch hockten.

Pelle sah ihm nach und sagte:

»Das sind Richards langweilige Freunde aus der Verbindung. Jetzt werden sie den ganzen Abend über dasitzen und über irgendeinen Verbindungskram diskutieren.«

Er grinste und warf mir einem Blick zu.

»Aber wir beide trinken jetzt Tequila, was meinst du?«

»Echt?«, sagte ich.

»Jepp«, antwortete Pelle und winkte der Barkeeperin. »Hast du schon mal Tequila auf ex getrunken?«

Hatte ich nicht.

Pelle bestellte zwei Gläser Tequila à 4cl und eine Flasche 7 Up. Dann zeigte er mir, wie man die Gläser mit der Limonade fast bis zum Rand füllte und die Hand auf das Glas legte.

»Leck erst die Hand ab, damit es auch richtig dicht ist. Sonst klappt es nicht«, sagte Pelle und lachte über meine Verlegenheit, als ich mitten in der Menge die Handfläche ableckte.

Auf Pelles Signal hin knallten wir unsere Gläser auf den Tresen und kippten den Inhalt hinunter, bevor der Schaum zusammengefallen war. Der Alkohol und die Kohlensäure explodierten in meinem Mund, und der Rausch folgte unmittelbar. Alles um mich drehte sich kurz, und ich hatte eine ungemeine Lust, laut zu kichern.

»Ui«, sagte ich.

»Ja, cool, was?«, sagte Pelle lachend. »Noch einen?«

Ich wusste, dass ich nein sagen sollte. Das Letzte, was ich jetzt brauchte, war noch mehr Alkohol im Blut. Wie viele andere mit asiatischem Ursprung vertrug ich Alkohol nicht sonderlich gut. Schon durch den Wein zum Essen hatte ich mir einen ordentlichen Kater für den nächsten Tag eingehandelt, das war mir klar. Mehr Schnaps würde nur die Wahrscheinlichkeit erhöhen, dass ich mich heute noch danebenbenehmen und morgen nicht lernen können würde.

»Klar«, sagte ich. Mehr Tequila war zwar wirklich das Letzte, was ich brauchte, aber zugleich auch genau das, was ich haben wollte. Um das unangenehme Gefühl wegen der Neuigkeit, die ich beim Essen erfahren hatte, und die in meinem Kopf umherschwirrenden Fragen zu verjagen. In meinem Innern war ich überhaupt nicht so unbekümmert, wie ich vorgab zu sein. Der Gedanke, in einem Zimmer zu wohnen, in dem sich erst wenige Tage zuvor jemand das Leben genommen hatte, erschien mir unerträglich. Aber daran wollte ich jetzt nicht denken. Ich wollte nur dicht neben Pelle stehen, umgeben von Lärm und Musik, meine Handfläche ablecken, das Glas auf den Tisch hauen und den Tequila in der Nase kitzeln spüren. Auf dass alle Gedanken an japanische Austauschstudentinnen und Volkswirtschaft vom Rausch betäubt wurden und verschwanden. Und ich ahnte, dass genau das Pelles Absicht war. Dafür mochte ich ihn nur noch mehr.

Als wir unseren zweiten Tequila geleert und uns ausgekichert hatten, sagte Pelle:

»So, jetzt tanzen wir.«

Er drehte sich um und ging vor mir durch die Menschenmenge in Richtung Dancefloor, der sich weiter hinten im Raum befand. Ich folgte ihm und ließ sein kariertes Hemd nicht aus den Augen, um ihn nicht zu verlieren. Die Wirkung des Tequilas war deutlich zu spüren, um mich herum verschwammen die Leute. Ich weiß, dass ich an Richard vorbeikam, der noch immer mit seinem Bier an dem Tisch in der Ecke hockte, und ich glaubte, Rebecka auszumachen, die mit einem Typen redete, den ich nicht kannte. Ich fühlte einen Anflug von Übelkeit und hoffte, dass es nicht schlimmer würde. Gezwungen zu sein, auf die Toilette zu rennen, um mich zu übergeben, war nicht gerade das, was ich jetzt wollte.

Die Musik, die, so nahm ich an, das war, was Pelle Grunge nannte, drang schon von Weitem zu uns herüber. Sie schlug uns in harten und dröhnenden Wellen entgegen und klang ganz anders als die Musik, die in den anderen Clubs in Linköping gespielt wurde. Diesen Song kannte ich immerhin. Die Band hieß Nirvana, und der Sänger Kurt. Ich hatte ihn schon ein paarmal im Radio gehört und erinnerte mich, gedacht zu haben, dass Kurt ein seltsamer Name für einen Amerikaner war.

Der Dancefloor war voller Leute, die auf sehr seltsame Weise tanzten. Die meisten waren Jungs und bildeten einander zugewandt enge Kreise. Mal beugten sie breitbeinig den Oberkörper nach vorn und schüttelten die Haare, mal hüpften sie im Takt mit der Musik auf und ab. Ab und zu sprangen ein paar besonders hoch und stießen in der Luft mit der Brust zusammen. Ein bisschen wie beim Ochsentanz der Volkstanztruppe zu Hause in Dalarna.

Pelle strahlte und schrie mir ins Ohr:

»Geil, oder?«

Ich erwiderte sein Lächeln nickend. Denn es war geil, auf eine merkwürdige, fast beängstigende Weise. Diese Musik war im ganzen Körper zu spüren, das war bei der Musik, die ich sonst immer hörte, nie der Fall.

»Warte hier. Ich gehe zu Fredde und frage ihn, ob er Rage

Against the Machine spielen kann. Das wirst du lieben«, rief Pelle und deutete auf einen Typen mit einem schwarzen T-Shirt, der ein Stück entfernt an einem DJ-Pult schwitzte. Ich blickte seinem Blondschopf nach, der über allen anderen Köpfen davonwackelte, und wünschte mir, dass er rasch wieder zurückkam.

»Komm, es fängt gleich an.«

Pelle war zurück und zog mich in einen Kreis aus vier, fünf Jungs, die ich nicht kannte. Pelle nickte ihnen zu, und sie nickten zurück und machten Platz. Dann warf er Fredde einen Blick zu, der den Daumen hob.

Einen Moment lang wurde es still im Raum, und alle auf dem Dancefloor hielten inne. Dann setzte der nächste Song mit einem gnadenlosen Gitarrenriff ein, und nach einer kleinen Pause folgte noch eins ... und noch eins. Alle auf dem Dancefloor schienen sich über das dramatische Intro zu freuen, und jedes Mal, wenn die Gitarren aufdröhnten, schüttelten die Jungs im Kreis ihre Haare. Und Fredde am Mischpult machte bei jedem Riff eine Luftgitarrenbewegung. Ich stand da und machte mich darauf gefasst, dass der Krach gleich losging. Aber stattdessen verebbten die Gitarren und wurden von einem leisen Bass und etwas abgelöst, das wie eine Kuhglocke klang. Alle auf dem Dancefloor begannen, im Takt mit dem Bass die Hüften zu schwingen. Plumm, plumm, plumm in die eine Richtung, und plumm, plumm, plumm in die andere Richtung. Bald wurde der Bass von Gitarren und Trommeln unterstützt, und die Leute um mich herum schwangen die Hüften noch heftiger. Pelle machte auch mit, er hatte die Augen geschlossen und wirkte ganz konzentriert. Ich wippte ebenfalls ein wenig zum Schein, obwohl ich mir dabei ziemlich albern vorkam.

Nach ein paar Takten ging die Musik in eine Art dumpfen Hintergrundtakt über, und der Sänger begann zu brüllen. Dieselben Verse, immer und immer wieder. Ich schnappte nur vereinzelte Worte auf und begriff nicht so richtig, worum es in dem Text ging. Aber eine Sache war sicher, besonders happy waren diese Typen nicht. Der Sänger schrie sein »and now you do what they told ya«, als ob er total wütend auf jemanden wäre, und der Gitarrist bearbeitete die Saiten seines Instruments, bis sie kurz davor waren zu reißen. Das war heftig. Richtig heftig. Ich hatte in meinem ganzen Leben noch nichts Vergleichbares gehört.

Ich spürte, wie ich gegen meinen Willen in die Musik gesogen wurde, wie sie mich in ihren Bann zog. Die Bassklänge vibrierten in mir wie richtiger Hardrock, aber trotzdem anders. Das hier war schmutziger, wütender, echter. Bald hatte ich vollkommen vergessen, mich albern zu fühlen, und wippte, stampfte, hüpfte wie alle anderen. Am Ende des Songs, als die Melodie in vollständiges Chaos übergegangen war und der Sänger völlig die Kontrolle verloren hatte, brüllte auch ich aus vollem Hals »Fuck you, I won't do what you tell me!«, ohne mich im Geringsten zu schämen. Ich war außer Atem, total durchgeschwitzt … und total glücklich. Alle Gedanken, alle Gefühle, alle Sorgen waren wie weggeblasen. Nur die Musik bedeutete noch etwas. Und Pelle.

»Ich wusste, dass es dir gefällt«, lachte Pelle, als das Lied zu Ende war.

Noch ganz benebelt von der Tanzfreude und dem Tequila warf ich mich ihm an den Hals und umarmte ihn. Ich musste mich auf die Zehenspitzen stellen, um nach oben zu reichen, und drückte ihn fest, um zu zeigen, wie sehr mir das hier gefiel – und wie sehr er mir gefiel. Pelle erwiderte die Umarmung, ließ aber rasch wieder los und hielt mich von sich weg, als er sagte:

»Komm, wir tanzen noch weiter.«

Und das taten wir. Zu House of Pain, Nine Inch Nails, Pearl Jam und Hole. Bei jedem neuen Song schrie Pelle mir den Namen der Band ins Ohr. Ich hatte noch von keiner einzigen gehört, aber ich mochte sie alle.

Nach einer Weile tauchte Richard auf. Er stellte sich neben uns und versuchte zu tanzen, aber sein Gesichtsausdruck machte deutlich, was er von dieser Art von Musik hielt. Nach einem halben Song zupfte er mich am Ärmel und rief:

»Ich fahre jetzt heim. Kommt ihr mit?«

»Sie ist mit einem Typen weg. Wie immer.«

Ich schaute zu Pelle. Er war zu Fredde ans Mischpult gegangen, vermutlich, um sich noch einen Song zu wünschen. Es sah nicht so aus, als wolle er bald nach Hause. Ich schüttelte den Kopf und sagte Richard, dass ich noch bleiben wolle.

Nach einer weiteren halben Stunde war ich dann aber richtig müde. Die künstlich vom Alkohol erzeugte Energie nahm langsam ab, und ich erahnte die Anflüge eines im Hinterkopf lauernden Katers. Um diese Zeit etwa holte man in der Regel seine Jacke an der Garderobe, fuhr nach Hause, trank in rauen Mengen Wasser und legte sich schlafen. Vor allem, wenn man vier Tage später eine Prüfung in VWL hatte.

Als könnte Pelle meine Gedanken lesen, beugte er sich zu mir und sagte:

»Ich glaube, ich fahre jetzt nach Hause. Die machen hier bald zu, und ich habe morgen Vormittag eine Vorlesung.«

Ich nickte und meinte, dass ich auch gehen wolle. Während wir in der Schlange vor der Garderobe standen, überlegte ich, was ich jetzt tun sollte. Wenn man normalerweise einen interessanten Typen im Club kennenlernte, lud man ihn danach zum Tee zu sich ein. Oder, wenn der andere schneller war, wurde man eingeladen. Aber wenn man schon am selben Ort wohnte? Pelle auf eine Tasse Tee in mein Zimmer einzuladen, wenn wir nach Hause kamen, wäre ja wohl ein wenig zu direkt.

Als ich mich bückte, um mein Fahrradschloss aufzusperren, verlor ich beinahe das Gleichgewicht. Pelle konnte mich im letzten Moment auffangen und verhindern, dass ich auf den Asphalt plumpste. Der Tequila haute tatsächlich ordentlich rein, deutlich mehr, als ich gewohnt war.

»Alles in Ordnung bei dir, Malin?«, fragte Pelle besorgt.

»Alles bestens. Nur ein bisschen betrunken«, sagte ich und kicherte. »Aber dir davonfahren kann ich immer noch. Los, Pelle. Wer als Erster in Ryd ist, hat gewonnen.«

Pelle wirkte verlegen, als er sein Fahrrad auf mich zuschob.

»Tut mir leid, aber du musst allein nach Ryd fahren. Ich muss in die andere Richtung.«

Er bemerkte mein Erstaunen und fügte hinzu:

»Runter in die Stadt. Meine Freundin wohnt da.«

Ich versuchte wirklich so auszusehen, als habe Pelle nichts Besonderes gesagt; als habe er eigentlich nur erklärt, er wolle in die Stadt radeln, um bei seiner Schwester zu schlafen … oder seiner alten Großmutter … oder bei wem auch immer. Denn es war ja nichts Besonderes. Er hatte mir nichts versprochen. Hatte nicht gesagt, dass er frei war oder überhaupt interessiert. Also, liebe Wangen, bitte nicht rot werden. Bitte, lieber Mund, nicht überrascht offen stehen. Und bitte, Pelle, sag nichts.

Aber natürlich tat er das.

»Danke für einen super netten Abend, Malin. Ich find's echt super, dass du bei uns eingezogen bist, und ich würde mich freuen, wenn wir Freunde sind.«

In meinen Ohren klang es ganz deutlich so, als betone er das Wort »Freunde« extra. Und die Umarmung, die ich bekam, bevor er davonradelte, war kurz und trocken. Ich versuchte wirklich mir einzureden, dass das alles völlig okay war. Trotzdem brannten auf dem ganzen Weg bis nach Ryd meine Wangen vor Scham.

Als einsamster Mensch auf der Welt stieg ich vor dem Wohnheim schwankend vom Rad und schaffte es im dritten Versuch, es abzuschließen. Als einsamster Mensch auf der Welt krümmte ich mich dann neben den Fahrrädern und erbrach die Scham und den Tequila, den ich nicht hätte trinken sollen. Als einsamster Mensch auf der Welt kramte ich die Schlüssel aus der Tasche und wankte in den dunklen Flur, in dem sich niemand darum scherte, dass ich nach Hause gekommen war. Und um die Erniedrigung abzurunden, schaffte ich nur wenige Meter, bevor ich über etwas stolperte. Ich knallte mit der Hüfte hart auf das Linoleum und landete mit dem Gesicht seitlich auf dem Boden. Ich fluchte leise und hoffte, dass keiner meiner schlafenden Mitbewohner etwas gehört hatte. Dass Torbjörn, Richard oder Camilla aus ihren Zimmern kamen und sich um eine arme, hackedichte Neue kümmerten, war mehr, als ich in diesem Augenblick hätte ertragen können. Betrunken, einsam und pathetisch fühlte ich mich. Und bescheuert, weil ich das Licht nicht angemacht hatte, bevor ich den Flur betreten hatte.

Als ich mich wieder aufgerappelt und die Deckenbeleuchtung eingeschaltet hatte, sah ich, worüber ich gestolpert war. Es war ein Schuh. Genauer gesagt, einer von Pelles weißen Kochschuhen. Ich hätte schwören können, dass Pelles weiße Schuhe ordentlich vor seiner Tür gestanden hatten, als wir zum Flamman aufgebrochen waren. Der eine lag nun mitten im Flur, ungefähr einen Meter vom Eingang entfernt. Der andere lag vor Torbjörns Tür, fast fünfzehn Meter weg. Und es waren nicht die einzigen. Überall lagen Schuhe herum. Stiefel, Turnschuhe, Pantoffeln und meine eigenen Ecco-Stiefel.

Was ging hier eigentlich vor? Hatte Richard sich mal wieder abreagieren müssen, weil er auf Rebecka sauer war? Oder wollte Rebecka Aufmerksamkeit erregen? Torbjörn oder die hochnäsige Camilla würden wohl kaum so etwas Seltsames tun. Pelle konnte es jedenfalls nicht sein, dachte ich verbittert. Er war ja unten in der Stadt bei seiner Freundin, die bestimmt blond und süß war, große Brüste hatte und überhaupt nicht blau und pathetisch und schlitzäugig wie ich war. Wütend klaubte ich die Schuhe auf und stellte sie ins Schuhregal. Dann ging ich ins Bett.

10

Am nächsten Tag hatte ich keine Seminare oder Vorlesungen. In den meisten Kursen, die wir belegten, gab es in den letzten Tagen vor der Prüfung keinen Unterricht, da von den Studenten erwartet wurde, dass sie ihre Zeit damit verbrachten, in der Bibliothek oder in ihrer Bude zu hocken und von morgens bis abends fleißig zu büffeln.

Ich wachte spät auf, hatte grauenhafte Kopfschmerzen und einen ekligen Geschmack im Mund, meine Haare stanken nach Rauch, und mein Magen schmerzte. Ich blieb lange im Bett liegen und lauschte den Geräuschen der anderen, die frühstückten und dann nacheinander zur Universität gingen. Ich hatte keine Lust, an diesem Morgen irgendeinen von ihnen zu treffen.

Schließlich quälte ich mich doch aus dem Bett und steuerte das Bad an. In der Türöffnung blieb ich stehen. Ich war seit dem Abendessen am Tag zuvor nicht mehr in meinem Bad gewesen. Als ich vom Flamman zurückgekommen war, hatte ich mich ohne Zähneputzen schlafen gelegt, und den ganzen Morgen über war ich im Bett geblieben, obwohl meine Blase zu platzen drohte. Seit ich aufgewacht war, hatte ich mein Bestes getan, um überhaupt nicht an die japanische Austauschstudentin zu denken. Aber jetzt stand ich hier. Dort, wo es geschehen war. Wo jemand, den ich nicht kannte und nie kennenlernen würde, beschlossen hatte, sich das Leben zu nehmen. Es fühlte sich an, als würde ich über ein Grab steigen, als ich mich zwang, über die Schwelle zu treten.

Ich saß auf der Toilette und ließ den Blick durch den Raum schweifen. Dasselbe Waschbecken, derselbe Spiegel, dieselbe abgenutzte Badewanne wie am Tag zuvor, aber trotzdem ganz anders, jetzt, wo ich Bescheid wusste. Als ich fertig war, wusch ich mir die Hände und schaute mich im Spiegel über dem Waschbecken an. War sie an jenem Tag hier gestanden, hatte sich in die Augen geblickt und verstanden, dass diese Augen bald nichts mehr sehen würden? Ich fragte mich, was sie an diesen Punkt gebracht haben mochte. War sie an zu vielen Morgen und Abenden vor dem Badezimmerspiegel gestanden und hatte keine Kraft mehr gehabt, der Welt noch einmal entgegenzutreten?

Ich hob die Hand und strich mit den Fingerspitzen über das kalte Glas, über das Spiegelbild meiner schwarzen Haare, die den ihren so sehr glichen. Ich verstand das nicht. Einsamkeit verstand ich, das Gefühl, ein Außenseiter zu sein, verstand ich, die unerträgliche Erniedrigung einer Zurückweisung verstand ich. Aber diesen Gefühlen zu gestatten, sich so weit fortzupflanzen, bis man sich das Leben nahm; bis man dazu fähig war, sich eine Schnur um den Hals zu legen, Tabletten zu schlucken, eine Rasierklinge ins Fleisch zu drücken und das Blut hervorquellen zu sehen, ins Wasser hinabzusinken und zu spüren, wie der Sauerstoffmangel die Lunge zum Bersten bringt … nein, ich konnte mir nicht vorstellen, an diesen Punkt zu gelangen. Aber ich erinnerte mich, wie ich in einer der vergangenen Nächte in einem Albtraum das Gefühl hatte, keine Luft mehr zu bekommen. Ich erinnerte mich an die drückende Stimmung im Bad, die mich auf einmal übermannt hatte, und an die weiße, zusammengekauerte Gestalt, die ich im Spiegel gesehen zu haben glaubte. Ich erschauderte und wandte mich ab.

Dabei fiel mein Blick auf den Boden neben der Wanne. An der Wand zeichneten sich dunkle Flecken auf der Fuge zwischen den Fliesen ab. Ich hatte die Flecken schon vorher bemerkt und gedacht, es handle sich um Feuchtigkeit oder hartnäckigen Schmutz, den auch die schlechte Endreinigung nicht beseitigt hatte. Aber jetzt war ich mir da nicht mehr so sicher.

Ich kniete mich hin, beugte mich vor und fuhr mit dem Finger die Fuge entlang. Obwohl ich versuchte, das Bild nicht aufkommen zu lassen, sah ich vor meinem inneren Auge frisches Blut, das über den Boden rann, von den Poren der Fuge aufgesogen wurde und Spuren bildete, die niemals mehr entfernt werden konnten. Die Spuren einer japanischen Austauschstudentin namens … ja, wie hieß sie noch? Ich strengte mein verkatertes Gehirn an. Irgendetwas mit Y, oder war es K? Kiko … Yako … nein, Yuko war es. Yuko hatte das Mädchen geheißen, das in meinem Bad gestorben war.

Ich stand abrupt auf, beugte mich über die Wanne, setzte den Stöpsel ein und drehte den Hahn auf. Ich konnte mir selbst nicht erklären, warum ich das tat. Es war, als zöge mich eine unsichtbare Hand hoch und brachte mich dazu, den Wasserhahn voll aufzudrehen. Ich wusste nur, dass ich mich in diese Wanne legen musste, unbedingt. Entweder das oder den Raum verlassen, den Mietvertrag kündigen und nie wieder zurückkommen.

Während sich die Badewanne mit Wasser füllte, knöpfte ich langsam meinen Pyjama auf, schlüpfte aus dem Oberteil und warf es zusammengeknüllt mit der Hose auf den Fußboden. Vielleicht lag es nur an dem Kater oder an dem hypnotischen Geräusch des Wassers, das in die Wanne strömte, aber ich fühlte mich seltsam. Als würde ich nicht nur meinen Pyjama ablegen, sondern meine ganze Identität. Es war, als ob ich mich in jemand anderes verwandelte. Hier hatte Yuko gestanden, hier hatte sie sich gesammelt und auf das Unfassbare vorbereitet. »Hat sich die Pulsadern aufgeschlitzt und in der Badewanne ertränkt«, hatte Rebecka gesagt. Ich öffnete den Badezimmerschrank und sah hinein. Hatte die Rasierklinge hier in dem Fach gelegen, hatte sie diese mit zitternden Fingern herausgenommen und auf den Badewannenrand gelegt? Ich fuhr mit dem Finger das leere Metallfach entlang, tat, als würde ich etwas zwischen Daumen und Zeigefinger aufnehmen und hielt die Hand in die Luft. Dabei stellte ich mir vor, wie die Klinge im Licht der Badezimmerbeleuchtung geglänzt hatte.

Der Wasserdampf hing schwer in der Luft und die Wanne hatte sich fast bis zum Rand gefüllt. Ich stieg hinein und schnappte nach Luft, als mir das heiße Wasser auf der Haut brannte. Ich streckte mich langsam aus, um den Körper an die Hitze zu gewöhnen. Die Kopfschmerzen verschwanden, und stattdessen erschienen mir meine Sinne seltsam geschärft, als ob jedes Detail und jeder Eindruck in diesem Augenblick direkt in meine Nervenbahnen geritzt würde. Die Tragfähigkeit des Wassers, die meinen Körper in Richtung Wasseroberfläche anzuheben suchte, das Tropfen des undichten Wasserhahns, die Wasserdampfschleier, die wirbelnd zur

Decke aufstiegen, die auf der Haut brennende Hitze, all dies entspannte und entkrampfte meine Muskeln.

Geistesabwesend reckte ich den linken Arm in die Luft und fuhr mit dem Finger über die bläulichen Adern am Handgelenk. Dabei stellte ich mir vor, wie die scharfe Klinge des Rasiermessers in Yukos Haut geschnitten hatte. Ich hatte gelesen, dass man längs des Unterarms schneiden musste, wenn man wirklich verbluten wollte, nicht quer übers Handgelenk, wie man glauben könnte. Ich fragte mich, ob Yuko das auch gewusst hatte.

Ich versuchte mir auszumalen, wie die Wunden sich geöffnet hatten und das Blut herausgeflossen war … oder war es vielleicht hervorgequollen? Herausgeschossen? Gespritzt? Ich fragte mich, ob sie von der Wucht überrascht worden war; ob sie Angst bekommen und vielleicht alles bereut hatte, als sie gesehen hatte, wie ihr Blut aus ihrem Körper gewichen war und das Leben mit einer schrecklichen Kraft aus ihr gesaugt hatte. Hatte sie den Arm vielleicht hastig herabgenommen und einen Moment lang aus der Wanne hängen lassen, um nicht sehen zu müssen, wie ihr Blut sich mit dem Badewasser mischte und sich um sie herum verteilte? Waren so die Flecken auf dem Boden entstanden?

Ich erschauderte und ließ den Arm wieder ins Wasser sinken. Ich konnte förmlich spüren, wie das Blut aus meiner eingebildeten Wunde strömte und sich mit dem heißen Wasser vermischte. Wie ihr vom Blutverlust schwindelig wurde und sie sich ganz schwer fühlte. Ich sank tiefer ins Wasser, ließ mich davon umschließen und stellte mir vor, wie das Leben aus mir wich und die Dunkelheit näherkam.

Ich hatte mich nie als religiös betrachtet und hatte keine

Vorstellungen von einem Leben nach diesem. Aber wenn es trotz allem einen Himmel gab, wenn Yuko mich jetzt sehen konnte, hoffte ich, dass ihr klar war, dass ich das hier für sie tat; dass ich zu verstehen versuchte, was sie durchgemacht hatte. Ich ließ mich noch tiefer unter die Wasseroberfläche sinken und hielt die Luft an, bis meine Lunge brannte und ich wieder auftauchen musste.

Als ich Luft holte, spürte ich, wie etwas mein Bein kitzelte. Mit einer Hand wischte ich mir das Wasser aus den Augen und sah hin. Ich runzelte die Stirn. Etwas Schwarzes klebte an meiner rechten Wade, und ich hob das Bein aus dem Wasser. Es waren Haare. Ein Büschel langer, schwarzer Haare, die vom Knöchel bis fast zum Knie reichten. Wie eine eklige schwarze Schlange, die sich über meinen Körper schlängelte.

Panisch stieß ich einen Schrei aus. Wasser schwappte aus der Wanne, als ich mich hochstemmte und mit dem Bein unter Wasser hektisch vor und zurück trat, um die fremden Haare loszuwerden.

Aber die Haare an meinem Bein waren nicht die einzigen. Auf der Wasseroberfläche schwammen überall lange, schwarze Haarsträhnen und wogten wie Seegras hin und her. Auch rund herum am Rand klebten Haare. Sie hafteten an meiner Schulter, an meinem Arm; schwarze Haarsträhnen lagen quer über meiner Brust und rollten sich auf der Brustwarze wie ein kleines Nest zusammen.

Ich spürte, wie mir die Übelkeit in der Kehle hochstieg, und kletterte eilig aus der Wanne, sodass das Wasser über die Fliesen spritzte.

Mit wild pochendem Herzen fuhr ich mir mit zitternden Händen über den ganzen Körper, um die Haare zu entfernen, aber sie blieben hartnäckig haften, und meine Finger verhedderten sich darin.

Schließlich gelang es mir, die Haare mit Hilfe des Handtuchs zu beseitigen, und ich zwang mich, wieder zur Wanne zu gehen, um den Stöpsel herauszuziehen. Ich beugte mich über die Wanne und streckte die Hand aus, hielt aber abrupt inne, als mir klar wurde, was ich da sah. Bis zu diesem Augenblick hatte der Schock mich daran gehindert, den selbstverständlichen Gedanken zu denken, dass es für die Haare unmöglich war, in das Wasser zu gelangen, wenn der Stöpsel im Abfluss saß. Aber nun sah ich es mit eigenen Augen.

Zwischen dem schmalen Spalt rund um den Stöpsel drang ein Ring aus schwarzen Haarsträhnen aus dem Ablauf und stieg bis an die Wasseroberfläche empor. Wieder und wieder. Kaum hatte eine Strähne das Loch verlassen, tauchte die nächste auf, als würde eine Armee aus Haarsträhnen dort unten in der Finsternis warten.

Ohne nachzudenken, zog ich den Stöpsel an der Kette heraus und sah, wie die Haare herumwirbelten und langsam vom Ablauf aufgesaugt wurden. Ich nahm die Duschbrause von der Wand und spülte die Wanne, bis kein einziges Haar mehr auf der weißen Emaille zu sehen war. Obwohl ich mich dabei fast übergeben musste, steckte ich die Finger am Ende noch in den Ablauf und entfernte das letzte Haarbüschel, das dort hängen geblieben war. Und die ganze Zeit hatte ich das Bild der schwarzen Haare vor Augen, die aus dem Ablauf nach oben drangen.

Ich hatte mich gerade mit zitternden Fingern angezogen, als ein schriller Laut die Stille zerriss. Ich zuckte zusammen, bevor mir klar wurde, dass das Telefon klingelte. Ich sank auf den Schreibtischstuhl, den Hörer am Ohr, froh, die Stimme eines anderen Menschen zu hören. Selbst wenn es die Stimme einer sehr wütenden Johanna war.

»Warum bist du gestern nicht wie versprochen ins Herrgår'n gekommen?«, schnappte sie, ohne überhaupt hallo zu sagen.

»Tut mir leid«, sagte ich. »Ich bin mit den anderen aus dem Wohnheim ins Flamman. Ich hab' versucht, dich anzurufen, aber ihr wart schon weg.« Das war eine Lüge, in all der Aufregung am letzten Abend hatte ich Johanna und die anderen völlig vergessen.

»Aha, dann hast du jetzt also bessere Freunde gefunden?«

»Ach, du weißt, dass das nicht so ist. Aber man muss ein bisschen was mitmachen, wenn man neu ist und alles.«

»Hm«, meinte Johanna. »War es gut im Flamman?«

»Ja, war echt nett. Grungeabend.«

»Grunge ... was hast du gesagt?«

»Ach, das ist nur ein Musikstil.«

Es wurde still in der Leitung.

»Sonst alles in Ordnung?«, fragte Johanna schließlich.

Ich blickte auf meine linke Hand herab, die noch immer an meinem Oberschenkel auf und ab fuhr. Ich konnte nicht damit aufhören, so sehr ich mich auch zusammenzureißen versuchte.

Jetzt war der Augenblick, in dem ich ihr alles erzählen könnte. Jetzt könnte ich sagen: »Ja, alles bestens. Bis auf die Tatsache, dass sich eine japanische Austauschstudentin in meinem Zimmer umgebracht hat und meine Badewanne voller schwarzer Haare ist, die da nichts zu suchen haben.

Wirklich alles bestens.« Und Johanna würde antworten: »Oh mein Gott, wie furchtbar!« und »Herrje, wie komisch« und würde tausend Fragen stellen und anbieten vorbeizukommen, um mir Gesellschaft zu leisten. Und ich würde erleichtert und froh sein, weil ich eine so tolle Freundin hatte, würde ihr den Stöpsel und die Flecken auf dem Boden zeigen, wenn sie kam. Denn dafür waren Freunde ja da, oder?

»Alles gut. Nur ein bisschen nervös vor der Prüfung am Dienstag«, sagte ich, und meine linke Hand hielt inne. »Und bei dir? Wie geht es mit Daniel?«

»Oh, alles super. Wir sind total verliebt«, sagte Johanna und lachte. Aber ihr Lachen klang falsch in meinem Ohr, und mir wurde klar, dass ich nicht die Einzige war, die heute nicht ganz die Wahrheit erzählte.

Es wurde wieder still.

»Übrigens, was ich dich fragen wollte«, sagte Johanna. »Heute Abend veranstalten die Maschinenbauer eine Party im Verbindungshaus, und ich arbeite an der Bar. Vorhin hat sich eine krankgemeldet, und wir brauchen Verstärkung. Bitte, Malin, kannst du einspringen?«

»Aber ich habe noch nie an einer Bar gearbeitet. Ich weiß gar nicht, wie man Drinks mischt.«

»Ach, die meisten bestellen eh nur ein Bier oder ein Glas Wein. Das ist total einfach. Bitte, bitte. Stefan Richter ist verantwortlich für die Bar, und ich habe ihm versprochen, dass ich jemanden besorge.«

Nun verstand ich, warum Johanna so bettelte. Stefan Richter war der Vorsitzende des Partykomitees und eine wichtige Person, der man imponieren musste, wenn man Mitglied des Komitees werden wollte. Wie Johanna.

»Aber ich weiß nicht, ob ich Zeit habe. Ich muss doch lernen.«

»Das schaffst du schon. So spät am Abend hast du doch sowieso keinen Bock mehr auf VWL. Jetzt komm schon, das wird super.«

Schlussendlich gab ich nach und sagte zu. Vielleicht lag es an meinem schlechten Gewissen, weil ich nicht wie versprochen aufgetaucht war. Oder an meinem schlechten Gewissen, weil ich meine beste Freundin angelogen hatte. Oder ich wollte nicht den ganzen Abend allein in meinem Zimmer hocken und eine natürliche Erklärung für die Haare in meiner Wanne suchen.

11

Johanna hatte recht. Es machte richtig Spaß, an der Bar zu arbeiten.

Alle, die an einer der drei Bars arbeiten sollten, trafen sich ein paar Stunden vor Schichtbeginn, etwa zu der Zeit, als den Teilnehmern während der Sitzung im Speisesaal die Vorspeise serviert wurde. Nachdem Stefan Richter uns in Teams eingeteilt hatte, ging er Ausrüstung, Drinkrezepte und allgemeine Tipps zum Umgang mit schwierigen Bargästen durch. Johanna und ich wurden der Bar in der Cafeteria zugewiesen, wo wir neben Drinks von einer begrenzten Liste Wein und Flaschenbier verkaufen sollten.

»Super, wir sind nicht in der Bar im Pub«, flüsterte Johanna mir zu. »Dort haben sie Bier in Riesenkaraffen. Wenn du mich fragst: Bier aus Schüsseln zu saufen ist ein einziger Schwachsinn.«

Ich lächelte und versuchte mir einzureden, dass es super war, an der Bar zu stehen und zum ersten Mal in meinem Leben Drinks zu mixen.

»Aber wenn jemand kommt und einen Cocktail will, der nicht auf der Liste steht und den man nicht kann, was machen wir dann?«, fragte jemand.

»Sagt, dass wir nur das servieren, was auf der Liste steht«, antwortete Stefan Richter. »Und wollen sie unbedingt einen

Drink, den ihr nicht kennt, dann habt ihr zwei Alternativen: Ihr könnt jemand anders fragen, oder ihr sagt, dass genau dieser Schnaps leider aus ist. So machen es alle Barkeeper.«

Nach diesem Briefing bekamen wir eine warme Mahlzeit, und dann war es an der Zeit, unsere Positionen für den nahenden Ansturm einzunehmen.

Und ein Ansturm wurde es. Im Anschluss an die Sitzung im Speisesaal strömten die Partygäste die Treppe herab und auf uns zu. Manche waren schlau gewesen und schon beim Kaffee gegangen, um vor allen anderen ihre Bestellung an der Bar abzugeben. Aber die meisten kamen in Gruppen und bildeten Dreierschlangen vor dem Tresen, alle durstig und ungeduldig.

Aber es war wirklich nicht sonderlich kompliziert. Ungefähr die Hälfte der Gäste wollte Flaschenbier, da musste man nur den Kronkorken entfernen, und der größte Teil der anderen bestellte roten oder weißen Wein.

Der gefragteste Drink war Gin Tonic, und das bekam sogar ich ohne Probleme hin. Mit Abstand am schwierigsten waren die Hot Shots und die B-52, aber die waren auch am langweiligsten. Bei dem ganzen Stress die Schichten perfekt hinzukriegen war nicht leicht, und es gab immer irgendeinen Besserwisser, der unbedingt wollte, dass man seinen B-52 anzündete – und sich weigerte zu zahlen, wenn es nicht klappte. Zum Glück arbeitete Stefan Richter an derselben Bar wie wir und übernahm netterweise fast alle komplizierten Bestellungen.

Bald war alles nur noch ein einziges Durcheinander aus gebrüllten Bestellungen, Plastikbechern, weiteren zu öffnenden Tonicflaschen und dem Zählen von Wechselgeld an der Kasse. Nur vereinzelte Ereignisse stachen hervor und erzeugten vorübergehend den Eindruck von Bewusstsein, bevor sie in noch mehr Bestellungen und Flaschenöffnungen untergingen. Manche Ereignisse waren unerfreulich. Leute, die systematisch behaupteten, dass sie einem das Geld schon gegeben hatten, obwohl das nicht der Fall war, nahmen mitten in der Diskussion einfach ihren Drink und gingen. Dies in der Gewissheit, dass man hinter dem Tresen stand und ihnen nicht folgen konnte.

Aber das waren zum Glück nicht viele.

Besonders verrückt war der Typ, der acht Rum Cola bestellte. Als ich acht Plastikbecher auf den Tresen gestellt hatte und anfing, den Rum abzumessen, hörte ich ihn murmeln:

»Könnte ich das alles vielleicht in einem Glas kriegen?«

»Ja, aber das wird dann viel Rum und wenig Cola.«

»Okay, dann nimm zwei Gläser.«

Das nächste Mal, als der Typ wieder an die Bar kam, durfte er gar nichts mehr kaufen.

Als sich nach ungefähr einer Stunde der Ansturm ein wenig gelegt hatte und die Gäste mehr tanzten, als sie tranken, durften wir abwechselnd Pause machen. Johanna sollte als Erste gehen und mich nach einer halben Stunde ablösen. Aber sie war schon nach knapp zwanzig Minuten zurück, huschte hinter den Tresen und murmelte mir zu:

»Du kannst jetzt gehen, ist schon okay.«

Bevor sie sich abwandte, bemerkte ich, dass ihr Gesicht völlig verheult war und ihre Stimme zitterte, obwohl sie sich größte Mühe gab, dass man es nicht bemerkte.

»Aber Johanna, ist etwas passiert?«, fragte ich.

Johanna schüttelte den Kopf und wandte sich noch mehr

ab, aber ich hatte nicht vor, sie so leicht davonkommen zu lassen. Irgendetwas war passiert, und ich würde herausfinden, was es war.

Ich gab Stefan zu verstehen, dass wir fünf Minuten brauchten, und zog eine widerwillige Johanna hinter mir her. Das Büro hinter der Bar diente an diesem Abend vorübergehend als Lager für Bierkästen und Schnapskartons. Ich zerrte Johanna dorthin und drückte sie auf ein Sofa. Dann zwang ich sie, mich anzusehen, und blickte ihr in die rotgeweinten Augen.

»Ich bin deine Freundin, Johanna. Du kannst es mir erzählen.«

Bei meinen Worten fing sie wieder an zu weinen.

»Ist es wegen Daniel?«

Johanna nickte.

»Ich dachte, alles wäre gut?«

»Das dachte ich auch. Bis gestern im Herrgår'n. Wir wollten uns dort treffen, und ich dachte, dass wir ... na ja, den Abend zusammen verbringen. Aber er kam erst nach zwölf, total besoffen, mit den anderen Typen und diesen blöden Jura-Tussis, und hat mich überhaupt nicht beachtet. Ich kapier' einfach nicht, warum er das gemacht hat.«

Ich schon, dachte ich. Er macht es, weil er es kann. Weil Oberschichtentypen wie er es gewohnt sind, alles serviert zu bekommen und tun und lassen zu können, was sie wollen, ohne jemals an die Konsequenzen denken zu müssen. Und weil ein Mädel aus der Kleinstadt wie du ihm nichts bedeutet. Ohne den richtigen Hintergrund, den richtigen Nachnamen und die richtigen Markenklamotten bist du für ihn nur ein Zeitvertreib, bis er was Besseres findet.

Aber ich brachte es nicht über mich, Johanna das alles zu sagen.

»Jedenfalls wusste ich, dass er heute hier sein würde, und dachte mir, dass ich dann mit ihm rede. Ernsthaft. Ich habe ihn drüben im Speisesaal auf dem Dancefloor gesehen, aber als ich auf ihn zugegangen bin, ist er einfach in die andere Richtung abgehauen. Damit er nicht mit mir reden musste, der Feigling.«

»Vielleicht hat er dich nicht gesehen«, entgegnete ich.

»Doch, das hat er. Aber das war nicht das Schlimmste. Ich wollte gerade hinter ihm hergehen, als Henrik Svanheden auf einmal vor mir stand. Dieser dunkelhaarige Typ aus Daniels Jahrgang, du weißt schon.«

»Dieser schleimige Kerl aus Östermalm, meinst du den?«

Nun lächelte Johanna wieder ein wenig.

»Genau. Und er war so schleimig wie immer. ›Suchst du Daniel?‹, hat er gefragt und dabei so überlegen gegrinst, wie er es ständig macht. Und dann hat er gesagt, dass ich mir das sparen könne. ›Warum denn?‹, hab' ich gefragt, und da hat er mir erzählt, dass Daniel ihm gesagt habe, dass er mich nicht mehr wolle. Verstehst du, wie erniedrigend das ist, so was von einem seiner Kumpels zu hören? Noch dazu von einem Kumpel, den man total verabscheut. Und nicht genug damit, weißt du, was er noch gesagt hat?«

»Nein, keine Ahnung«, antwortete ich ziemlich verblüfft, aber auch nicht sonderlich überrascht.

»Er sagte: ›Aber ich würde dich schon nehmen.‹ Ist das zu fassen? Als wäre ich irgendein verdammtes Möbelstück, das man mal einfach so weiterreicht. Scheißtypen!«

Johanna begann wieder zu weinen, und diesmal dauerte es

eine Weile, bis ich sie wieder beruhigen konnte. Ich bot ihr an, meine Pause sausen zu lassen, damit sie sich ein bisschen erholen konnte, aber Johanna wollte unbedingt wieder zurück an die Bar.

»Das lenkt mich ab«, sagte sie und lächelte tapfer.

Ich bestand nicht länger darauf und wartete, bis sie ihr verquollenes Gesicht auf der Toilette gewaschen hatte und wieder halbwegs präsentabel aussah. Dann zog ich meine schwarze Barschürze aus und stürzte mich ins Gewimmel.

Ich wanderte eine Weile planlos im Haus umher. Ich entdeckte niemanden, den ich kannte, und niemand erkannte mich. Überall drängten sich betrunkene und verschwitzte Gäste, die grölten, lachten, schrien und sich eifrig nach jemandem umsahen, den sie anmachen konnten. Ich fühlte mich wie eine Außerirdische.

Schließlich landete ich im Speisesaal. Hier waren die langen Tische und die Stühle vom Abendessen an die Wände geschoben worden. An der Decke hingen bunte Scheinwerfer, die Lichtkegel über die zur Musik umherhüpfenden Studenten pulsieren ließen. Und über all diejenigen, die niemanden zum Tanzen hatten und stattdessen an den Wänden standen und versuchten, entspannt auszusehen.

»Let me hear you say yeah«, brüllte die Sängerin von 2 Unlimited aus den gigantischen Verstärkern in den Ecken, und das tanzende Publikum brüllte zurück. Die deutschen Synthesizer-Trommeln schlugen schonungslos, und das endlos wiederholte »no no, no no no no no, no no no no, no no, there's no limit« des Refrains bohrte sich ins Bewusstsein, ob man wollte oder nicht. Und für all diese verschwitzten, erregten Menschen fühlte es sich vielleicht genauso an wie ein

Abend ohne Grenzen – an dem die Hoffnung noch lebte, dass genau das, auf das man gewartet hatte, noch geschehen würde. Was auch immer das war.

Ich wurde aus meinen Gedanken gerissen, als mich jemand am Ärmel zupfte. Ich drehte mich um. Vor mir stand ein kleiner Typ mit schweißüberströmtem Gesicht und grinste mich erwartungsvoll an. Er musste einer der Teilnehmer am Essen sein, denn er trug einen Anzug mit einer Krawatte, die aussah, als würde sie ihm die Luft abschneiden. Er beugte sich zu meinem Ohr vor und schrie, um die Musik zu übertönen:

»Tanzen wir?«

Ich schüttelte den Kopf und schrie zurück:

»Nein, das geht nicht. Ich arbeite.«

Er warf mir einen misstrauischen Blick zu.

»Aber du stehst doch nur da?«

»Ich habe gerade Pause. Aber ich muss gleich wieder zurück.«

Der Typ wirkte nicht überzeugt, schlurfte aber wieder von dannen und stellte sich in ein paar Metern Entfernung auf, um weiter zu glotzen. Ich hatte keine Lust, länger hierzubleiben. Wollte nicht, dass sich die Verzweiflung eines kleinen Anzugträgers auf mich übertrug. Mich zu einem der ihren machte. Der Gedanke an den gescheiterten Abend mit Pelle war wieder da und erfüllte mich mit Scham. Ich machte kehrt und floh aus dem Speisesaal.

Ich drängte mich durch das Menschenmeer in Richtung Treppe, die zur Bar hinunterführte. Ich wollte zurück zu Johanna und mich in den endlosen Bestellungen von Drinks verlieren.

Ich war gerade an der Treppe angelangt, als ich ein bekanntes Gesicht erblickte und wie erstarrt stehen blieb. Das Gesicht gehörte Daniel Lagerlöw. Er stand lässig gegen die Wand gelehnt und bedachte ein blondes Mädchen mit seinem charmantesten Lächeln. Auch sie hatte ich schon mehrmals gesehen. Sie war eine dieser Oberschichtbräute, die ich nicht ausstehen konnte.

Daniel Lagerlöw und die Blondine standen dicht nebeneinander, er hatte eine Hand ausgestreckt und spielte mit einer Locke von ihrem Haar, während sie strahlend und verliebt zu ihm aufsah. Das Ganze wirkte so lieblich, dass ich Lust hatte, mich zu übergeben.

Urplötzlich spürte ich eine enorme Wut in mir aufsteigen. Sie kam aus dem Nichts und überrumpelte mich vollständig. Sonst wurde ich nie wütend, ich war dazu gar nicht in der Lage. Sauer konnte ich werden und auch traurig, das viel zu oft, aber nicht wütend. Patrik, der einzige feste Freund, den ich zu Hause in Dalarna gehabt hatte, war damit nicht klargekommen, wenn wir stritten. Oder besser gesagt, wenn er mit mir stritt und ich weinte. Es endete immer damit, dass er schrie: »Aber scheiße, Mensch, kannst du dich nicht wenigstens ein bisschen aufregen? Bist du denn eine verdammte Heilige?« Darauf hatte ich nie eine Antwort gehabt.

Doch jetzt war ich so wütend, dass es in meinem Schädel brodelte. Wie konnte es dieses Schwein wagen, hier herumzuflirten, während meine Johanna sich unten hinter dem Tresen die Augen ausweinte? Mein ganzes Ich wurde vom Hass auf Leute wie ihn gepackt, die achtlos auf anderen herumtrampelten, während sie selbst unbekümmert mit ihren eleganten Namen und ihrem geerbten Geld durchs Leben pflügten. Denen es scheißegal war, dass sie eine Spur aus Tränen und gebrochenen Herzen hinter sich herzogen. Womöglich sogar aufgeschlitzte Pulsadern? Ich konnte nicht wissen, was Yuko in den Tod getrieben hatte, aber in meinem ganzen Zorn bekam Daniel Lagerlöw auch hierfür die Schuld in die Schuhe geschoben. Für Johanna, für Yuko, für alle anderen Mädchen, denen er das Herz gebrochen hatte ... dieses Mal sollte er nicht so leicht davonkommen.

Ohne weiter nachzudenken, marschierte ich zu ihm hin und packte ihn am Arm.

»Ich will mit dir reden. Jetzt«, zischte ich. Daniel sah die Blondine an, verdrehte die Augen und zuckte entschuldigend mit den Schultern, ließ sich aber widerstandslos in Richtung Ausgang ziehen.

Vor dem Verbindungshaus wimmelte es vor Partygästen. Manche waren auf dem Weg nach Hause, zu müde, zu besoffen oder zu scharf darauf, ihre Eroberung ins Bett zu kriegen, um noch länger zu bleiben. Andere standen noch am Eingang Schlange, obwohl es bereits nach halb eins war und die Party bald vorüber sein würde. Ein paar stritten sich mit den Türstehern, andere wankten vor sich hin singend herum, und wieder andere knutschten wild am Zaun um den Wallgraben. Mit anderen Worten: Ein ganz gewöhnlicher Studentenabend.

Ich schob Daniel zu den Stellplätzen für die Fahrräder, wo es halbwegs ruhig war, und baute mich mit verschränkten Armen vor ihm auf.

»Himmel, du hast es ja eilig. Benutzt du diese Anmachtechnik öfter?«, sagte Daniel und lächelte charmant.

Ich antwortete nicht und starrte ihn an, bis sein Lächeln verblasste und sein Blick unsicher wurde. Gut.

»Was zum Teufel treibst du eigentlich?«, sagte ich.

»Wie bitte? Ich hab' doch nichts gemacht?«, sagte Daniel mit etwas höherer Stimme als sonst. Eine solche Situation war er nicht gewohnt, das merkte man. Ein Mädchen, das ihn nicht bewundernd und verliebt anlächelte, lag jenseits seiner Komfortzone. Ich holte tief Luft und legte los.

»Hier mit einer neuen Tussi zu flirten, während die, mit der du gerade Schluss gemacht hast, ein Stockwerk tiefer hockt und weint, ist das etwa die feine Art? Hättest du nicht wenigstens bis morgen warten können? Und deinen Kumpel vorzuschicken, damit er die unbequeme Arbeit für dich erledigt wie ein kleiner Lakai. Du bist ein verdammter Feigling.«

»Ich kapiere nicht, was du meinst. Mit wem habe ich Schluss gemacht?«

Vielleicht stellte er sich nur dumm, aber in dem Fall war Daniel ein guter Schauspieler. Er wirkte aufrichtig überrascht, und ich spürte, wie meine bislang selbstsichere Wut ins Wanken geriet. Meine Stimme klang überhaupt nicht so überzeugt, wie ich mir wünschte, als ich ihm erzählte, was Johanna gesagt hatte.

»Verfluchter Henke«, sagte Daniel und seufzte. »Ich erschlage den Kerl, wenn ich wieder reinkomme.«

»Dann hast du das also nicht gesagt? Dass du nicht mehr mit Johanna zusammen sein willst?«

Daniel wand sich.

»Vielleicht hab' ich sowas Ähnliches im Suff gesagt. Aber ich konnte doch nicht wissen, dass Henke gleich zu Johanna rennt und es ihr sagt. Wir sind ja auch gar nicht zusammen. Nicht richtig jedenfalls.«

»Nein? Da hat Johanna mir aber etwas anderes erzählt.«

»Klar, sie übernachtet schon manchmal bei mir und alles. Aber sie rennt mir ständig hinterher und ruft am laufenden Band an. Jetzt hat sie sogar davon angefangen, dass ich an Weihnachten mit zu ihren Eltern nach Vetlanda kommen soll!« Er betonte »Vetlanda«, als könne jeder verstehen, wie absurd es war, dass er dort Weihnachten feiern sollte.

Gegen meinen Willen spürte ich, dass ich mich für Johanna schämte. Sie war verliebt und glücklich und wollte ihren neuen Freund vorstellen, das war natürlich völlig in Ordnung. Aber bei Typen wie Daniel Lagerlöw war das gleichbedeutend mit einer Bitte um Erniedrigung.

»Johanna ist total okay, ich bin nur noch nicht bereit für eine feste Beziehung«, sagte Daniel.

Ich lachte auf. »Nicht bereit ...«, das musste die abgenutzteste Umschreibung der Welt für »ich habe die Nase voll von dir und will andere Mädchen erobern« sein. Möglicherweise in Konkurrenz mit »Es liegt nicht an dir, sondern an mir«.

Daniel wirkte beleidigt. Doch dann änderte er die Strategie, machte ein paar Schritte auf mich zu, lugte unter seinem Pony hervor und schob die Unterlippe vor.

»Es tut mir wirklich leid wegen der Sache mit Johanna. Aber du ... Malin heißt du, oder? Sei bitte nicht wütend auf mich. Ich bin in Wirklichkeit echt kein schlechter Typ, ehrlich.«

Er schaute mich an, bis ich gezwungen war, seinen Blick zu erwidern. Sein intensiver blauer Blick unter dem schrägen Pony, ein aufreizendes Lächeln, das die Mundwinkel umspielte. Verdammt, er sah viel zu gut aus und stand viel zu nah bei mir, und als er mir mit der Hand über die Wange strich, kam mir nicht in den Sinn, sie wegzuschieben. Ich stand wie festgefroren da, als er sich vorbeugte und mir ins Ohr flüsterte:

»Wollen wir nicht mit dem ganzen Theater aufhören und lieber zu mir fahren?«

Seine Hand verharrte unter meinem Kinn. Als er mein Gesicht anhob, musste ich all meine Selbstbeherrschung aufwenden, um mich abzuwenden. Erneut beugte er sich vor und flüsterte:

»Ich liebe asiatische Mädchen, ihr seid so herrlich eng und so …«

Daniel Lagerlöw war schneller als ich. Meine Faust schaffte nur den halben Weg bis zu seinem Gesicht, bevor er mit steinhartem Griff mein Handgelenk packte. Das Gefühl seiner Finger um meinen Arm brannte ähnlich heftig wie meine vor Scham roten Wangen, als ich davonlief.

12

Am nächsten Morgen erwachte ich mit dem Geschmack von Erniedrigung auf der Zunge und einem letzten Bild von den Träumen der Nacht auf der Netzhaut. Das Bild zweier einsamer Umzugskartons in einem Kellerabteil, zurückgelassen von jemandem, der vor mir in meinem Zimmer gewohnt hatte. Es war kaum zu fassen, dass ich den Zusammenhang nicht schon eher begriffen hatte.

Eine halbe Stunde später standen die beiden Kartons in meinem Zimmer auf der Erde, und ich kniete davor. Jetzt sah ich auch, dass auf ihnen ein Post-it klebte. Darauf stand mit schwarzer Tinte ein einziges Wort: »YUKO«. Ich fragte mich, wer es geschrieben hatte.

Ich klappte den ersten Karton mit einem Gefühl von Feierlichkeit auf, als würde ich eine Art zeremonielles Ritual durchführen. Ich holte einen Gegenstand nach dem anderen heraus und reihte alles nebeneinander auf; die materiellen Spuren eines Menschen, den ich nie gekannt hatte.

Der Inhalt aus dem Karton schien größtenteils mit dem Studium zu tun zu haben. Notizblöcke mit Aufzeichnungen, ein Teil davon auf Englisch und ein Teil in Schriftzeichen, die vermutlich Japanisch waren – und in einem Block schwedische Worte in unsicherer Schrift aus einem Einführungskurs in die schwedische Sprache. Lehrbücher über die schwedische Kultur, verfasst auf Englisch und mit gelben Markierungen im Text. Ein paar Wörterbücher. Soweit ich sehen konnte, waren keine Romane dabei, allerdings einige dünne Comic-Hefte. Ich blätterte ein wenig in einem. Ich fand, dass alle Gestalten gleich aussahen, mit spitzem Kinn und großen Augen, und ich konnte in den Bildern keinen Zusammenhang erkennen. Ich hatte vage in Erinnerung, irgendwo gelesen zu haben, dass man japanische Bücher rückwärts lesen musste, und versuchte es auch auf diese Weise. Aber die Geschichten blieben genauso unverständlich für mich.

Es lagen auch Briefe in dem Karton, dünne Seiten, die wie Butterpapier zwischen meinen Fingern raschelten, und ein dünnes Bündel Fotos. Ich betrachtete jedes Bild sehr sorgfältig und versuchte zu erkennen, wer darauf ihre Eltern und Geschwister sein könnten. Aber alle sahen gleich aus, und ich schaffte es nicht einmal, die Menschen von Foto zu Foto wiederzuerkennen. Meine Unfähigkeit war mir peinlich, und mit jedem Gegenstand, den ich aus dem Karton holte, spürte ich meinen Unmut wachsen. Obwohl mir durchaus bewusst war, wie absurd es war, wollte ich so gerne glauben, dass ich mit Yuko ein Zusammengehörigkeitsgefühl entwickeln konnte; dass ich sie aufgrund meiner Haut- und Haarfarbe besser verstehen konnte als alle anderen im Wohnheim. Stattdessen kam ich mir nur wie eine ganz gewöhnliche Schwedin mit den üblichen Vorurteilen vor. Die nicht einmal in der Lage war, einen Asiaten von einem anderen zu unterscheiden; die auf einem Schulhof stehen und eine chinesische Mitschülerin verspotten hätte können.

Bald hatte ich den Boden des ersten Kartons erreicht. Ich

nahm den letzten Gegenstand heraus, einen rosafarbenen Spiralblock, auf dessen Vorderseite eine weiße Katze aufgezeichnet war. Über der Katze stand das Wort »DIARY« mit dicken Buchstaben. In meinen Augen schien es eher einem kleinen Mädchen zu gehören als einer zwanzigjährigen Studentin.

Ich schlug das Tagebuch auf. Auf der ersten Seite, in der Zeile unter dem Text »This diary belongs to:« hatte jemand in Großbuchstaben geschrieben: »YUKO NAKATA«. Und in der Zeile darunter stand in ebenso deutlicher Handschrift »RYDS ALLÉ 23 C:305«. Meine Adresse. Yukos Adresse. So albern es auch wirkte, es fühlte sich so an, als knüpfe unsere gemeinsame Adresse ein besonderes Band zwischen uns, als wären wir Geschwister.

Ich sprach ihren Namen mehrmals laut aus, sodass er im Raum widerhallte. Die harten Konsonanten fühlten sich in meinem Mund fremd und plump an. Yuko Nakata. Yuko Nakata.

Inzwischen waren meine Beine eingeschlafen, weil ich die ganze Zeit über im Schneidersitz auf dem harten Fußboden gesessen war, und ich stand auf und nahm das Tagebuch mit zum Sessel. Eifrige Vorfreude erfüllte mich, die naive Hoffnung, dass sie etwas auf Englisch in ihr Tagebuch geschrieben hatte und ich nun Yuko richtig kennenlernen würde.

Aber das hatte sie natürlich nicht getan. Mein erster Gedanke war, dass das Tagebuch vollkommen unbenutzt war, als ich beim Durchblättern zunächst nur weiße Seiten sah. Dann erst wurde mir klar, dass es natürlich von hinten beschrieben sein musste, drehte es um und begann dort.

Die Seiten waren von oben bis unten mit Schriftzeichen

bedeckt, alle in derselben sorgfältigen Schrift. Es erschien unbegreiflich, dass das, was für mich nichts anderes als sinnlose Striche mit einem Kugelschreiber war, von denen ich nicht einmal wusste, in welcher Reihenfolge ich sie lesen musste, die innersten Gedanken und Gefühle eines Menschen wiedergab.

Ich blätterte eine Weile planlos im Tagebuch auf der Suche nach etwas, das ich deuten konnte; etwas, das mir einen Hinweis auf Yukos trauriges Schicksal liefern konnte. Auf ein paar Seiten im Buch befanden sich mit Bleistift gemalte Zeichnungen, ganz ähnlich wie jene, die ich zuvor in den Comic-Heften gesehen hatte. Alle Bilder glichen einander und zeigten offenbar dasselbe Mädchen in einer Schuluniform, das den Leser mit großen Augen und ernster Miene anstarrte. Auf einigen Bildern war das Mädchen von großen Herzen umgeben und hatte Rosen auf den Wangen. Es waren fröhliche Bilder, hoffnungsfrohe Bilder, und es wärmte mein Herz, sie zu sehen. Ich wollte so gern wissen, dass Yuko glücklich gewesen sein durfte. Ich blätterte weiter bis zum Ende des Tagebuchs. Auf der letzten – oder ersten – Seite befand sich auch ein Bild von einem Mädchen. Aber hier gab es keine Herzen oder rote Röckchen. Das Mädchen auf dem Bild war mit groben, hässlichen Zügen gemalt, hatte glühende Augen, und die Schriftzeichen rund herum beachteten die Zeilen nicht, sondern bildeten ein einziges Chaos. Mit einem unbehaglichen Gefühl schloss ich das Tagebuch und widmete mich wieder den Kartons.

Der zweite enthielt den Rest von Yukos persönlichen Besitztümern. Vor allem Klamotten, Jeans und Pullover, die ich auch selbst hätte kaufen können. Schuhkartons, ein wenig

Schmuck, Schminke, Fläschchen mit Shampoo und Salben mit Preisschildern aus dem Supermarkt. Immer langsamer nahm ich die Sachen aus dem Karton, bis ich schließlich ganz innehielt. Die Spannung, die ich zu Beginn verspürt hatte, war gänzlich verschwunden. Jetzt fühlte ich nur noch Lustlosigkeit, als wäre das, was ich tat, ein unverzeihliches Eindringen in die Privatsphäre einer Fremden. Und nicht nur das: Ganz tief in meinem Bewusstsein nagte auch das Gefühl, dass ich in gewisser Weise den ersten Schritt auf einem Weg gemacht hatte, den ich nicht hätte beschreiten sollen. Und dass es zu spät war umzukehren.

Rasch packte ich die Sachen zusammen, stopfte sie wieder in die Kartons zurück und trug alles zurück in den Keller. Erst als ich wieder ins Zimmer zurückkam, merkte ich, dass das Tagebuch noch auf dem Boden lag. Ich schob es ganz hinten in die oberste Schreibtischschublade.

Den restlichen Samstag verbrachte ich am Schreibtisch. Mir blieben weniger als drei Tage bis zur Prüfung in VWL, und wenn ich jeden wachen Augenblick dazu nutzte, konzentriert und aufmerksam zu lernen, könnte es vielleicht klappen. Aber die Konzentration wollte sich nicht einfinden. Ständig wanderten meine Gedanken zurück zu Yuko. Sie verdrängte alle Formeln und Kurven, die ich in meinem Gehirn gespeichert hatte. Immer wieder blieb mein Blick an der Schublade hängen, und mehr als nur einmal zog ich sie auf und fuhr mit dem Finger über die weiße Katze vorne auf dem Tagebuch.

Ich verstand nicht, wieso mich Yukos Schicksal so mitnahm. Was in meinem Zimmer passiert war, war furchtbar, kein Zweifel. Aber ich kannte sie nicht, und es geschah mehrmals am Tag, dass Menschen in dieser Welt starben, so schrecklich es auch war. Wie meine Mitbewohner gesagt hatten: Passiert ist passiert, und das Einzige, was man tun kann, ist nach vorne schauen.

Dennoch konnte ich den ganzen Tag lang an nichts anderes denken. Nicht einmal ein Abstecher in die Waschstube, wo ich meine schmutzige Wäsche in die Maschine stopfte und zusah, wie meine Jeans und meine Hemden herumgewirbelt wurden, konnte mich ablenken.

Als es Abend wurde und die Dämmerung mich zwang, die Schreibtischlampe anzumachen, damit ich den Text im Buch lesen konnte, hielt ich es nicht länger aus, mit meinen Gedanken allein zu sein. Ich wählte Johannas Nummer. Ich hatte mehrmals daran gedacht, sie anzurufen, hatte mich aber nicht getraut. Aus irgendeinem seltsamen Grund fühlte ich mich schuldig nach dem, was passiert war.

Am Abend zuvor hatte ich Johanna nach meiner Rückkehr hinter die Bar nichts von meiner Begegnung mit Daniel erzählt. Ich brachte es nicht über mich, so sehr schämte ich mich dafür, dass ich mich auch selbst fast hatte düpieren lassen. Johanna hatte verbissen, aber tapfer hinter dem Tresen gestanden und Bier verkauft.

»Morgen rufe ich ihn an und verlange eine Erklärung von diesem Arsch«, zischte sie mir in einer kleinen Verschnaufpause zu.

»Lass nur nicht zu, dass er dich wieder um den Finger wickelt. Du hast was Besseres verdient als diesen Schleimer«, sagte ich.

»Um den Finger wickeln? Das glaubst du doch nicht im

Ernst! Nach dem, was er getan hat, würdige ich ihn keines Blickes mehr«, hatte sie mit entschlossen in die Hüfte gestemmten Händen erwidert.

Nun klingelte es bei Johanna, aber sie ging nicht ran. Vermutlich wollte sie nicht abheben, weil sie fürchtete, dass Daniel dran war. Vielleicht hatte sie das Telefon sogar ausgesteckt.

Da entschied ich mich. Packte eine Tüte mit Butter, Eiern und weiteren Zutaten voll und ging zu meinem Fahrrad. Ein netter Mädchenabend mit Schokoladenkuchen, genau das brauchten Johanna und ich jetzt. Johanna könnte mir ihr Herz über Daniel ausschütten und ich ihr von Yuko erzählen. Zusammen würden wir all das Unheimliche und Merkwürdige überwinden und uns gegenseitig trösten, wie richtige Freunde es tun. Sich auf die Lebenden konzentrieren, anstatt auf die Toten, das musste ich jetzt machen.

13

Ich radelte am Einkaufszentrum und am Herrgår'n vorbei, hinein in das Gewirr aus Backsteingebäuden, die mit asphaltierten Fahrradwegen miteinander verbunden waren. Hier und da standen kleine, achteckige Waschhäuschen. Das hier war das Herz des studentischen Bereichs von Ryd, in dem sich Tausende junge Menschen in identischen Wohnheimen stapelten. Für Studenten, die größere Ambitionen hatten oder bei der Paarbildung schon einige Etappen geschafft hatten, gab es die Kinderwagen-Abteilung in Richtung Björnkärrsvägen mit richtigen Studentenwohnungen, und all jene, die wider Erwarten nach der Studentenzeit in Ryd bleiben wollten, konnten sich jederzeit ein Reihenhaus in der übrigen Gegend kaufen.

Überall standen Baugerüste. Die Universität wuchs, und der Bedarf an Studentenwohnungen war unermesslich. Die Lösung, zu der man gelangt war, wurde von Kommunalpolitikern als »Verdichtung bereits bebauten Gebiets« bezeichnet, was in Ryd bedeutete, dass vielen Häusern das Dach abgenommen und ein Stockwerk hinzugefügt wurde. Zur Freude aller Wohnungssuchenden, aber zum Ärger aller, die schon dort wohnten und versuchten, bei dem Baulärm zu lernen. Im Herbst war die Stimmung extrem aufgeheizt gewesen, bis die Wohnungsgenossenschaft schließlich einwilligte, wenigstens vorübergehend die Mieten zu senken. Johanna wohnte in einem der am stärksten betroffenen Häuser, aber bislang hatte sie sich darüber nicht sehr beklagt.

»Ich kann ja immer zu Daniel, wenn die zu viel Krach machen«, hatte sie kichernd gesagt. Aber das war vorher.

Ich war gerade aus dem Sattel gesprungen, als ich hinter dem Bretterzaun neben den Fahrradstellplätzen die Eingangstür ins Schloss fallen hörte. Zwei Stimmen näherten sich. Die beiden befanden sich direkt hinter der Bretterwand, und ich vernahm das Geräusch von Fahrrädern, die aus dem Gestell gehoben wurden. Ich erkannte sofort Johannas småländischen Dialekt. Seltsamerweise klang sie gar nicht so, als sei ihr Herz gebrochen. Sie redete und lachte wie immer. Ich wollte gerade hinter dem Bretterverschlag vortreten, als ich auch die zweite Stimme erkannte. Sie gehörte einem Jungen, und ich fühlte, wie mir das Herz in die Hose rutschte. Es war Daniels Stimme.

Ich traute meinen Ohren nicht. Trotz der Versicherungen am Abend zuvor hatte sie ihn also zurückgenommen. Wie ein geschlagener Hund, der mit eingezogenem Schwanz zu seinem Herrchen zurückkriecht, stand sie da und lachte, als sei nichts passiert. Wie konnte sie nur?

Als die Stimmen sich wieder entfernten, lugte ich hinter dem Zaun hervor und sah, dass Johanna und Daniel ihre Fahrräder schoben. Sie gingen dicht nebeneinander, und Daniel hatte wie selbstverständlich seine freie Hand in die hintere Tasche ihrer Jeans gesteckt. Johannas lautes Lachen war das Letzte, das ich hörte, bevor sie um die Ecke bogen und verschwanden. In diesem Moment hasste ich das Lachen.

Hasste Johanna. Ich hatte einen riesigen Klumpen in der Brust und hasste. Ich hasste alle Mädchen, die unreife, total egoistische Typen auf sich herumtrampeln ließen und dann zurückkrochen, um erneut auf sich herumtrampeln zu lassen. Ich hatte an diesem Abend eine Freundin verloren, das spürte ich. Meine einzige Freundin. Noch nie hatte ich mich so allein gefühlt.

Langsam schob ich mein Fahrrad zurück durch Ryd. Die Tüte mit den Kuchenzutaten baumelte provozierend am Lenker, und ständig kamen mir Gruppen von Studenten mit fröhlichen Gesichtern und klirrenden Tüten entgegen, alle auf dem Weg zu den obligatorischen samstäglichen Vorfeiern. Alle außer ich.

Ich war gerade am Herrgår'n vorbeigegangen, da hörte ich, wie jemand hinter mir meinen Namen rief. Ich drehte mich um und sah einen eifrig winkenden Pelle. Er trug eine rote Biker-Jacke und sprudelte vor Energie wie immer.

»Hallo Malin! Wohin gehst du denn?«, fragte er und lächelte breit. Es war das erste Mal, dass ich Pelle seit dem Abend von vor drei Tagen traf. Ich hatte mir größte Mühe gegeben, ihm auszuweichen, und jedes Mal abgewartet, bis die Luft rein war, wenn ich in die Küche musste. Aber jetzt blieb mir keine Fluchtmöglichkeit.

»Nur nach Hause, um was zu essen zu machen.«

»Damit?«, fragte Pelle und blickte neugierig in meine Tüte.

»Nein, das ist für einen Kuchen. Ich war bei einer Freundin zum Kaffeetrinken«, log ich.

»Und was willst du dir dann zu essen machen? So einen

fertigen Kartoffelbrei mit Wurst, den du immer isst?«, sagte Pelle und grinste.

Ich errötete. Genau das hatte ich vorgehabt. Auf Essen hatte ich noch nie besonderen Wert gelegt.

»Ach, komm doch lieber mit ins Herrgår'n. Ein paar Leute kommen, und wir essen Hamburger und trinken ein Bier. Oder zwei. Heute Abend kocht Mia, sie macht saugute Hamburger.«

Im ersten Moment wollte ich ablehnen. Aber andererseits war Pelles Einladung eine Möglichkeit, nicht zurück in mein Zimmer – und in die Einsamkeit – zu müssen. Und als Pelle ein paar Schritte auf mich zutrat, mir die Hand auf die Schulter legte und sagte: »Es würde mich sehr freuen, wenn du mitkommst, Malin«, konnte ich einfach nicht nein sagen.

Eine Viertelstunde später hockte ich auf einem Sofa in der Gaststube des Herrgår'n, eingeklemmt zwischen zwei von Pelles Studienkameraden und mit einem großen Bier vor mir. Direkt gegenüber saßen Pelle und zwei weitere Informatikstudenten. Sie hatten mir ihre Namen gesagt, und ich hatte sie sofort wieder vergessen. Nach dem anfänglichen leichten Panikgefühl, inmitten einer Runde von wildfremden Kerlen zu sitzen und zu versuchen, originell zu sein, verlebte ich überraschend angenehme Stunden. Die Hamburger waren gut und Pelles Freunde lustig. Und nicht ein einziges Mal wollte jemand wissen, woher ich eigentlich kam. Ausnahmsweise durfte ich nur Malin Granström aus Dalarna sein und sonst niemand. Leck mich, Johanna, dachte ich und lauschte den amüsanten Geschichten der anderen von den vergangenen Partys, die sich alle um das drehten, worüber Studenten ständig zu reden schienen. Alkohol.

In einer Pause, in der Pelle und seine Freunde kurz schwiegen, um von ihren Hamburgern abzubeißen, wartete ich mit meiner Geschichte über den Typen auf, der acht Rum Cola in einem Glas an der Bar bestellt hatte. Die anderen lachten. Aufrichtig, wie es schien. Es fühlte sich gut an.

»Habt ihr gehört, was Mattias Skogh letzte Woche nach einer Party passiert ist? Der Maschinenbauer, ihr wisst schon. Er wohnt in meinem Stockwerk. Der Arme, ich glaube, er hat sich bis heute noch nicht davon erholt«, sagte einer von den Typen mir gegenüber, der sich möglicherweise am Anfang als Patrik vorgestellt hatte.

Den heiteren Gesichtsausdrücken der anderen nach zu urteilen, hatten sie gehört, was besagtem Mattias zugestoßen war. Sie schienen gespannt zu sein, wie meine Reaktion auf diese offenbar fantastische Geschichte ausfallen würde. Ich spielte brav meine Rolle:

»Nein, habe ich nicht gehört. Was ist denn passiert?«

»Nun«, sagte Vielleicht-Patrik und beugte sich über den Tisch zu mir vor. »Mattias war vor der Party mit ein paar Kumpels beim Eimerkippen, deshalb war er natürlich schon ziemlich dicht, als er zur Party kam. Aber du weißt vielleicht nicht, was Eimerkippen ist?«

Er meinte das bestimmt nicht herablassend, aber ich spürte trotzdem, wie ich rot wurde, und Pelle warf rasch genervt ein:

»Nein, weiß sie nicht. Malin ist ja erst seit dem Herbst hier. Erklär es einfach, Peter. Anstatt dich hier aufzuspielen.«

»Ja, ja«, sagte der Kerl, der offenkundig Peter hieß und nicht Patrik, und zog eine Grimasse in Pelles Richtung.

»Das Eimerkippen ist eine Art Wettkampf, bei dem man

Schnaps, Wein, Limonade und Fruchtsaft in Eimer füllt, und dann geht es darum, die Eimer in Teams möglichst schnell zu leeren. Als Wettkampf betrachtet, ist das Ganze natürlich völlig sinnlos, wenn die Eimer leer sind, sind alle viel zu blau, um noch zu wissen, wer gewonnen hat. Aber es ist eine verdammt effektive Weise, um dicht zu werden.«

Alle außer Pelle lachten. Er drehte sich zu mir um und sagte ernst:

»An deiner Stelle würde ich mich davor hüten. Das ist nicht nur sinnlos, sondern kann auch gefährlich sein. Besonders, wenn man zierlich gebaut ist. Ich kenne Mädchen, die nach solchen Veranstaltungen im Krankenhaus gelandet sind.«

»Keine Sorge, Pelle. Ich kann schon auf mich selbst aufpassen«, erwiderte ich.

»Darf ich jetzt weitererzählen, oder wollt ihr noch eine Weile tuscheln«, sagte Peter und fuhr fort, bevor irgendjemand etwas sagen konnte.

»Ja, und auf der Party hat Mattias noch mehr gebechert, irgendwann war er hackedicht. Er meinte, dass er sich nur noch erinnert, sein Fahrrad aufgeschlossen zu haben, um zurück nach Ryd zu fahren. Danach ... alles schwarz. Keine einzige Erinnerung an den Rest der Nacht. Und wir wissen ja alle, wie einem der Arsch auf Grundeis geht, wenn man am nächsten Tag mit so einer Gedächtnislücke aufwacht, oder?«

Alle außer mir nickten, und ich fühlte mich wie ein unverbesserliches Landei, das noch nie eine Gedächtnislücke gehabt hatte, nicht einmal eine winzige.

»Ja, scheiße«, sagte der Typ neben mir. »Wisst ihr noch, als wir bei Jonte ein Tequila-Race abgehalten haben und ich absolut sicher war, dass ich direkt nach Hause gegangen bin. Bis ich beim Aufwachen festgestellt habe, dass ich einen Stempel vom Flamman auf der Hand hatte. Bis heute habe ich keine Ahnung, was ich dort gemacht habe.«

Peter seufzte.

»Megaspannend. Wollt ihr den Rest der Geschichte hören oder nicht? Ihr quatscht ja endlos dazwischen. Wie gesagt, jedenfalls ist er am nächsten Morgen aufgewacht, ohne sich an den Vorabend zu erinnern. Aber immerhin liegt er in seinem eigenen Bett, ihm tut nichts weh, und er hat weder seinen Geldbeutel noch die Schlüssel verloren. Also geht Mattias froh und erleichtert ins Bad, um zu duschen. Aber ratet mal, was er entdeckt, als er seine Hose auszieht?«

Peter machte eine Kunstpause und trank einen Schluck Bier. Die anderen sahen mich erwartungsvoll an.

»Keine Ahnung. Vielleicht hatte er keine Unterhose an«, sagte ich. Nur um irgendetwas zu sagen.

Meine Antwort brachte Pelle so zum Lachen, dass er Bier in die Nase bekam, und auch die anderen kicherten. Peter jedoch lehnte sich mit verschränkten Armen zurück und sah sauer aus.

»Was denn?«, fragte ich.

»Du hast gerade Peters schöne Geschichte zerstört«, sagte Pelle und schnäuzte sich in die Serviette. »Genauso war es nämlich. Er ist am Morgen voll angezogen aufgewacht, nur seine Unterhose fehlte. Er muss sich also irgendwann ausgezogen, die Unterhose weggelegt und irgendwo vergessen haben – ohne die geringste Ahnung zu haben, wo das gewesen sein könnte. Stell dir vor, wie dem Kerl die Düse geht. Aber wie zum Teufel bist du darauf gekommen?«

»Ach, ich hab' einfach nur geraten. Tut mir leid, Peter, ich wollte deine Pointe nicht ruinieren. Der Arme, hat er immer noch nicht rausgekriegt, wo seine Unterhose geblieben ist?«, sagte ich, um die Situation zu retten.

Peter schüttelte den Kopf.

»Nein, obwohl er inzwischen halb Ryd danach gefragt hat. Er kriegt noch immer jedes Mal Herzrasen, wenn sein Telefon klingelt, weil er denkt, dass die Polizei dran ist oder irgendeine Braut, die er geschwängert hat oder so.«

»Aber was glaubst du, was passiert ist?«

»Was ich glaube?«, meinte Peter mit einem Grinsen. »Tja, entweder, er war tatsächlich bei irgendeiner Braut. Oder aber es war ganz einfach so, dass jemand einen total breiten Mattias Skogh im Aufenthaltsraum vorgefunden, ihn in sein Zimmer geschleppt und ihm die Hose ausgezogen hat. Dann hat dieser Jemand womöglich die Unterhose in einer Schreibtischschublade versteckt und ihn wieder angezogen.«

»Du Sack«, sagte Peter und lachte. »Mattias erschlägt dich, wenn er die Unterhose findet.«

»Was denn«, erwiderte Peter und breitete die Arme aus. »Schaut nicht mich an. Ich habe nur gesagt, was passiert sein könnte, oder?«

Nachdem das Gelächter verstummt war, blickte Pelle zu dem Studenten, der mir schräg gegenüber an der Wand saß, und sagte:

»Du bist heute Abend auffallend still, Marko. Hast du keine spannenden Trinkgeschichten, die du mit uns teilen willst?«

Der Typ, der offenbar Marko hieß, hatte wirklich nicht viel gesagt. Die meiste Zeit hatte er nur in seinem ausgewaschenen schwarzen T-Shirt dagesessen, an seinem Bier genippt und finster dreingeschaut. Er war der Einzige in der Runde, der nicht besonders nett wirkte. Das wenige, das er von sich gab, war abfällig und herablassend, und manchmal glaubte ich, aus dem Augenwinkel zu sehen, wie er mich anstarrte, wenn er dachte, dass ich es nicht bemerkte. Die anderen ignorierten ihn die meiste Zeit und seufzten lautlos, wenn er zwischendurch etwas besonders Dummes sagte, auch sie schienen ihn nicht sonderlich zu mögen.

Nach Pelles Frage wurde es kurz still. Marko stierte mich an und sagte schließlich:

»Du bist also in Pelles Wohnheim eingezogen? In das Zimmer von dieser Japanerin?«

Ich zuckte zusammen.

»Wie fühlt sich das an?«, fragte Marko und starrte mich unentwegt an. Pelle warf ihm einen warnenden Blick zu, aber Marko schaute nicht zu ihm hin. Ich tat, als würde ich nicht verstehen, was er meinte und antwortete:

»Im selben Stock zu wohnen wie Pelle? Ja, das ist total okay, solange er nicht die ganze Nacht bei voller Lautstärke die Pixies hört.«

Entweder verstand Marko den Wink nicht, oder aber er ignorierte ihn einfach.

»Ich meine, wie es sich anfühlt, in einem Zimmer zu wohnen, in dem kurz vorher jemand gestorben ist. Jemand, der sich die Pulsadern aufgeschlitzt hat und in der Badewanne verblutet ist. Das muss ziemlich heftig sein.«

»Heftig? Ich verstehe nicht, was du meinst.«

»Na klar verstehst du das«, erwiderte Marko und grinste. Seine Augen glühten so sehr vor Erregung, dass mir ein

Schauer den Rücken hinunterlief. Ich spürte, wie die Wut in mir aufstieg.

»Woher weißt du überhaupt so viel darüber, wie sie gestorben ist? Hat dir Pelle das erzählt, oder was?« Ich starrte Marko an, aber aus dem Augenwinkel sah ich, dass Pelle mir einen unglücklichen Blick zuwarf.

»Marko, Mensch. Hör jetzt auf. Das ist nicht lustig«, sagte Pelle. Die anderen rutschten verlegen hin und her und schwiegen. Marko reagierte überhaupt nicht, sondern bohrte einfach weiter:

»Das ist ja wie in einem Horrorfilm. Du kannst Besichtigungen organisieren und Übernachtungen anbieten. ›Verbringe eine Nacht im Studentenzimmer des Todes. Wenn du dich traust.‹«

Marko fuhr mit der Hand durch die Luft, während er sprach, als läse er den Text eines unsichtbaren Plakats vor.

»Stell dir vor, wie viel Geld du verdienen könntest. Ich würde jedenfalls sofort buchen.« Dann lächelte er, und seine Augen glitzerten.

»Kannst du mich mal bitte durchlassen?« Ich stieß dem Typen, der neben mir auf dem Sofa saß, den Ellbogen ungerecht heftig in die Rippen. Er rutschte schweigend zur Seite und ließ mich vorbei.

»Danke für den netten Abend. Es war sehr schön, aber ich muss jetzt los. Morgen ist ja auch noch ein Tag, nicht wahr?«, ratterte ich herunter und sah alle an, außer Marko und Pelle. Dann drehte ich mich um und hoffte, dass niemand meine Tränen der Wut sah.

»Warte, Malin, ich komme mit«, hörte ich Pelle hinter mir, während ich mir einen Weg durch das Gedränge bahnte.

Ich schaffte es nur bis zu meinem Fahrrad, dann hatte er mich eingeholt. Unbeholfen legte er mir die Hand auf den Rücken, während ich nach vorn gebeugt dastand und verbissen an meinem Fahrradschloss herumfummelte.

»Bitte, Malin, sei nicht so wütend. Kümmere dich nicht um Marko, er meint das nicht böse. Er ist nur ein bisschen sonderbar. Und ein bisschen zu sehr auf Horrorfilme und dieses Zeug fixiert. Einen Typen, der ernsthaft der Meinung ist, dass »Blutgericht in Texas« der beste Film ist, der jemals gedreht wurde, kann man doch nicht ernst nehmen, oder?«

Pelle grinste über seinen Scherz und sah mich hoffnungsfroh an. Ich knurrte etwas Unverständliches und zog das Fahrrad mit einem Ruck aus dem Gestell. Pelle schlurfte mit gesenktem Kopf hinterher.

Schweigend radelten wir zurück in die Ryds Allé und stellten die Fahrräder vor dem Haus ab. Pelle schloss seines rasch ab und wartete mit dem Türschlüssel in der Hand auf mich. Ich kniete neben meinem Fahrrad mit dem verfluchten Bügelschloss in der Hand, das sich nicht schließen wollte, und spürte, wie mir die Tränen in die Augen stiegen.

Pelle kam zurück und kniete sich neben mich. Ich hoffte, dass er nicht sah, wie meine Hände zitterten.

»Brauchst du Hilfe mit dem Schloss?«, fragte er.

»Ich brauche keine Hilfe. Vor allem nicht von dir«, brummte ich, aber als Pelle mir das Schloss abnahm und in den Bügel drückte, versuchte ich nicht, ihn daran zu hindern.

»Warum bist du so wütend? Ich möchte nicht, dass du wütend auf mich bist«, sagte Pelle und wollte den Arm um mich legen. Es verpasste mir einen Stich in der Brust, als ich seine verletzte Miene sah, aber ich blieb hart und schob ihn weg.

»Kannst du denn nicht verstehen, warum ich wütend bin?«, fragte ich.

Pelle antwortete nicht, sondern sah nur noch unglücklicher aus.

»Findest du vielleicht auch, dass Yuko eine ›heftige‹ Geschichte ist, so wie dein Kumpel? Etwas, mit dem man vor seinen Freunden angeben kann?«, sagte ich und gab mir alle Mühe, kalt und hart zu klingen. Das gelang mir nicht sehr gut, meine Stimme brach mehrmals, und ich zog die Nase hoch, damit ich kein Taschentuch suchen musste. Verdammt.

»Natürlich finde ich das nicht«, antwortete Pelle und wirkte traurig und zornig zugleich. »Aber es ist nicht gerade ein Geheimnis. Alle haben ja die Streifenwagen und den Krankenwagen gesehen, und dann ging das ganze Gerede los. Jeder, der hier in der Gegend wohnt, weiß, was passiert ist. Wir waren überrascht, dass du nicht auf dem Laufenden warst.«

Da fiel dieses »wir« wieder. »Wir« im Wohnheim, die getuschelt und uns gefragt hatten, wie viel sie wusste, diese Neue mit den Schlitzaugen, die nicht reinpasste. Sie konnten ja nicht wissen, dass ich drei Monate lang in einem Übergangszimmer in Lambohov gehockt und keinen blassen Schimmer gehabt hatte, was in Ryd vor sich ging.

»Wir sind alle sehr traurig über Yukos Tod«, sagte Pelle.

»Ach ja? Das merkt man aber nicht«, erwiderte ich. »Ihr redet ja nie über sie, erwähnt nicht einmal ihren Namen. Stattdessen tut ihr so, als hätte es sie nie gegeben. Ich glaube nicht, dass ihr euch auch nur ein bisschen um sie geschert habt.«

»Das stimmt nicht«, sagte Pelle mit schwacher Stimme.

Er mied meinen Blick und sah zu Boden. Es schien, als sei auch er kurz davor, jeden Moment in Tränen auszubrechen.

Hätte ich all meine Sinne beieinander gehabt, hätte ich es dabei belassen. Ich hätte eingesehen, dass ich bereits zu weit gegangen war und Pelle in Ruhe lassen sollte. Aber es war, als würde mein ganzer Frust plötzlich aus mir herausbrechen. Die Wut über Johannas Verrat, die Scham, die Einsamkeit, der Prüfungsstress, die Wirkung des Alkohols von dem Bier, das ich im Herrgår'n getrunken hatte … all das ließ ich nun an Pelle aus.

»Wie du zum Beispiel, du bist immer so edel und hilfsbereit und willst es allen recht machen. Als wärst du so viel besser als alle anderen. Aber ein armes japanisches Mädchen, das sich hier, auf der anderen Seite des Erdballs, total einsam gefühlt hat, war dir scheißegal. Sie war so unglücklich, dass sie keinen anderen Ausweg gesehen hat, als sich das Leben zu nehmen, und du hast keinen Finger gerührt, um sie zu retten. Ist das edel?«

Ich bereute diese Worte schon, bevor ich den letzten Satz beendet hatte. Aber es war zu spät. Als Pelle den Kopf hob und mich ansah, war er weiß vor Zorn im Gesicht, und er zischte mit zusammengebissenen Zähnen:

»Und was weißt du davon? Du kommst her und wirfst mit Beschuldigungen um dich, als hättest du alle Antworten parat. Glaubst, alles besser zu wissen, nur weil ihr beide zufällig schwarzes Haar habt. Aber du weißt gar nichts. Nichts!« Pelles Stimme wurde schriller und schriller, und er trat so nah an mich heran, bis sein Gesicht nur noch wenige Zentimeter von meinem entfernt war.

»Ich war es, der sie an jenem Tag gefunden hat, wusstest

du das? Ich kam von einer Vorlesung nach Hause und bemerkte, dass der halbe Flur überschwemmt war. Ich habe ihre Tür geöffnet und gesehen, wie sie da in der Wanne lag. Ich habe versucht, sie zu retten, wusstest du das, Malin? Habe mich gezwungen, diesen glitschigen Körper zu packen, aus der Wanne zu ziehen und nach einem Puls zu fühlen. Kannst du dir vorstellen, wie das ist? Kannst du nicht verstehen, dass man danach einfach nur vergessen möchte? Dass es der einzige Weg ist, um zu überleben?«

Nachdem er das gesagt hatte, drehte Pelle mir den Rücken zu und ging Richtung Haustür, ohne sich noch einmal umzublicken.

»Entschuldige, Pelle. Das wusste ich nicht. Ich hab's nicht so gemeint«, rief ich. Aber die Haustür war bereits wieder ins Schloss gefallen, und ich rannte hinterher. Als ich unser Stockwerk betrat, war Pelle schon in seinem Zimmer und hatte die Tür hinter sich geschlossen. Auf mein Klopfen hin öffnete er nicht. Ich drückte mein Gesicht an die Türspalte und wiederholte meine Entschuldigung in der Hoffnung, dass er sie hörte.

14

Es dauerte lange, bis ich einschlafen konnte, und ich wachte bereits nach einer Stunde wieder auf. Das Echo meines Schreis hallte noch im Raum wider. Im Zimmer war es eiskalt, meine Decke war verschwunden, und ich zog die Knie an und schlang die Arme um meinen Körper. Ich hatte wieder einen Albtraum gehabt, und diesmal erinnerte ich mich daran. Und zwar viel genauer, als ich es mir wünschte.

Die Traumhandlung fand in meinem Studentenzimmer statt. Dass es mein Zimmer war, stand außer Zweifel. Die Möbel befanden sich an den gewohnten Plätzen, der Kassettenrekorder thronte auf dem Regal, und das Smiths-Plakat hing wie immer an der Wand. Aber trotzdem war es nicht wie immer. Im Traum hatte sich mein sicheres Heim in einen fremden Ort verwandelt, umso furchteinflößender aufgrund der vertrauten Details.

Die Lampen waren aus, und das warme Licht der Straßenlaterne vor dem Fenster war einem pulsierenden blauen Lichtschein gewichen. Und am Boden stand das Wasser mehrere Zentimeter hoch, das hin und her schwappte und gegen die Wände klatschte. Die Decke schien sich herabgesenkt zu haben und war viel niedriger als sonst. Außerdem bewegte sie sich. Über meinem Kopf schwebte eine Masse aus vermengten schwarzen Kabeln, die überallhin wucherten und ständig Form und Muster änderten. Mir stockte der Atem, als ich sah, woraus das schwarze Material eigentlich bestand. Es waren Haare.

Im Traum lag ich wach in meinem Bett und konnte mich nicht bewegen. Meine Decke schien sich in eine Bleimasse verwandelt zu haben, die mehrere Tonnen wog und mich auf die Matratze presste. Wie sehr ich auch kämpfte, um mich aus meinem Gefängnis zu befreien, sie regte sich keinen Millimeter. Eine nahende Gefahr lag in der Luft, ich konnte es geradezu körperlich spüren.

Nach einer Weile veränderte sich der Traum, und etwas fing an, sich unter meiner Decke zu bewegen, unten am Fußende. Ein Huckel bildete sich, der sich fortbewegte. Als ich meinen Kopf hob, konnte ich beobachten, wie sich die Ausbuchtung unter der Decke nach oben verschob, auf mich zu. Trotzdem fühlte ich nichts auf der Haut; nichts Fremdes, das meinen Körper berührte. Ich konnte meinen Körper überhaupt nicht spüren. Als gebe es von mir nur noch den Kopf, und als sei der Rest meines Körpers eins mit der Decke und dem fremden Wesen, das sich darunter bewegte. Ich war hilflos, gefangen, und das Einzige, was ich mit Sicherheit wusste, war, dass alles vorüber sein würde, sobald das Wesen den Rand der Decke erreichte.

Als das Wesen unter der Decke ungefähr den halben Weg zurückgelegt hatte, veränderte sich plötzlich die Perspektive des Traums. Ich sah mich von oben, als wäre mein Bewusstsein emporgeflogen und betrachtete aus der Luft schwebend meinen Körper. Ich sah mich wie gelähmt im Bett liegen, mitten in dem Meer aus dunklem Wasser, während die Decke sich wölbte und wieder senkte durch das Ding, das langsam und zielgerichtet auf mein Gesicht zukam. Der Anblick war so furchtbar und Angst einflößend, dass ich im Traum aus der Hilflosigkeit ausbrach, mich zurück in den Körper auf dem Bett stürzte, die Decke wegtrat und schrie, schrie, schrie, um diesem schrecklichen Albtraum ein Ende zu bereiten.

Ich machte die Nachttischlampe an und sah mich im Zimmer um. Dabei sog ich jedes Detail auf, um mich selbst davon zu überzeugen, dass es vorbei war. Ich schaute zu dem Schein der Straßenlaterne, der Muster an die Wand warf; auf den trockenen Linoleumboden und auf die Decke, die zusammengeknüllt darauf lag. Ich lauschte meinem Herzen, das immer lauter schlug. Aber nicht nur mein Herz schlug, da war auch noch etwas anderes. Jemand klopfte an meine Tür.

Mit zitternden Knien krabbelte ich aus dem Bett und ging in Richtung Tür. Nach ein paar Schritten blieb ich stehen. Plötzlich erfasste mich ein vollkommen irrationaler Schreck. Was, wenn es kein Traum gewesen war? Was, wenn das, was sich unter meiner Decke verborgen hatte, in den Flur hinausgeschlichen war und jetzt an meine Tür klopfte? Darauf wartete, hereingelassen zu werden?

Das Klopfen setzte erneut ein, diesmal lauter, und ich hörte jemanden hinter der Tür husten. Das Husten erlöste mich von meiner Panik, und ich schluchzte erleichtert auf. Das war natürlich Pelle, der von meinem Geschrei aufgewacht war und sich fragte, ob mit mir alles in Ordnung sei. Pelle, der mir meine Dummheit verzeihen, Tee aufsetzen, CDs vorspielen und alles wieder zum Guten wenden würde.

Aber es war nicht Pelle, der anklopfte. Die Person, die mit

wirrem Haar und in eine Decke gewickelt vor mir stand, war eine wütende Rebecka.

»Was zum Teufel treibst du? Du weckst ja das ganze Stockwerk auf«, bellte sie und starrte mich zornig an. Dann schwieg sie kurz, und als sie fortfuhr, klang ihre Stimme viel weicher.

»Aber was ist denn passiert? Du siehst ja völlig verängstigt aus.«

Bevor ich antworten konnte, hörte ich jemanden rufen:

»Was macht ihr denn da drüben?«

Ich schaute zu Rebeckas Zimmer und sah einen Typen in Unterhose in der Türöffnung. Er wirkte angefressen.

»Hör mal, Rebecka. Komm, und leg dich wieder hin. Ich muss bald wieder aufstehen und arbeiten.«

Rebecka sah mich lange an, dann drehte sie sich zu dem Kerl um und sagte:

»Du kannst dich anziehen und zu dir fahren. Ich muss mich jetzt um was anderes kümmern.«

»Jetzt? Aber scheiße, hey… warum denn?«, protestierte er.

»Das ist nicht deine Baustelle. Es war echt total schön, aber jetzt ist Schluss mit dem Vergnügen. Zisch jetzt ab, sei bitte so lieb.«

Der Typ schnaubte wütend, verschwand aber gehorsam wieder im Zimmer.

»Geh doch schon mal in die Küche und mach uns einen Tee. Ich komme gleich. Muss mir nur schnell was anziehen«, sagte Rebecka und tappte durch den Flur zurück und schleifte die Decke wie eine Brautschleppe hinter sich her.

Ich saß auf dem Sofa im Aufenthaltsraum und wartete auf Rebecka. Wenn ich die Augen schloss, konnte ich noch immer das krabbelnde Etwas unter der Decke vor mir sehen und den Druck spüren, der mich auf die Matratze presste. Diese Erinnerung schnürte mir die Luft ab.

»Es war nur ein Traum. Nichts als ein Traum«, flüsterte ich. Ich streckte die Hand aus und verharrte so lange, bis sie aufhörte zu zittern.

Kurz darauf kam Rebecka in die Küche. Sie trug schwarze Jeans und einen Strickpulli, der ihr fast bis zu den Knien ging. Dann waren wütende Schritte im Flur zu hören, und die Eingangstür fiel ins Schloss.

»Tut mir leid, dass ich deinen Freund vertrieben habe«, sagte ich.

Rebecka schnaubte.

»Er ist nicht mein Freund. Freunde sind nur lästig, jammern ständig und stellen eine Menge Forderungen. Es ist besser, wenn man die Typen wegschicken kann, falls man wichtigere Sachen zu tun hat. Wie jetzt.« Sie lächelte mir zu und deutete mit dem Daumen in Richtung Balkon.

»Komm, wir gehen raus und rauchen eine.«

Rebecka ging noch einmal in ihr Zimmer zurück. Als sie wiederauftauchte, hatte sie sich eine braune Lederjacke übergezogen. In der einen Hand hielt sie eine Zigarettenschachtel und ein Feuerzeug, in der anderen eine zweite Lederjacke. Eine schwarze, die sie mir entgegenstreckte.

Es war das erste Mal, dass ich eine Lederjacke anhatte. Sie war groß und schwer und hatte zu lange Ärmel. Rebecka lachte mich aus, wie ich barfuß in ihrer zu großen Lederjacke über meinem roten Flanellpyjama dastand.

»Schau, wie süß du bist«, sagte sie, und es klang fast so, als meinte sie das aufrichtig.

Auf dem Balkon steckte sich Rebecka zwei Zigaretten in den Mund und zündete beide an. Sie reichte mir eine davon, und wir rauchten eine Weile schweigend. Wobei ich eigentlich nur so tat und ganz kurze Züge nahm. Ich wollte nicht wieder husten.

Rebecka warf mir einen Seitenblick zu und sagte:

»Na, willst du mir jetzt erzählen, warum du vorhin so grauenhaft geschrien hast, oder muss ich hier noch lange rumstehen und mir den Kopf zerbrechen?«

»Ich hatte einen Albtraum«, sagte ich, und dann erzählte ich ihr alles, angefangen bei dem seltsamen Licht, über die Haare, das Wasser bis hin zu dem Etwas, das aus der Decke hervorgekrochen war.

»Ja, das hört sich gruselig an«, meinte Rebecka und nahm einen tiefen Lungenzug. »Ich träume oft davon, dass ich von einer Menge böser Clowns gejagt werde. Das mache ich, seit ich sechzehn war und Es von Stephen King gelesen habe. Hätte ich damals lieber nicht tun sollen. Als Sechzehnjährige war ich ziemlich ängstlich.«

»Entschuldige, aber ich glaube, dass mein Traum mehr zu bedeuten hat als deine Clowns«, sagte ich.

»Wieso denn?«

Ich holte tief Luft. Jetzt sage ich es, dachte ich.

»Ich glaube, dass der Traum von Yuko gehandelt hat. Ich glaube, dass sie versucht, mir etwas mitzuteilen.«

Rebecka zuckte zusammen.

»Hör auf. Ich will darüber nicht reden, das habe ich doch schon gesagt.«

Ich hatte nicht vor, so schnell aufzugeben.

»Ich hab' vorhin Pelle getroffen. Er hat mir erzählt, dass er sie tot in der Badewanne gefunden hat. Es muss schrecklich gewesen sein, so etwas zu erleben.«

Rebecka zuckte die Achseln und aschte in das Glas in der Nische.

»Manchmal passieren halt schreckliche Dinge, so ist es einfach. Und was dich nicht umbringt, macht dich härter, wie man so schön sagt. Es hat keinen Sinn, pausenlos darüber nachzudenken. Du hast unheimliches Zeug über das gehört, was in deinem Zimmer passiert ist, und deshalb träumst du unheimliche Sachen. Tough shit, aber das geht vorbei. Was passiert ist, das ist Geschichte, das ist jetzt vorbei.«

Und wenn es das nicht ist, dachte ich. Stell dir vor, dass es eben nicht vorbei ist. Stell dir vor, das alles ist erst der Anfang. Der Gedanke kam aus dem Nichts, und ich hätte ihn nicht besser formulieren können. Noch war es nur das vage Gefühl, dass alles, was geschehen war, auf eine merkwürdige Weise miteinander zusammenhing. Dass die Träume, die Haare in der Wanne, das seltsame Gefühl, das mich manchmal überkam, die Gestalt, die ich im Badezimmerspiegel gesehen zu haben glaubte – dass all dies eine besondere Bedeutung hatte. Aber diesen Gedanken behielt ich vorerst lieber für mich.

»Wisst ihr denn überhaupt nicht, warum sie sich das Leben genommen hat? Hat sie nichts gesagt? Hat sie keinen Brief hinterlassen?«

Rebecka seufzte.

»Meine Güte, bist du stur. Nein, sie hat nichts gesagt, und ich weiß nicht, ob es irgendeinen Zettel gab. Sie hat hier knapp drei Monate lang gewohnt, kaum ein Wort geredet, und keiner von uns hat sie wirklich gekannt. Du findest vielleicht, dass das herzlos klingt, aber tut mir leid, so ist es leider.«

Wir rauchten schweigend weiter, bis Rebecka plötzlich fragte:

»Wie fühlt es sich eigentlich an, adoptiert zu sein?«

So war es immer. Wenn einem die Gesprächsthemen ausgingen und eine unangenehme Pause entstand, passierte immer dasselbe. Wenn mein perfektes Schwedisch und meine lückenlose Kenntnis der Codes der schwedischen Kultur sich einen kurzen Augenblick lang nicht in Worten ausdrückten, wurde der Zauber gebrochen, und meine Gesprächspartner sahen mich nicht mehr als das Individuum Malin. Stattdessen reduzierten sie mich auf mein Aussehen, auf meine schwarzen Haare, meine Schlitzaugen und meine platte Nase.

Normalerweise antwortete ich neutral und ausweichend und versuchte, die Diskussion gleich im Keim zu ersticken. Aber jetzt schaffte ich das nicht. Ich war aufgewühlt und müde, es war vier Uhr am Morgen, und ich hatte dieses Mal nicht die Kraft, das Spiel zu spielen. Stattdessen entschied ich mich, ganz offen die Wahrheit zu sagen.

»Meistens denke ich nicht daran. Solange mich niemand daran erinnert, fühle ich mich wie eine ganz normale Schwedin. Aber sonst ist es total beschissen. Einerseits finden die Leute, dass man froh und dankbar sein soll, weil man in ein so schönes Land wie Schweden kommen durfte und nicht in einem Waisenheim hocken musste. Andererseits erwarten sie von einem, dass man sich verloren und unglücklich fühlt und seine ganze Zeit damit verbringt, nach seinem Ursprung zu suchen. Ganz egal, wie man es macht, es ist falsch. Und ständig muss man Typen ertragen, die einem ihre Karatetritte vorführen und einem erzählen, wie gut alle asiatischen Mädchen im Bett sind.«

Ich verstummte verlegen nach meinem heftigen Wutausbruch und wartete auf die Ausreden und Gegenargumente oder im besten Fall das höfliche Mitgefühl, das nun folgen würde. Aber Rebecka war nicht wie andere.

»Tut mir leid für dich«, sagte sie, zuckte mit den Schultern und drückte ihre Zigarette im Glas aus. »Aber wir haben alle unser Kreuz zu tragen. Komm jetzt, gehen wir rein und trinken eine Tasse Tee.«

Ich blieb allein mit meiner Aufgewühltheit auf dem Balkon zurück und starrte der braunen Lederjacke nach, die in Richtung Küche entschwand. Rebecka verstand es nicht. Niemand verstand, wie es war, ich zu sein. Oder aber ich verstand es nicht. Vielleicht hatte Rebecka recht: Vielleicht hatte jeder eine Last zu tragen, und ich sollte nicht glauben, dass meine schwerer war als die von jemand anderem.

Rebecka pfiff vor sich hin, während sie den Tee in Tassen umgoss und rief mir über die Schulter zu:

»Machst du uns ein bisschen was zu essen dazu? Zwieback und Knäckebrot sind in meinem Schrank.«

Ich holte den Zwieback und das Brot, nahm Käse, Marmelade und Butter aus dem Kühlschrank und trug alles zum Esstisch. Ich schraubte den Deckel vom Marmeladenglas, nahm den Käse aus der Plastikverpackung und wollte gerade das Messer in die Butter stecken, als ich innehielt und spürte, wie mir das Herz in der Brust gefror. Ich konnte mich nicht rühren und starrte auf die Butterschale, ohne zu begreifen, was ich sah. In der Küche plauderte Rebecka weiter und hantierte mit dem Wassertopf, aber ihre Stimme wurde immer leiser, und ich konnte nicht mehr hören, was sie sagte.

Kurz darauf kam Rebecka mit der Teekanne herein, und ohne zu überlegen, verbarg ich die Butterschale hastig hinter dem Rücken und versuchte die Unschuldsmiene.

»Was ist los?«, fragte Rebecka verwundert.

»Nichts. Ich hab' nur was vergessen. Bin gleich wieder da«, sagte ich und eilte in die Küche. Ich stellte die Butter auf die Anrichte und holte tief Luft. Meine Finger zitterten, als ich die lange schwarze Haarsträhne aufnahm, die zusammengeringelt auf der gelben Butter lag. Wie eine Schlange im Gras, die auf den richtigen Augenblick zum Zubeißen wartete.

»Was hältst du davon, wenn wir jetzt ins Bett gehen? Du siehst total fertig aus«, sagte Rebecka, nachdem wir den Tee getrunken hatten. »Zum Glück ist morgen Sonntag, da müssen wir nicht früh raus.«

Wir räumten alles ab, und während Rebecka das schmutzige Geschirr in die Spüle stellte, ging ich schon voraus in den Flur. Als sie meinen Schrei hörte, rannte sie hinterher und wäre fast mit mir zusammengestoßen. Ich stand wie angewurzelt im Flur und starrte auf den Boden.

»Was zum Henker ist denn jetzt wieder los?«

Der Schock hatte mir die Fähigkeit zu sprechen geraubt, und ich deutete stumm auf den Boden. Rebecka lachte und hob ihre Stiefel auf, die vor Richards Zimmer lagen.

»Meine Güte, was haben die Typen nur mit meinen Dr.

Martens? Eine echt reife Art, sich für ausgebliebenen Morgensex zu rächen, oder was meinst du?«

Rebecka drehte sich zu mir um.

»Aber was ist denn mit dir, Malin? Du zitterst ja am ganzen Leib. Dieser Traum hat dich echt total aus der Spur geworfen.« Entschlossen stemmte sie die Hände in die Hüften und fuhr fort:

»Du schläfst heute einfach bei mir. Ich habe ein breites Bett und ein zweites Kissen. Denn so kannst du auf keinen Fall alleine bleiben.«

Ich protestierte nicht, sondern ließ mich willig in Rebeckas Zimmer führen. Dort sah es aus, als hätte eine Bombe eingeschlagen. Überall lagen Klamotten und Krimskrams herum, und dreckige Tassen balancierten gefährlich auf hohen Stapeln aus Schreibblöcken und alten Zeitungen auf dem Schreibtisch. Im ganzen Raum hing ein schwacher, aber eindeutiger Geruch von Schweiß und Sex.

»Welche Seite willst du haben?«, fragte Rebecka und warf ihre Lederjacke auf den Sessel.

Die ohne den feuchten Fleck, dachte ich, sprach es aber nicht laut aus. Ich bat sie auch nicht, erst das Laken zu wechseln, obwohl ich das gern gewollt hätte. Stattdessen kroch ich neben sie unter die Decke. Es fühlte sich komisch an, einen anderen Menschen dicht neben mir in der Dunkelheit zu spüren. Aber schön. Rebecka schlief sofort ein. Ich lag lange wach und lauschte ihren ruhigen Atemzügen, bis ich ebenfalls in einen tiefen, traumlosen Schlaf sank.

15

12:24 leuchtete auf Rebeckas Radiowecker, als ich wieder aufwachte. Ich war allein. Die braune Lederjacke auf dem Sessel war weg, und als ich die Tür öffnete und hinausblickte, lag der Flur verlassen da. Alle Türen waren geschlossen. Ich wusste, dass Torbjörn und Camilla übers Wochenende nach Hause zu ihren Familien gefahren waren und dass Richard auf irgendeinem Politikerkongress in Göteborg war. Und Pelle ... Ich schluckte mehrmals trocken, bevor ich es wagte, an seine Tür zu klopfen. Dabei hoffte ich, endlich eine Chance zu bekommen, mich in aller Form bei ihm zu entschuldigen. Aber er machte nicht auf. Vielleicht war er wieder zu seiner Freundin gefahren.

Ich zögerte kurz vor meiner Tür, bevor ich mich über die Schwelle traute. Drinnen sah alles aus wie immer. Kein Wasser, kein blaues Licht und kein krabbelndes Wesen. Natürlich. Alles war völlig normal. Nur mein zerwühltes Bett zeugte von den schreckerfüllten Ereignissen der Nacht. Dann zwang ich mich, ins Bad zu gehen und den Finger in den Abfluss der Wanne zu stecken. Kein einziges schwarzes Haar. Bei Tageslicht fühlte sich alles, was in der Nacht geschehen war, unwirklich und beinahe albern an. Worüber hatte ich mich so aufgeregt? Ein unheimlicher Traum, Haare auf der Butter, die genauso gut von mir stammen konnten, und ein Paar Stiefel vor Richards Zimmer … Rebecka hatte sicherlich recht, der Albtraum hatte mich offenbar ordentlich durcheinandergebracht. Und als ich mir vor dem Badezimmerspiegel die Zähne putzte, war nichts als mein Spiegelbild zu sehen.

Den ganzen Nachmittag über klemmte ich hinter dem Schreibtisch und starrte auf meine VWL-Bücher, obwohl ich wusste, dass es ein hoffnungsloses Unterfangen war. Hätte ich eine Woche mehr Zeit gehabt, wäre es vielleicht noch denkbar gewesen, aber bei gerade mal zwei Tagen bis zur Prüfung war die Chance, dass ich sie bestehen würde, minimal. Trotzdem saß ich da und starrte in die Bücher, denn was sollte ich auch anderes tun?

Ich überlegte, ob ich mir etwas zu essen machen sollte, als ich hörte, wie im Flur eine Tür geöffnet wurde. Dann folgten rasche Schritte in Richtung Aufenthaltsraum. Also war einer der anderen zurückgekommen. Schön. Ich hatte die Nase voll vom Alleinsein und freute mich auf ein wenig Gesellschaft beim Essen. Vor allem hoffte ich, dass es Pelle war.

Bevor ich mein Zimmer verließ, zog ich meine abgenutzte Jogginghose aus und eine Jeans an. Dann fuhr ich mir mehrmals mit den Fingern durch die Haare. Eigentlich hätte ich duschen sollen, aber das musste noch warten. Ich wollte nicht riskieren, die Person, die im Flur die Tür geöffnet hatte, zu verpassen.

Als ich die Türklinke hinunterdrücken wollte, wurde wieder eine Tür zugeschlagen. Verdammt, hatte die Person die Küche schon wieder verlassen und war in ihr Zimmer zurückgegangen? Ich lauschte gespannt, ob doch jemand im Flur war. Erst konnte ich nichts hören, aber nach kurzer Stille glaubte ich das Geräusch einer Türklinke zu vernehmen und kurz darauf das leise Knarren von Türangeln. Ich runzelte die Stirn. Merkwürdig. Wer schlich hier herum?

Ich beugte mich vor und legte ein Ohr an die Tür. Doch da erklang auf einmal der laute Knall einer mit voller Kraft zugeschlagenen Tür, gefolgt von eiligen Schritten, die an meinem Zimmer vorbeiliefen. Ich zuckte zusammen und starrte mit klopfendem Herzen ins Leere. Was ging hier eigentlich vor? Ich streckte die Hand nach der Klinke aus, aber bevor ich die Tür öffnen konnte, krachte im Flur eine weitere Tür ins Schloss. Und dann noch eine. In den darauffolgenden Sekunden herrschte jenseits meiner Tür ein wahnsinniger Lärm, und Schritte rannten von der einen Seite zur anderen. Als wären alle Bewohner des Flurs auf einmal verrückt geworden und rannten panisch umher. Aber dann wurde es genauso plötzlich wieder still, und es waren nur noch meine hektischen Atemzüge zu hören.

Ich weiß nicht, wie lange ich so dastand und die Tür anstierte, bis ich es schließlich über mich brachte, sie zu öffnen und in den Flur zu schauen.

Dort sah alles so aus wie wenige Stunden zuvor, als ich aufgewacht war. Alle Türen waren zu, und nach dem zu folgern, was ich vom Aufenthaltsraum auf die Entfernung erkennen konnte, lag dieser ebenso verlassen da wie vorher. Mit zunehmender Beklommenheit ging ich von Tür zu Tür und klopfte. Bei Camilla, Pelle, Torbjörn, Rebecka und Richard, aber niemand öffnete. Und als ich das Ohr an ihre Türen legte, war absolut nichts zu hören. Es war niemand da, der Türen zuschlagen oder hin und her hätte rennen können. Gar niemand.

Langsam ging ich zurück zu meinem Zimmer. Ich trat ein und hielt die Luft an, während ich ganz, ganz sachte die Tür wieder zuschob und zugleich nach fremden Geräuschen lauschte. Und ja, genau in dem Moment, in dem meine Tür sich schloss, krachte draußen im Flur eine Tür zu. Eine von den Türen, die bereits zu waren. Obwohl ich darauf vorbereitet war, zuckte ich zusammen. Ich riss meine Jacke an mich und floh. Weg von dem leeren Flur und den geschlossenen Türen.

Vor dem Haus blieb ich stehen und atmete tief durch. Es war ein schöner und kühler Tag. Es hatte in der Nacht geschneit, und ausnahmsweise war der Schnee liegengeblieben, anstatt sich in grauen Matsch zu verwandeln. Der Asphalt, die Fahrräder und die Bäume, die den Parkplatz säumten, waren mit weißem Puderschnee überzogen, der die Wirklichkeit in eine idyllische Decke hüllte und alle Geräusche dämpfte. Die Wintersonne schien an einem hellblauen Himmel und spiegelte sich in den Schneekristallen, dass die Augen schmerzten. Ein heftiges Heimweh überkam mich. So sollte ein richtiger Winter sein. Genauso waren die langen Winter in Dalarna in meiner Kindheit gewesen: mit Langlauftouren, langen Unterhosen und warmem Saft vor dem Kachelofen im Haus meiner Eltern.

Und jetzt? Wohin konnte ich gehen, außer zurück ins Wohnheim? Mein knurrender Magen lieferte die Antwort. Die Pizzeria Ryd lag nur wenige Hundert Meter entfernt, und eine Trost spendende, vor Fett triefende Capricciosa war genau das, was ich brauchte.

Der kürzeste Weg von meinem Haus zur Pizzeria verlief

über den breiten Bürgersteig neben der Durchfahrt. Diesen Weg nahm ich auch durch den Schnee, bevor ich in der Pizzeria die üblichen zehn Minuten wartete und dann mit meinem Karton in der Hand wieder aus der Tür spazierte. Aber auf dem Rückweg nahm ich den längeren Weg über den Fußgängerweg quer durch das Viertel. Vor einem der Häuser blieb ich stehen. Hier wohnte Daniel Lagerlöw. Ein paarmal hatte ich Johanna auf dem Weg zur Universität morgens am Eingang abgeholt, und einmal war ich fast mit ihm in der Waschstube zusammengestoßen.

Ich weiß auch nicht recht, wieso ich diesen Weg nahm oder was ich mir erhofft hatte. Vielleicht, dass Johanna mit Tränen in den Augen aus dem Haus gelaufen käme, nachdem sie wieder betrogen worden war, und dass ich die Chance bekommen würde, sie mit Freundschaft und Pizza zu trösten, und dass alles gut würde und alles Merkwürdige verschwände. Ich weiß es nicht. Es kam keine Johanna gelaufen. Es war, wie es war. Ich war allein. Und ich hatte keinen anderen Ort, an den ich gehen konnte, als nach Hause zu den krachenden Türen.

Ich stieg die Treppe hoch, den Pizzakarton in einer Hand, mit der anderen kramte ich in der Tasche nach dem Schlüssel – da sah ich eine wohlbekannte Gestalt vor der Tür zu meinem Stockwerk und seufzte erleichtert auf. Es war Camilla, die aufschloss. Sie war gut gelaunt wie immer und hatte eine Sporttasche in der Hand.

»Oh, du hast es aber eilig«, sagte sie lächelnd.

»Hungrig«, sagte ich und hielt den Pizzakarton hoch. »Bist du wieder zurück aus Motala?«

Camilla nickte.

»Wir können uns die Pizza teilen, wenn du möchtest«, schlug ich großzügig vor. »Falls du nicht schon zu Abend gegessen hast, meine ich.«

»Danke, aber ich fahre gleich ins Fitnessstudio. Muss nur schnell ins Zimmer und mich umziehen. Außerdem esse ich keine Pizza, da sind zu viele gesättigte Fettsäuren für mich drin.« Sie sagte das in einem scherzhaften Ton, aber ich spürte, wie mich dennoch ein leichter Widerwillen packte.

Bevor ich mir überhaupt eine angemessen giftige Antwort ausdenken konnte, hatte Camilla ihre Schuhe ausgezogen und war in Richtung ihres Zimmers gesprintet. Kurz davor blieb sie stehen und drehte sich um. Sie zeigte auf mein Zimmer.

»Übrigens«, sagte sie. »Ich weiß, dass du neu bist und alles, aber das solltest du in Zukunft lieber lassen. Es kann gut sein, dass hier und da Hauptschlüssel in Umlauf sind, man kann nie wissen.«

»Was soll ich lieber lassen?«, fragte ich und blickte von meinen Stiefeln auf, die ich gerade auszog, aber Camilla hatte bereits ihre Zimmertür hinter sich geschlossen und hörte mich nicht. Eine Antwort war aber auch gar nicht nötig, denn ich wusste sofort, was sie meinte.

Die Tür zu meinem Zimmer, die ich ganz sicher zugemacht und abgeschlossen hatte, bevor ich weggegangen war, war nicht mehr zu und abgeschlossen. Sie stand sperrangelweit auf.

Ich stellte meine Stiefel ab und ging langsam zu meinem Zimmer. Hatte ich vielleicht vergessen, die Tür hinter mir zuzumachen? Zerstreut war ich schon immer gewesen, und es war schon mehr als einmal passiert, dass ich die Tasche zu Hause oder den Geldbeutel im Geschäft vergessen hatte. Aber ich erinnerte mich noch sehr genau daran, wie ich erst eine halbe Stunde zuvor mit zitternden Fingern die Schlüssel aus der Jackentasche gefischt und das Schloss dreimal verfehlt hatte, bis es mir endlich gelungen war abzuschließen.

Ich drückte mich an die Wand neben die Tür. Das Herz klopfte mir bis zum Hals, und ich zählte stumm bis zehn, bevor ich den Kopf vorstreckte, blitzschnell ins Zimmer blickte und mich wieder zurückzog. Dann folgte eine rasche Auswertung dessen, was ich in dem kurzen Moment gesehen hatte. Das Fazit lautete: Nichts Besonderes. Meine zweite Jacke und der Morgenmantel an ihren Haken, Schals und Mützen auf dem Regal, Hausschuhe und Schultasche auf dem Boden. Alles wie immer.

Ich ließ ein paar Sekunden verstreichen und wiederholte die Prozedur. Diesmal wagte ich einen längeren Blick. Noch immer sah ich nichts Ungewöhnliches. Oder doch? Hatte der Boden nicht ein wenig anders ausgesehen als sonst, irgendwie glänzender? Ich umrundete den Türpfosten und machte ein paar Schritte ins Zimmer.

Nass. Sofort beim Eintreten wurde mir klar, dass der Boden so glänzte, weil er nass war. Gut zwei Zentimeter Wasser waren aus dem Bad geströmt und standen im ganzen Zimmer. Die Schuhe auf dem Boden und die Unterseite meines schwarzen Rucksacks waren völlig durchnässt und würden ewig brauchen, bis sie wieder trocken waren. Mal wieder der Ablauf verstopft, wollte ich denken. Nichts Besonderes, ich rufe einfach den diensthabenden Hausmeister an, wollte ich denken. Aber ich erinnerte mich noch an das Wasser auf dem Boden in meinem Traum und erschauderte unwillkürlich, als ich spürte, wie das eiskalte Wasser durch meine Socken drang.

Als ich den Blick hob, sah ich etwas anderes, das auch nicht wie sonst war. Im Zimmer, auf halbem Weg zwischen Bett und Tür, lag etwas auf der Erde. Etwas, das definitiv nicht dort gelegen hatte, als ich hinausgegangen war. Ich tapste durch das Wasser und hob den Gegenstand auf. Die weiße Katze auf der Vorderseite des Tagebuchs starrte mich an.

Ich ging zum Schreibtisch und zog die oberste Schublade auf. Als ich das Zimmer verlassen hatte, lag das Tagebuch noch darin, da war ich mir absolut sicher. Und dass ein Einbrecher in mein Zimmer eingedrungen war, nur um Wasser auszuschütten und ein rosafarbenes Tagebuch mitten auf den Boden zu legen, war vollkommen absurd. Ich hatte keine einzige rationale Erklärung mehr für die merkwürdigen Dinge, die im Stockwerk vor sich gingen. Und zum ersten Mal dachte ich den Gedanken zu Ende. Dass es hier spukte. Dass Yuko hier herumspukte.

»Ich bin dann weg. Bis dann!«

Ich zuckte zusammen. Instinktiv verbarg ich das Tagebuch hinter meinem Rücken und lächelte Camilla an, die in Trainingsklamotten vor meiner Tür stand, das Haar zu einem Pferdeschwanz hochgebunden.

»Bis dann. Viel Spaß wünsche ich dir«, antwortete ich und hörte selbst, wie angespannt und schrill meine Stimme klang.

Camilla runzelte die Stirn.

»Du hörst dich aber komisch an. Ist etwas passiert?«

»Nein, nein. Gar nichts. Du hast mich nur erschreckt. Alles bestens. Ich hoffe, es läuft alles gut mit den Liegestützen und so. Wenn du bei deinen Einheiten Liegestütze machst natürlich. Aber vielleicht machst du ja gar keine.«

Während ich Camilla bemüht anlächelte, nahm ich aus dem linken Augenwinkel durch die offene Badezimmertür eine Bewegung wahr. Ich wagte es nicht, den Kopf in die Richtung zu drehen, aber ich konnte schwören, dass eine verschwommene, weiße Gestalt mit schwarzem Haar im Badezimmerspiegel vorbeihuschte. Im nächsten Augenblick war sie wieder weg.

Camilla musterte mich zweifelnd, aber schließlich ging sie. Und kaum hörte ich sie die Treppe hinablaufen, fiel die Tür zu meinem Zimmer mit einem lauten Knall ins Schloss.

16

Als wolle man die sehr funktionelle, aber langweilige Architektur, die den Campus der Universität von Linköping prägte, noch unterstreichen, waren die Gebäude weder nach berühmten Wissenschaftlern noch nach bedeutenden Förderern benannt, sondern ganz einfach mit Buchstaben versehen worden. Das Gebäude mit dem Buchstaben D auf der Fassade lag am Ende des Campus und beherbergte Institute der Sprachwissenschaften und anderen Humanwissenschaften. Die Platzierung konnte symbolisch gedeutet werden; an einem Hochschulstandort, an dem achtzig Prozent der Ausbildungsplätze der technischen Hochschule angehörten, fristeten die humanistischen Wissenschaften gelinde gesagt ein Schattendasein.

Im D-Gebäude befand sich auch die Unibibliothek, eine gigantische Landschaft aus Linoleumböden und endlosen Holzregalen mit Referenzliteratur und tonnenweise stattlichen Analysen, in die nur selten jemand einen Blick warf. Entlang der Längsseite lagen Gruppenräume mit verglasten Abtrennungen, und mitten in der Bibliothek befand sich eine erhöhte Plattform mit vereinzelten Leseplätzen. Reihe an Reihe standen kleine Tische mit integrierten Bücherregalen als Sichtschutz und Leselampen, die an den Tischplatten angebracht waren. Hatte man großes Glück und kam früh, konnte man sogar einen Tisch ergattern, an dem die Lampe tatsächlich funktionierte.

Es war der Tag vor der Prüfung in VWL, und mehrere meiner Kommilitonen hockten an den kleinen Tischen und schwitzten über den Büchern. Aber weder Johanna, Pernilla noch Ulrika waren zu sehen. Sie waren bestimmt zu Hause bei einer von ihnen und lernten zusammen. Und aßen Schokoladenkuchen dabei.

Auch ich hatte meinen Leseplatz mit aufgeschlagenen VWL-Büchern, Übungsaufgaben und Vorlesungsnotizen beladen. Aber ich studierte eine ganz andere Art von Buch.

Mit Augenringen und schwerem Kopf saß ich da. Die ganze Nacht lang hatte ich wach gelegen, mich im Bett hin und her gewälzt und versucht, meine wirren Gedanken zu ordnen. Ohne großen Erfolg.

»Bloß gut, dass ich nicht an Gespenster glaube«, hatte ich erst vor wenigen Tagen zu Pelle gesagt. Und das stimmte. Ich glaubte nicht an Gespenster und hatte es noch nie getan. Wenn meine Freunde vom Gymnasium sich von einem Medium die Karten legen ließen, hatte ich mich stets über die Bluffer lustig gemacht und war nie mitgegangen. Aber wenn es keine natürlichen Erklärungen mehr gab, auf die man das Ganze zurückführen konnte, blieb einem keine andere Wahl, als das zu glauben, was man mit seinen eigenen Sinnen sah und hörte, oder? Die einzige Alternative war, dass ich verrückt geworden war, und diese Erklärung wollte ich nicht hinnehmen. Die Haare in der Badewanne, die Schritte im Flur und das Tagebuch auf dem Boden waren echt gewesen, da war ich mir ganz sicher.

Die einzig mögliche Schlussfolgerung, die ich ziehen konnte, war, dass Yuko aus irgendeinem Grund im Stockwerk geblieben war und »die Grenze zur anderen Seite« nicht überschritten hatte, wie es in den Gespenstergeschichten hieß.

Ich musste zugeben, dass die Idee von der Anwesenheit eines Flurgespenstes trotz des erlebten Schreckens nicht völlig unbehaglich war, sondern auch ein bisschen aufregend. Wenn die merkwürdigen Ereignisse tatsächlich Botschaften aus dem Jenseits waren, musste dies ja bedeuten, dass ich auserwählt worden war, sie entgegenzunehmen. Ich erinnerte mich an die Geschichten in den Wochenzeitschriften, die ich bei meiner Großmutter gelesen hatte; darin kamen Schlossgespenster und die »Weiße Frau« eines Anwesens vor, von denen die Bewohner gern und stolz erzählten – und die sie überhaupt nicht fürchteten.

Vielleicht spürte auch Yuko die Zusammengehörigkeit durch unsere asiatische Herkunft und wollte ausgerechnet mir ihre Zeichen übermitteln. Dieser Gedanke machte mich stolz. Aber es hieß auch, dass die Verantwortung, die Botschaft zu deuten, bei mir lag. Und der einzige Schlüssel zu dieser Deutung lag aufgeschlagen vor mir auf dem Tisch.

Neben dem Tagebuch lag ein dickes Buch mit blauem Einband, das ich aus dem Regal für »Sprachwissenschaften spezielle Länder« genommen hatte. Entschlossen schlug ich das japanisch-schwedische Wörterbuch auf. Ich würde nicht aufgeben, ehe ich nicht den Grund für Yukos Selbstmord gefunden hatte.

Nach nicht einmal zehn Minuten hatte ich eingesehen, welch hoffnungsloses Vorhaben das war – und wie sehr ich die

Unterschiede zwischen der schwedischen und japanischen Sprache unterschätzt hatte. Ich hätte den Text nur übersetzen können, wenn er mit lateinischen Buchstaben geschrieben gewesen wäre – was bei dem Tagebuch nicht der Fall war. Oder bei jedem Schriftzeichen das ganze Wörterbuch durchblättern müssen, um zu sehen, ob ich ein Zeichen fand, das dem im Tagebuch ähnelte. Dafür hätte ich Jahre gebraucht. Das Einzige, was ich tun konnte, war, meine Niederlage zu akzeptieren und das Wörterbuch ins Regal zurückzustellen.

Beim Verlassen der Bibliothek fiel mein Blick auf die Orientierungstafel, die über dem Eingang hing und den Besuchern helfen sollte, sich im zweiten Stock zurechtzufinden. Ungefähr in der Mitte der Liste von Instituten und Abteilungen befand sich eine Zeile, bei deren Anblick ich zusammenzuckte. »Abteilung für Japanologie« stand da. Ich wusste nicht einmal, dass es eine solche Abteilung an der Universität gab, und hatte auch nie einen Grund gehabt, danach zu suchen. Aber jetzt hatte ich einen. Vielleicht gab es dort jemanden, der das Tagebuch für mich übersetzen konnte.

Eine gute Weile irrte ich in den langen Fluren umher, und ich war kurz davor aufzugeben, als ich um eine Ecke bog und plötzlich vor einer Tür mit einem Schild stand, auf dem der Name fehlte.

Alle Namensschilder an den Dienstzimmern der Universität von Linköping bestanden aus einem Metallrahmen mit vier Rillen, in die zwei Papierstreifen geschoben wurden, ein Streifen mit dem Namen und einer mit dem Titel. Auf diesem Schild war der obere Teil leer, aber in den unteren beiden

Rillen steckte ein Papierstreifen mit dem Logo der Universität und dem Text: »Dozent für Japanologie«.

Ich stand einen Moment lang vor der Tür und überlegte, was ich sagen sollte, dann klopfte ich vorsichtig. Nichts geschah. Vielleicht hielt der Dozent gerade eine Vorlesung für seine Studenten. Oder er war schon nach Hause gegangen. Wenn überhaupt jemand sein Büro in dem Raum hatte. Sicherheitshalber klopfte ich noch einmal, lauter. Kurz darauf war ein Rascheln hinter der Tür zu vernehmen, dann ein dumpfer Knall und ein gedämpftes Fluchen.

Die Tür ging auf und es erschien ein pickliger, etwa dreißigjähriger Mann mit hellblonden, fast weißen Haaren, die sein Gesicht wie ein lockiger Turban umrahmten. Er trug eine verschlissene Jeans und ein fleckiges T-Shirt und rieb sich mit einer Hand den Kopf.

»Entschuldige die Störung. Ich suche den Dozenten. Weißt du, wo er ist?«, fragte ich. »Oder sie«, fügte ich rasch hinzu. Ich wollte nicht so wirken, als hätte ich Vorurteile.

Der junge Mann in der Türöffnung beugte sich vor und tat, als würde er erst nach rechts, dann nach links blicken. Dann lächelte er und streckte die rechte Hand aus.

»Hallo, ich heiße Peter Östlund. Dozent für Japanologie.«

Ich errötete und stammelte eine Entschuldigung.

»Kein Problem, das passiert mir ständig. Ich sehe nicht aus wie ein Dozent, ich weiß. Viel zu jung, sagen die Leute immer. Oder liegt es vielleicht an meiner eher unakademischen Kleidung?«

Weder noch. Ich hatte einen Japaner erwartet. Einen kleinen, rundlichen Japaner mit dicker Brille. Deshalb errötete ich, aus Scham über meine Vorurteile.

Peter Östlund trat zur Seite und bedeutete mir mit einer Handbewegung einzutreten. Im Büro herrschte ein unglaubliches Chaos. Überall standen Kartons, manche waren leer, andere warteten darauf, ausgepackt zu werden. Auf dem Bücherregal lagen Stapel von Büchern und Aktenordnern, die sortiert werden mussten, und entlang der Wände standen Bilder, die aufgehängt werden mussten.

»Entschuldige die Unordnung«, sagte er. »Ich bin vor Kurzem erst aus Uppsala hergezogen. Ich war gerade dabei, das Telefon zu installieren, als du angeklopft hast. Wenn du kurz wartest, mache ich das noch schnell fertig.«

Peter Östlund tauchte ab unter den Schreibtisch, und ich sah mich um. Mein Blick fiel auf eine Sammlung kleiner Figuren, die auf dem halbvollen Regal standen und die ich mir genauer ansehen wollte. Es waren ungefähr fünfzehn Stück, vermutlich aus Elfenbein geschnitzt. Sie sahen sehr alt aus. Die Figuren waren nur wenige Zentimeter groß, aber trotzdem unendlich detailreich gestaltet. Sie stellten verschiedene Motive dar, Tiere, Menschen oder abstrakte Muster. Eine davon war ein Löwe, eine andere ein zusammengeringelter Drache, eine dritte eine unglaublich fein geschnitzte kleine Waldmaus, deren eine Vorderpfote auf dem Schwanz ruhte, während sie sich mit der anderen an ihrem winzigen Ohr kratzte. Manche Figuren zeigten ganze Szenen, Fischer in einem Boot oder Samurai, die sich lachend ein Bier teilten.

Hinter mir hörte ich Peter Östlunds Stimme:

»Sie sind schön, oder? Sie heißen ›netsuke‹. Das ist eine Art von Knöpfen, mit denen die Samurai Gegenstände an ihren Gürteln befestigten, und sie haben eine Geschichte, die viele hundert Jahre zurückreicht. Ich sammle sie seit einigen

Jahren und kaufe mir stets neue dazu, sobald ich ein wenig Geld gespart habe. Allerdings sind sie sehr begehrt.«

Mich überkam plötzlich eine riesige Lust, sie anzufassen. Auf meine Frage lachte Peter Östlund und sagte:

»Natürlich, es freut mich, dass sie dir gefallen. Außerdem ist es sogar gut. Sie sind dafür gemacht, benutzt zu werden, und das Fett von den Fingern verhindert, dass sie austrocknen.«

Ich nahm eine Figur nach der anderen in die Hand. Sie waren glatt und seidenweich. Unfassbar, dass jemand etwas so kleines und fantastisches herstellen konnte.

»Sind sie aus Elfenbein gemacht?«, fragte ich.

»Die meisten«, antwortete Peter nickend. »Elfenbein ist das üblichste Material neben gewissen harten Holzarten. Diese hier hingegen …«, sagte er und deutete auf eine winzige Figur von der Form eines Adlerkopfes, »… ist aus dem Zahn eines Tigers geschnitzt. Siehst du, wie geschickt der Künstler die Form des Zahns für den Schnabel verwendet hat?«

Ich nickte und griff nach der letzten Figur auf dem Regal. Sie war anders als die anderen und gar nicht detailreich. Nur eine gerade Form mit einer abgerundeten Spitze. Ich drehte die Figur in alle Richtungen und strich mit den Fingerspitzen über die weiche Rundung. Ich kam nicht darauf, was sie darstellte. Sie sah aus wie ein Pilz, oder ein …

Peter Östlund lachte, als ich knallrot anlief und die Figur hastig wieder ins Regal zurückstellte.

»Erotische netsuke sind begehrte Sammlerobjekte und oft sehr wertvoll. Sowohl Geschlechtsorgane wie dieses hier oder ganze Szenen von Geschlechtsverkehr sind nicht ungewöhnlich. Die Samurai brauchten wohl etwas, mit dem sie sich aufmuntern konnten, wenn sie unterwegs waren und Kriege führten, kann man annehmen.«

Peter Östlund trat zu mir und schob ein paar Figuren auf dem Regal zurecht.

»Das ist interessant, finde ich. Eine Kultur anhand ihrer Gegenstände kennenzulernen.«

Er beugte sich vor und nahm ein Bild, das an der Wand lehnte.

»Wie alte Holzschnitte beispielsweise. Das ist eine weitere Sammelleidenschaft von mir.«

Auf dem Bild waren zwei Frauen in traditionellen Kimonos zu sehen. Sie saßen über irgendeine Handarbeit gebeugt. Ein alltägliches Bild, wären die Hälse der Frauen nicht mehrere Meter lang gewesen. Sie schlangen sich schraubenartig in die Höhe und endeten in kleinen Frauenköpfen, die mit hübschen Gesichtszügen und komplexen Frisuren obenauf thronten. So etwas hatte ich in meinem ganzen Leben noch nicht gesehen.

»Faszinierend, nicht wahr? Man nennt sie rokurokubi. Sie sind eine Art yōkai, das ist das japanische Wort für Monster. Den Volkssagen zufolge sehen rokurokubi tagsüber wie ganz normale Menschen aus, nachts jedoch können ihre Hälse mehrere Meter lang werden. Meistens spionieren sie andere Leute aus und spielen ihnen Streiche, aber sie können auch bösartiger sein und angreifen oder sogar Menschen aufessen. Es gibt auch Menschen, die rokurokubi sind, ohne sich dessen bewusst zu sein. Man merkt es nur durch Träume, bei denen ein Betroffener plötzlich Dinge aus einem ganz anderen Winkel sieht als sonst. Was ja eine fantasievolle Art ist, ein ganz normales Traumphänomen zu erklären, oder was meinst du?«, sagte Peter Östlund und lachte. Ich erschauderte bei dem Gedanken an meinen Traum und an das Gefühl, sich selbst von oben zu sehen. Ich rang mir mühsam ein Lächeln ab.

»Japanischer Volksglaube ist übrigens eines meiner Interessengebiete. Es gibt unglaublich viele faszinierende Monster und andere Wesen in den japanischen Volkssagen. Wie zum Beispiel das noppera-bō, das Monster ohne Gesicht«, meinte er und nahm ein anderes Bild in die Hand. Es war ebenfalls ein Holzschnitt auf verblichenem Papier und noch seltsamer als der erste. Er stellte eine stehende Frau dar, die eine Reispapierlampe hochhielt. Auch diese Frau hatte ihr Haar zu einer komplizierten Frisur hochgesteckt und darunter … nichts. Wo sich das Gesicht hätte befinden müssen, war nur eine glatte Fläche ohne Augen, Nase und Mund. Die Wirkung war Angst einflößend, und ich wandte schnell den Blick ab. Peter Östlund schien meine Reaktion zu bemerken und stellte das Bild wieder ab.

»Ich bitte um Entschuldigung. Die ganze Zeit rede ich nur über meinen Kram. Du hast sicher ein bestimmtes Anliegen, nehme ich an.«

Ich nickte.

»Willst du vielleicht an einem meiner Kurse im Frühjahr teilnehmen?«

»Ja, darüber denke ich nach«, log ich. »Ich finde, dass Japan ein ziemlich interessantes Land ist.«

»Schön. Das sehen die meisten schwedischen Studenten leider nicht so. Im Moment sind vor allem Europa und die USA angesagt. Aber ich hoffe, dass sich das ändert. Auch wenn Japan im Augenblick in einer schweren Finanzkrise steckt wie wir ja auch, wird Asiens Bedeutung für die Weltwirtschaft in der Zukunft zunehmen, davon bin ich absolut überzeugt. Seit es die Sowjetunion nicht mehr gibt, wird China als Supermacht neben den USA immer wichtiger. In zwanzig Jahren lernen die schwedischen Schüler vielleicht sogar Chinesisch in der Schule.«

Peter Östlund lachte auf und fuhr fort:

»Nein, vielleicht auch nicht. Aber ich hoffe trotzdem, dass mehr Schweden die asiatische Kultur schätzen lernen und ein wenig globaler denken. Vielleicht nach Thailand in Urlaub fahren anstatt nach Mallorca. Oder stell dir vor, es wird eines Tages so normal, Sushi zu essen wie sich am Freitagabend eine Pizza liefern zu lassen. Es wäre lustig, das zu erleben.«

»Sushi, was ist das?«

»Ein ganz normales Fast Food in Japan. Roher Fisch, Reis und Seegras, das man in Soja und japanischen Meerrettich tunkt. Das ist sowohl lecker als auch gesund.«

Ich fand, dass es merkwürdig und ziemlich eklig klang. Aber das behielt ich für mich.

»Interessieren sich denn die Japaner für uns? Für unsere Kultur?«

»Die Japaner sind traditionell ein sehr verschlossenes Volk. Ein typischer Inselstaat mit einer Bevölkerung, die nicht an andere Kulturen gewöhnt ist. Aber erst ABBA, dann Roxette und andere Bands hatten sehr großen Erfolg in Japan, das hat zu einem allgemeinen Interesse für unsere schwedische Kultur geführt. Mehr, als man denkt.«

»Und an der Universität? Gibt es hier viele, die aus Japan

zum Studieren herkommen?«, fragte ich und versuchte, so neutral wie möglich zu klingen.

»Während meiner Zeit in Uppsala hatten wir schon ein paar Studenten aus Japan. Ich bin wie gesagt ganz neu hier, aber ich denke, dass es auch hier einige gegeben hat. Die Sprache ist allerdings ein großes Hindernis. Viele Japaner, auch junge an der Universität, sprechen sehr schlecht englisch und können in anderen Ländern kaum kommunizieren. Und der Kulturschock ist natürlich auch nicht zu unterschätzen.«

Peter Östlund erhob sich und kramte in den Blättern auf dem Schreibtisch. »Ich habe einen Einführungskurs, der im Januar beginnt. Ich glaube, dass die Bewerbungsfrist schon vorbei ist, aber das sollte kein Problem sein. Wie gesagt, schwedische Studenten rennen uns nicht gerade die Türen ein.«

Peter Östlund reichte mir einen ausgedruckten Kursplan. Ich nahm das Blatt entgegen und holte tief Luft.

»Na ja, da wäre auch noch eine andere Sache«, sagte ich, und meine Hände zitterten leicht, als ich das Tagebuch aus meiner Tasche holte. »Könntest du mir vielleicht hierbei helfen? Ich habe ein paar Bücher auf dem Flohmarkt gekauft, und da war dieses Tagebuch dabei. Ich frage mich, wem es gehört hat, und dachte mir, dass ich vielleicht sogar den Besitzer ausfindig machen könnte. Um es zurückzuschicken, meine ich. Aber es ist auf Japanisch geschrieben, also ...«

Ich hielt die Luft an und hoffte, dass Peter Östlund mir die Geschichte abkaufte.

»Und du kannst kein Japanisch?«

Ich begriff nicht sofort, warum er so eine seltsame Frage stellte, aber dann machte ich eine Geste vor meinem Gesicht, wie ich es immer machte, wenn ich ausdrücken wollte »ja, ich weiß, wie ich aussehe, aber …« und sagte:

»Nein, ich komme nicht aus Japan.«

»War nur ein Witz«, sagte Peter Östlund und grinste. »Mir ist völlig klar, dass du aus Korea bist. Schon als kleines Baby adoptiert, vermute ich. Und viel Zeit hast du dort seither nicht verbracht, oder?«

Es dauerte einen Moment, bis ich mich von der Überraschung erholt hatte und antworten konnte.

»Ich war nur die ersten drei Monate in Südkorea. Woher weißt du das?«

»Deine Körpersprache. Koreanische Frauen bewegen ihre Hände ganz anders als du und verwenden andere Gesichtsausdrücke. Außerdem hätte dir die koreanische Kultur niemals erlaubt, einfach so unbeschwert in mein Büro zu stiefeln. Nein, in meinen Augen könntest du schwedischer nicht sein. Aus Dalarna, wenn ich deinen Dialekt richtig zuordne.«

Völlig unerwartet spürte ich, wie mir die Tränen in die Augen stiegen. Es war vielleicht lächerlich, aber es fühlte sich in diesem Moment an, als wäre es das Schönste, was man jemals zu mir gesagt hatte. Peter Östlund sah verlegen aus und machte einen Vorschlag:

»Wollen wir jetzt einen Blick in dieses Tagebuch werfen?«

Ich streckte ihm das Buch hin. Er nahm es und drehte es um.

»Aha. Jemand, der Hello Kitty mag, sehe ich«, meinte er belustigt.

»Hello wer?«

»Das hier ist Hello Kitty«, sagte er und zeigte auf die Katze auf der Vorderseite. »Diese Figur gibt es in Japan seit den Siebzigern und ist wahnsinnig populär. Es ist das bekannteste Symbol für das, was man auf Japanisch ›kawaii‹ nennt. Etwas, das goldig und süß ist.«

Er schlug die erste Seite auf und las die Adresse.

»Das ist ja lustig. Eine Adresse in Linköping.«

»Ja, aber sie wohnt nicht mehr dort. Ich habe das überprüft«, sagte ich rasch.

»Vielleicht genauso eine Studentin, von der wir eben gesprochen haben. Eine junge Frau ist es ganz bestimmt. Nicht älter als fünfundzwanzig, vermute ich.«

»Woher weißt du das?«

»Sie hat ihren Namen auf moderne Weise geschrieben. Den Vornamen zuerst. Die traditionelle Art, seinen Namen in Japan zu schreiben, ist umgekehrt, den Nachnamen zuerst. Wusstest du das nicht?«

Nein, das wusste ich nicht. Mir wurde immer klarer, wie wenig ich eigentlich über Yukos Heimatland wusste und begriff.

»Yuko ist ein schöner Name«, sagte Peter Östlund. »Man schreibt ihn meistens mit zwei Kanji, die Weichherzigkeit und Kind bedeuten. Viele Frauennamen in Japan beinhalten das Schriftzeichen für Kind.«

Das war wirklich schön, fand ich. Einen Namen zu haben, der »weichherziges Kind« bedeutete. Überhaupt nicht wie ich, die nach Pelles großer Schwester in »Ferien auf Saltkrokan« benannt worden war. Manchmal wünschte ich, meine Eltern hätten meinen koreanischen Namen als zweiten Vornamen gewählt, als ich getauft wurde. Jetzt konnte ich mich nicht einmal daran erinnern, was für ein Name das gewesen war.

»Was bedeutet das hier?«, fragte ich und zeigte auf eine Zeile unter den vorgedruckten Adresszeilen. Dort hatte jemand mit der Hand ein paar japanische Schriftzeichen notiert, gefolgt von einem Kreis mit einem Strich dahinter.

»Die Null und das Minuszeichen? Das bedeutet, dass die Besitzerin des Tagebuchs die Blutgruppe 0– hat. Blutgruppen haben in der japanischen Kultur eine große symbolische Bedeutung. Ungefähr so wie unsere Sternzeichen. Das ist eine sehr ungewöhnliche Blutgruppe, wenn ich mich richtig erinnere.«

Das bedeutete, dass Yuko dieselbe Blutgruppe hatte wie ich. Wir beide waren ungewöhnlich.

Peter Östlund begann im Tagebuch zu blättern, wurde aber nach wenigen Seiten vom Klingeln des Telefons unterbrochen.

»Gut, das Telefon funktioniert also«, meinte er. Während er abhob, wanderte mein Blick zu einem Bild, das in der Ecke hinter dem roten Sofa stand. Das Bild war größer als die anderen, die Peter Östlund mir gezeigt hatte, und in ziemlich schlechtem Zustand. Das Papier war vergilbt und fleckig, und die Farben waren verblichen, als wäre das Bild viel zu lange dem Sonnenlicht ausgesetzt gewesen. Das Motiv war eine Frau in einem weißen Kleid. Sie hatte strähniges schwarzes Haar, das ihr in Büscheln ins Gesicht hing. Sie war furchtbar mager, und ihre sehnigen Hände waren schlaff und kraftlos. In ihrem Blick konnte man unaussprechlichen Schmerz und herzzerreißende Hoffnungslosigkeit lesen.

Das Bild hatte etwas Furchteinflößendes. Obwohl das Motiv überhaupt nicht brutal oder makaber war, und obwohl die Frau weder einen langen Hals noch fehlende Gesichtszüge hatte, lief mir ein Schauer über den ganzen Leib. Zugleich aber zog es mich an, und ich konnte mich nicht davon losreißen.

Peter Östlunds Telefonat war schnell zu Ende, und er wandte sich wieder an mich.

»Es tut mir leid. Ich muss jetzt los, aber ich schaue mir das Tagebuch gern an, sobald ich Zeit habe. Komm doch einfach Anfang nächster Woche wieder, bis dahin habe ich sicher einen Blick reinwerfen können. In Ordnung?«

Nein, gar nicht in Ordnung, hätte ich am liebsten geantwortet. Ich will, dass du es jetzt übersetzt, auf der Stelle, und dass du mir erklärst, warum Yukos Geist keine Ruhe findet. Aber das konnte ich ja nicht sagen. Ich konnte nur nicken und dankbar sein, weil er es sich überhaupt ansehen wollte.

Peter Östlund stand auf und folgte mir zur Tür. Bevor er sie hinter mir schloss, lächelte er und sagte:

»Dann sehen wir uns nächste Woche, und ich hoffe sehr, dich nach Weihnachten in meinem Kurs begrüßen zu dürfen.«

17

»Bitte, Pelle, jetzt verzeih mir doch.«

Ich stand in der Türöffnung zu Pelles Zimmer und schaute zu, während er in dem Kleiderhaufen auf dem Sessel wühlte und mich komplett ignorierte. Nachdem ich von dem Treffen mit dem Dozenten zurückgekommen war, hatte der vorher so verlassene Flur wieder vor Leben gestrotzt. In der Küche saßen Torbjörn und Camilla und aßen zu Abend, sogar Rebecka kam kurz aus ihrem Zimmer, um ein Sandwich zu essen, bevor sie wieder verschwand. Nur Richard war noch in Göteborg bei seinem politischen Kongress. Es fühlte sich schön an, dass der Flur wieder bevölkert war; das vertrieb alle seltsamen Gedanken für eine Weile. Und diesmal war meine Tür geschlossen und der Boden trocken gewesen, als ich nach Hause gekommen war.

»Ich weiß nicht, was in mich gefahren ist. Dieser Marko hat mich einfach so wütend gemacht, und dann hab' ich alles an dir ausgelassen, obwohl du es nicht verdient hast. Es tut mir schrecklich leid.«

Pelle warf mir wortlos einen kurzen Blick zu. Schließlich fand er in dem Chaos, was er gesucht hatte, und hielt eine Kassette in die Luft.

»Da ist sie ja«, sagte er ins Leere, ohne mich anzuschauen.

Er ging zu seinem Bücherregal und legte die Kassette in

die Stereoanlage ein. Dann drehte er sich endlich zu mir um und sagte:

»Bist du bereit?«

Ich nickte, und Pelle drückte auf Play. Erst war nur Rauschen zu hören, und ich dachte noch, dass irgendwas bei der Aufnahme schiefgegangen sein musste, aber dann schlug jemand mit Drumsticks den Takt, und die Musik begann. Wenn man das Musik nennen konnte. Die Aufnahmequalität war gelinde gesagt mies, und der Song bestand in erster Linie aus jaulenden Gitarren, merkwürdigen Synthesizer-Geräuschen und der einen oder anderen akustischen Rückkopplung. Der Sänger brüllte unverständliche Litaneien in breitem Südschwedendialekt ins Mikrofon. Kaum ein Wort konnte ich aufschnappen, außer möglicherweise »Schnittlauch« in dem, was eventuell der Refrain war. Ich fand, es klang vollkommen grauenhaft.

»Das ist eine Demo, die ich von einem Kumpel bekommen habe. Von einer ganz neuen Band namens Bob hund. Aus Skåne. Gut, was?«, schrie Pelle über den Lärm hinweg.

Ich lächelte und nickte und versuchte der Versuchung zu widerstehen, mir die Ohren zuzuhalten. Wenn Pelle von mir wollte, dass ich das gut fand, dann würde ich das auch gut finden. Das hier war Pelles Art zu sagen, dass er meine Entschuldigung akzeptierte, das begriff ich. Also hörte ich mir die Aufnahme an und litt, bis der Südschwede fertiggebrüllt hatte und die Rückkopplungen verstummt waren. Auch wenn ich dabei den Eindruck hatte, dass mir die Ohren abfielen.

Später am Abend hockte ich zwischen Torbjörn und Pelle auf dem Sofa und schaute einen Horrorfilm an. Rebecka stand allein auf dem Balkon und rauchte. Ich konnte den roten Lichtpunkt der Zigarettenglut in der Novemberfinsternis sehen.

Nach einer Weile kam Camilla aus ihrem Zimmer und setzte sich in den Sessel.

»Was schaut ihr da für einen Mist?«

»Das ist kein Mist. *Das ist Freitag der 13 – Das letzte Kapitel*«, antwortete Pelle und verzog den Mund.

»Aber diese Filme sind doch steinalt.«

»Die *Freitag der 13.*-Filme werden nie alt, das sind Klassiker«, erwiderte Pelle, während Jason Voorhees, den alle für tot gehalten hatten, in der Leichenabteilung aufwachte und einem Pfleger mit einer Laubsäge den Kopf abtrennte. Camilla sah angeekelt aus.

»Igitt, widerlich. Ich verstehe echt nicht, was euch daran gefällt. Diese Filme sind doch alle gleich.«

»Ja, das ist doch genau der Punkt«, sagte Pelle. »Dass man genau weiß, was einen erwartet. Ständig die gleichen bescheuerten Teenager, die unbedingt nackt baden wollen und sich im Wald trennen. Und immer wird das Mädchen, das mit den meisten Kerlen rummacht, als Erste umgebracht.«

Pelle grinste.

»Wären wir hier auch in so einem Horrorfilm, wüssten wir, wer übel dran wäre, oder?«

»Das hab' ich gehört«, sagte Rebecka und steckte den Kopf ins Zimmer. »Aber mir ist das nur recht. Lieber das als diese komische, langweilige Tussi, die denkt, sie könne den Mörder überlisten, in der Schlussszene aber trotzdem immer eine Axt in den Schädel kriegt.«

Camilla erhob sich aus dem Sessel.

»Ich habe jedenfalls nicht vor, meine Lebenszeit damit zu verschwenden, dabei zuzusehen, wie Leute von einem Idioten mit einer Hockeymaske in kleine Stücke zerhackt werden. Ich gehe in mein Zimmer und schaue an meinem Fernseher was an. Beverly Hills hat gerade angefangen. Kommst du mit, Malin?«

In genau diesem Augenblick verschwand der Film und wurde durch Brandon Walsh und Andrea Zuckerman von der Redaktion der Schulzeitung der West Beverly High School ersetzt.

»Was ist denn jetzt los?«, fragte Torbjörn erstaunt.

»Was machst du, verdammt noch mal?«, schrie Pelle, sprang vom Sofa auf und fuchtelte wild mit den Armen in Camillas Richtung. »Wir wollten das sehen. Schalte sofort wieder um, wir verpassen ja den nächsten Mord.«

»Reg dich ab, ich hab' doch gar nichts gemacht«, schrie Camilla ebenso erregt zurück.

Pelle fuhr herum und starrte Torbjörn und mich an. Mit einer Handbewegung forderte er uns auf, aufzustehen.

»Irgendjemand von euch sitzt natürlich auf der Fernbedienung. Ihr Hornochsen, ich hab' schon hundert Mal gesagt, dass sie auf dem Tisch liegen bleiben soll.«

Torbjörn blieb sitzen und deutete stumm auf den Tisch, wo die Fernbedienung tatsächlich lag, fein säuberlich auf der Fernsehzeitschrift. Pelle murmelte etwas Unverständliches und schaltete um.

»Verdammt, wir haben eine Menge verpasst«, schimpfte er.

»Aber Pelle«, sagte ich. »Du hast doch eben erst gemeint, dass du diesen Film schon viermal gesehen hast. Dann ist das doch halb so schlimm.«

Da wechselte der Fernseher auf einmal wieder zu einem anderen Sender, und diesmal strömte der Ton einer Reportage über einen Überfall auf einen Geldtransporter in Åkersberga in den Raum.

»Schaut, das ist ja Aktenzeichen XY«, sagte Torbjörn. »Ich dachte, da kommt in diesem Jahr keine Folge mehr.«

Pelle starrte verblüfft auf die Fernbedienung, die er noch immer in der Hand hielt.

»Hey, verdammt«, sagte er und schaltete wieder zum Film um. Aber diesmal sahen wir nur blitzartig ein paar nackt badende Teenager, bevor Beverly Hills erneut am Bildschirm auftauchte. Und dann Hasse Aro von Aktenzeichen XY. Und dann die Beastie Boys auf MTV. Und dann wieder Beverly Hills. Pelle drückte immer wieder auf die Knöpfe der Fernbedienung, ohne dass dies die geringste Wirkung hatte. Alle im Raum starrten wie verhext auf den Fernseher, der in immer schnellerem Takt die Sender wechselte.

Dann lachte Camilla auf.

»Jetzt weiß ich, was los ist«, sagte sie und deutete auf die Fernbedienung. »Daran liegt es. Oder an einer davon, meine ich. Draußen schleichen bestimmt ein paar Leute herum und schalten ständig um, weil sie uns verrückt machen wollen. Als ich im Rysvägen gewohnt habe, ist das fast an jedem Wochenende passiert. Offenbar funktioniert das mit derselben Fernbedienung bei fast jedem Fernseher.«

Wir anderen waren einen Moment lang still. Dann sagte Torbjörn:

»In dem Fall muss die Fernbedienung aber eine sehr große Reichweite haben. Weil wir in der dritten Etage wohnen, meine ich.«

Pelle konnte sich ein Grinsen nicht verkneifen, und Camilla lief rot an.

»Na gut, dann ist es vielleicht nicht so. Tut mir leid, eine Erklärung finden zu wollen. Ich gehe jetzt jedenfalls in mein Zimmer und schaue Beverly Hills. Hier hält man es ja nicht aus, von diesem Flimmern wird man ja wahnsinnig.«

An der Tür wandte sie sich noch einmal um und sah mich an.

»Wie ist es, Malin? Willst du mit od...«

Sie unterbrach sich plötzlich, stand wie festgefroren da und starrte nicht mich, sondern das Fenster hinter mir an. Und dann schrie sie. Ein gellender Schrei, der mir durch Mark und Bein ging.

Rebecka schaute zur Balkontür herein.

»Meine Güte, das ist ein Geschrei hier. Ertragt ihr keine Horrorfilme, oder was?«

Camilla war kreideweiß im Gesicht, und ihre Hand zitterte, als sie auf das Fenster hinter dem Sofa zeigte.

»Da war jemand, draußen. Ich hab' es genau gesehen. Ein Gesicht, das mich angestarrt hat. Im Fenster. Da drüben.«

»Aber Camilla, wir sind im dritten Stock. Hier kann doch gar keiner reinschauen«, sagte Rebecka in herablassendem Ton.

»Genau das hab' ich eben gesagt«, murmelte Torbjörn, ohne dass ihn jemand beachtete.

Rebecka blickte zum Fernseher, der nun in einem irren Tempo von Kanal zu Kanal wechselte.

»Und was soll das? Was treibt ihr hier eigentlich?«

Pelle schüttelte den Kopf, und Camilla fing an zu schluchzen.

»Es stimmt wirklich. Ich habe jemanden gesehen. Es war eine Frau mit schwarzen Haaren. Sie war ganz weiß im Gesicht. Sie hat mich angestarrt. Es ist wahr.«

»Aber Camilla. Du musst Malin gesehen haben«, sagte Pelle tröstend. »Sie hat ja lange schwarze Haare. Ihr Gesicht hat sich bestimmt im Glas gespiegelt.«

Camilla sah ihn mit funkelnden Augen an und verschränkte die Arme vor der Brust. Jetzt wirkte sie eher wütend als ängstlich.

»Denkst du, ich bin komplett bescheuert? Malin sitzt ja mit dem Rücken zum Fenster, wie sollte ich da ihr Gesicht sehen? Nein, ich weiß genau, was ich gesehen habe. Da war jemand am Fenster, ich schwöre es.«

Pelle schwang sich über die Sofalehne und drückte die Nase an die Fensterscheibe, wobei er die Hände als Lichtschutz nutzte.

»Aber jetzt ist jedenfalls niemand da«, sagte er.

Torbjörn schob Camilla mit unerwarteter Bestimmtheit zurück in den Sessel und strich ihr über den Rücken, während er tröstend immer wieder »na, na« sagte. Pelle zog den Stecker des Fernsehers heraus und beendete das Flimmern. Dann ging er in die Küche, um noch eine Kanne Tee zu machen. Rebecka schüttelte den Kopf und verschwand schnaubend wieder auf den Balkon.

Ich saß auf dem Sofa und versuchte eine Entscheidung zu treffen, ängstlich und aufgewühlt zugleich. Als der Fernseher ein Eigenleben entwickelt hatte, war ich anfangs ebenso verwirrt wie die anderen. Aber dann wurde mir klar, was hier vor sich ging, und als Camilla aufschrie, war ich mir sicher. Das war ein weiterer Beweis dafür, dass ich recht hatte, und jetzt berührte es nicht mehr nur mich. Die Angelegenheit war größer, und ich hatte kein Anrecht, die Wahrheit vor den anderen zurückzuhalten. Aber würden sie mir glauben?

»Ich muss euch was sagen«, setzte ich an und räusperte mich. Die anderen blickten mich verwundert an.

»Ich glaube, ich weiß, wen Camilla gesehen hat.«

»Ach ja, wen denn?«, fragte Camilla und drehte sich zu mir um.

»Yuko.«

Camilla schnappte so heftig nach Luft, dass es wie ein Schluchzen klang, und schlug die Hand vor den Mund. Einen Moment lang dachte ich, sie wirklich erreicht zu haben. Aber dann fuhr sie aus dem Sessel hoch und richtete anklagend den Zeigefinger auf mich. Ihre Wangen waren feuerrot, und sie kam vor Wut ins Stammeln, als sie sagte:

»Wie wagst du … wie wagst du es, hierherzukommen und so etwas zu sagen? Weißt du, wie mies es uns gegangen ist, seit das passiert ist? Und dann kommst du her und machst dich über uns lustig, wie kannst du nur?«

»Aber ich mache keine Witze. Ich meine es ernst«, sagte ich. Und dann erzählte ich von all den seltsamen Dingen, die geschehen waren, seit ich in Yukos Zimmer eingezogen war. Ich wollte so gern, dass sie mich verstanden, aber je länger ich redete, desto unzusammenhängender hörte ich mich an. Es war, als würde ich mich selbst von außen reden hören – und was ich sagte, klang wahrlich nicht überzeugend. Als ich fertig war, zischte Camilla mit Tränen der Wut in den Augen:

»Du solltest dich schämen. Wirklich.«

Pelle versuchte, schlichtend einzugreifen und die Wogen zu glätten.

»Aber Camilla, beruhige dich doch. Malin meint es nur gut, das verstehst du doch. Es ist auch nicht einfach, in ein Zimmer mit dieser Vorgeschichte einzuziehen. Da macht man sich natürlich Gedanken – und bildet sich vielleicht Sachen ein, die es nicht gibt.«

Wieder übermannte mich dieser unbeschreibliche Zorn. Geistig beschränkte Idioten, die über mich redeten, als wäre ich ein minderwertiges Wesen. Dass ich es überhaupt versucht hatte.

»Und was ist mit dir? Glaubst du auch, dass ich lüge?«, sagte ich schroff an Torbjörn gewandt. Er senkte den Kopf und antwortete nicht, aber als ich seinen flackernden Blick bemerkte, fragte ich mich, wie viel er tatsächlich wusste.

Als Rebecka vom Balkon hereinkam, wandte Camilla sich an sie und sagte gehässig:

»Weißt du was? Malin behauptet, dass wir ein Gespenst im Flur haben. Was sagst du dazu?«

Rebecka blieb kurz stehen, schaute erst zu Camilla herüber und richtete dann einen langen und unergründlichen Blick auf mich.

»Aha, wie spannend«, sagte sie. Dann drehte sie uns den Rücken zu und ging in ihr Zimmer. Camilla warf mir noch einen finsteren Blick zu und ging ebenfalls. Wohl um Beverly Hills zu gucken. Ich stand auf und stieß genervt Pelles Bein weg, um mir Platz zu machen.

»Bitte, Malin, lass uns doch drüber reden«, sagte Pelle und versuchte, mir die Hand auf den Arm zu legen, als ich mich an ihm vorbeischob.

»Ich will nicht mit dir reden. Ich komme selber zurecht, danke«, erwiderte ich. Dann verließ ich den Aufenthaltsraum, ohne mich umzusehen.

»Gute Nacht, und schlaf trotzdem gut«, rief Pelle mir nach. Torbjörn sagte noch immer nichts.

18

Es war Dienstag, der Tag der Prüfung im Grundkurs Mikroökonomie. In den vielen Reihen des großen Vorlesungssaals saßen nervöse Studenten mit ihren Bananen, Thermoskannen voller Kaffee und Linealen, überwacht von strengen Aufsichtspersonen, die jeden Toilettenbesuch sorgfältig notierten und ständig in den Saal spähten, um jeglichem Versuch, abzuschreiben oder zu spicken, einen Riegel vorzuschieben. Alle saßen da, nur ich nicht.

Das Büro der Wohnungsgenossenschaft war warm, sehr hell und vollkommen verlassen. Auf dem Tresen stand eine Klingel, und ich drückte einmal darauf. Ich wartete eine Minute und drückte dann noch einmal darauf. Nach einer weiteren Minute tauchte eine etwa dreißigjährige Frau aus einem Hinterzimmer auf. Sie wischte sich mit einer Serviette den Mund ab.

»Good morning. How can I help you, please?«, fragte sie.

»Ich habe eine Frage zu einem Kellerabteil«, sagte ich.

»What kind of question?«, sagte sie.

Ich wusste nie so recht, wie ich damit umgehen sollte, wenn andere annahmen, dass ich kein Schwedisch könne. Und mit der seltsamen Tatsache, dass sie auch dann noch davon ausgingen, wenn ich in perfektem Schwedisch antwortete. Manchmal wechselte ich dann ins Englische, um höflich zu sein, manchmal antwortete ich weiterhin auf Schwedisch, bis sie selbst das Absurde an der Situation bemerkten. Aber heute hatte ich keine Geduld, weder für das eine noch das andere.

»Sie können gern Schwedisch mit mir reden«, sagte ich ein wenig schnippischer als nötig.

»Aha, entschuldige bitte. Aber man weiß ja nie. Und es tut mir leid, dass du warten musstest«, sagte sie und warf die Serviette in einen Papierkorb. »Du bist mitten in meiner Frühstückspause gekommen. Maj-Lis hat heute Geburtstag, und wir feiern mit einer Torte.« Absichtlich oder nicht, es klang wie eine Anklage.

Ich erklärte ihr, weshalb ich da war, und die Frau runzelte die Stirn.

»Kartons im Keller? Nein, das darf wirklich nicht sein. Wir werden einen Hausmeister bitten, die Sachen wegzubringen und die Rechnung an den Vormieter zu schicken. Damit sie oder er so etwas in Zukunft unterlässt«, sagte sie und verzog den Mund.

»Das geht leider nicht, die Vormieterin ist nämlich tot. Sie hat sich vor zwei Wochen das Leben genommen. In meiner Badewanne«, antwortete ich mit ein wenig zu schriller Stimme. Es gefiel mir nicht, dass die Frau auf diese Weise über Yuko sprach.

Die Frau hinter dem Tresen lief rot an.

»Oh, du meinst dieses Kellerabteil«, sagte sie mit Betonung auf »dieses«. »Ich bin noch neu hier, also weiß ich nicht genau … ich hole Maj-Lis.«

Die Frau verschwand und kehrte kurz darauf mit Maj-Lis

im Schlepptau zurück, auch sie wirkte nicht sehr glücklich, bei der Geburtstagsfeier gestört worden zu sein. Sie baute sich mit vor der Brust verschränkten Armen vor mir auf, und ich musste alles noch einmal erklären.

»Sehr merkwürdig. Das müsste schon längst geregelt sein«, sagte sie und verzog ebenfalls den Mund.

Maj-Lis ging zu einem Regal und zog einen Ordner heraus. Nach kurzem Blättern fand sie das richtige Papier und nickte, während sie mit dem Finger auf das Blatt tippte.

»Hier steht klar und deutlich, dass die Polizei die Familie der Toten informieren sollte und dass das Abholen möglicher Besitztümer direkt mit dem nachfolgenden Mieter abgesprochen würde. Aber das ist also nicht geschehen?«

Sie sagte das in einem vorwurfsvollen Ton, als wäre das Ganze mein Fehler.

»Nein, ist es nicht. Aber steht denn da nichts über die Familie? Eine Adresse oder eine Telefonnummer, damit ich selbst mit ihnen Kontakt aufnehmen kann?«

Maj-Lis schüttelte den Kopf und sah bestürzt aus, als hätte ich etwas vollkommen Undenkbares vorgeschlagen.

»Nein, das können wir auf keinen Fall machen. Das widerspricht all unseren Regeln. Du musst einfach die Polizei kontaktieren. Die Sache liegt in deren Zuständigkeitsbereich.«

Sie schlug den Aktenordner mit einem Knall zu und stellte ihn ins Regal zurück, um klarzustellen, dass die Diskussion beendet war.

»Ja, aber könnte ich dann einen Namen und eine Telefonnummer von jemandem bei der Polizei bekommen, den ich kontaktieren kann … weil sonst bleiben die Sachen ja liegen, bis ich umziehe, und dann kommt der nächste Mieter wieder her und beklagt sich«, fügte ich rasch hinzu, als ich Maj-Lis' missmutige Miene sah. Tief seufzend holte sie schließlich den Aktenordner wieder hervor und blätterte zu demselben Blatt.

Ich schrieb den Namen und die Nummer des verantwortlichen Polizisten auf, bedankte mich ausführlich für die Hilfe, gratulierte Maj-Lis zum Geburtstag und bat vielmals um Entschuldigung, weil ich sie in der Pause gestört hatte.

Als ich zurück ins Wohnheim kam, saß Torbjörn allein auf dem Sofa im Aufenthaltsraum und spielte Backgammon gegen sich selbst.

»Spielen wir eine Partie?«, fragte ich und setzte mich in den Sessel.

Torbjörn antwortete nicht, fing aber an, die Steine zurück in die Ausgangslage zu legen. Ich deutete dies als ein Ja.

Ich hatte nur ein paarmal mit meinem Vater Backgammon gespielt und war nicht wirklich gut. Torbjörn hingegen schon. Nach vier Zügen hatte er es bereits geschafft, zwei der Zungen am Ausgang meines Homeboards zu blockieren, und ich lag hoffnungslos im Hintertreffen.

Ich würfelte und tat so, als würde ich hochkonzentriert nachdenken, bevor ich einen weiteren taktisch unklugen Zug machte. Ich lugte zu ihm hinüber. Zeit, den wahren Zug zu machen.

»Schon komisch, was gestern mit dem Fernseher passiert ist, oder?«

Torbjörn nickte und bewegte stumm die Lippen, während er meinen Zug verfolgte.

»Ganz zu schweigen von dem Gesicht, das Camilla im Fenster gesehen hat. Sehr seltsam.«

Torbjörn nahm die Würfel auf, ohne zu antworten.

»Pelle und Camilla haben sich ziemlich aufgeregt, als ich erwähnt habe, dass es Yuko sein könnte. Aber du hast nichts gesagt. Warum nicht?«, fragte ich beiläufig.

Torbjörn zuckte mit den Achseln und würfelte. Er machte seinen Zug schnell und entschieden.

»Ich hatte halt nichts zu sagen. Du bist dran.«

Ich würfelte und zog, ohne nachzudenken. Dann unternahm ich einen weiteren Versuch.

»Aber trotzdem. Es kam mir so vor, als hättest du vielleicht etwas zu erzählen und du hast dich nur nicht richtig getraut. Stimmt das?« Es war ein Schuss ins Blaue, mehr nicht. Aber ich hatte dabei nichts zu verlieren.

Torbjörn schüttelte ausführlich die Würfel, bis er sie warf, erwog seinen Zug gründlich und schob seinen Stein eine Weile über das Feld, bis er damit einen meiner weißen herausschlug. Er legte die Steine mehrmals zurecht, bis er zufrieden war. Ich wartete.

Schließlich war er fertig, seufzte und sah zu mir auf. Er hatte einen entschlossenen Zug um den Mund, den ich an ihm noch nicht kannte.

»Letzte Woche habe ich eine seltsame Sache erlebt. Hier im Stockwerk.«

Dann verstummte er. Ich wartete mit den Würfeln in der Hand, wollte meine Ungeduld nicht zeigen und ihn unter Druck setzen. Irgendwo im Flur klingelte ein Telefon.

»Das ist bei Camilla«, sagte Torbjörn. »Das dritte Mal in einer halben Stunde. Jemand will wirklich dringend mit ihr sprechen.«

»Etwas Seltsames, meintest du. Inwiefern seltsam? Mir

kannst du es wirklich sagen, Torbjörn«, meinte ich vorsichtig.

Torbjörn lächelte schwach, dann fuhr er fort.

»Es war an dem Tag, als du eingezogen bist, glaube ich. Ich war gerade von der Uni zurück und auf dem Weg in mein Zimmer, als ich mitten im Flur eine große Wasserpfütze entdeckt habe. Erst dachte ich, das Wasser käme von der Decke. Dass es geschmolzener Schnee wäre, der hereintropfte. Aber ich konnte keine Flecken an der Decke sehen. Dann bemerkte ich, dass es auf dem Boden auch noch etwas anderes gab.«

Torbjörn verstummte, nahm die Würfel und ließ sie wieder auf das Backgammonbrett fallen.

»Was denn? Was hast du gesehen?«, fragte ich.

»Es gab Fußspuren. Nasse Spuren von nackten Füßen.«

Ich schnappte heftig nach Luft und spürte, wie sich die Härchen an meinen Armen aufrichteten.

»Von der Pfütze? Und wohin führten sie?«

Torbjörn schüttelte den Kopf.

»Nicht von. Zu. Die Fußspuren führten zu der Pfütze.«

»Aber woher kamen sie?«, fragte ich, obwohl ich die Antwort schon ahnte. Ich wollte Torbjörn das aussprechen hören, was ich am meisten fürchtete.

Torbjörn schaute mich ernst an.

»Von deiner Tür. Als wäre jemand völlig durchnässt aus deinem Zimmer gekommen, hätte sich mitten in den Flur gestellt und … getropft.«

»Das muss wirklich ein Schock gewesen sein«, sagte ich. »Was hast du gedacht?«

»Nicht besonders viel, nur, dass es ziemlich komisch war. Unbehaglich auch, klar, wenn man bedenkt, was da drin passiert ist. Ich habe einen Putzlumpen geholt, habe alles aufgewischt und versucht, ganz einfach nicht mehr daran zu denken.«

»Hast du den anderen nichts davon erzählt?«

Törbjörn lachte auf und schüttelte den Kopf.

»Wer hätte einem wie mir schon geglaubt?«

»Wie ... was meinst du mit ›einem wie mir‹?«

»Ich, Mamas Liebling, der jedes Wochenende nach Hause fährt und nie mehr als einen Satz am Stück sagt. Rebecka hätte mich ausgelacht.«

Ich wollte protestieren, aber Torbjörn unterbrach mich sofort.

»Doch, so ist es. Alle halten mich für ein Weichei. Weißt du, dass mich meine Mutter, als ich hier eingezogen bin, gezwungen hat, für die ganze Woche Essensbüchsen mitzunehmen, die ich in den Kühlschrank stellen musste? Sie hat sogar die Wochentage daraufgeschrieben. Die anderen fanden es total lustig, mich damit aufzuziehen. Irgendwann habe ich es geschafft, ihr das auszureden. Dabei hat sie es nur gut gemeint. Sie hat nur noch mich, seit mein Vater gestorben ist.«

»Aber ich höre dir zu«, sagte ich. »Und ich finde nicht, dass du ein Weichei bist. Ich glaube, dass viel mehr in dir steckt, als von außen zu erkennen ist. Aber die Leute wollen oft gar nicht so genau hinsehen. Glaub mir, wenn sich jemand damit auskennt, dann ich.«

»Ich hatte diese Wasserpfütze fast schon wieder vergessen. Aber als die Sache mit dem Fernseher passiert ist und du all das andere erzählt hast, habe ich mich wieder daran erinnert. Deshalb habe ich nichts gesagt. Weil ich glaube, dass du recht hast. Ich denke auch, dass Yuko in unserem Flur spukt«, sagte Torbjörn und sah so entschlossen und ernst aus, dass ich ihn am liebsten fest umarmt hätte.

Ich lehnte mich im Sofa zurück und versuchte, das soeben Gehörte zu verdauen. Für mich bestand kein Zweifel mehr. Yuko gab es wirklich.

»Aber was will sie deiner Meinung nach hier?«, fragte Torbjörn.

»Ich glaube, dass sie dasselbe will wie wir alle«, antwortete ich. »Sie will verstanden werden.«

19

Ich saß an meinem Schreibtisch und hielt den Zettel mit der Nummer des Polizisten in meiner linken Hand. Ich versuchte mich im Geiste auf das Gespräch vorzubereiten, aber das Bild von den nassen Fußspuren auf dem Linoleumboden störte meine Konzentration. Es war ja nur gut, versuchte ich mir selbst einzureden. Was Torbjörn erzählt hatte, war ein weiterer Beweis dafür, dass ich recht hatte, noch ein Grund, um mehr darüber herauszufinden, was Yuko zugestoßen war. Genau dies wollte ich tun, indem ich den Polizisten anrief, der die Ermittlungen zu Yukos Tod leitete. Hoffentlich würde das gegen die Unruhe helfen, die in meinem Magen blubberte und nicht verschwinden wollte.

Als ich den Hörer aufnehmen und die Nummer eingeben wollte, fing das Gehäuse auf einmal an, unter meinen Fingern zu vibrieren. Bei dem lauten Klingeln, das durch den Raum hallte, zuckte ich zusammen und ließ den Zettel fallen. Nach vier Signalen hatte ich mich so weit beruhigt, dass ich mich melden konnte.

»Hallo, hier ist Malin.«

Keine Antwort.

»Hallo, hier spricht Malin Granström«, versuchte ich es erneut. Noch immer keine Antwort. Trotzdem war es nicht völlig still, und ich erkannte bald das Geräusch von dem

Gespräch mit meiner Mutter vor einigen Tagen wieder. Das Rauschen, über das ich mich beim Televerket beschweren wollte, was ich aber nie getan hatte. Genau dasselbe Geräusch, nur lauter diesmal.

Ich wollte gerade auflegen, als sich das Rauschen veränderte. Mittendrin war eine Stimme zu vernehmen. Sie klang wie eine Frauenstimme, die in einer Sprache redete, die ich nicht verstand.

So sehr ich mich auch anstrengte, ich sah keinen Sinn, nur unverständliche, aneinandergereihte Silben. Auch der Rhythmus der Sprache war merkwürdig. Was die Stimme flüsterte, ähnelte eher einem unendlichen Gesang, ohne Anfang, Ende oder Pausen.

Vor vielen Jahren, als meine Eltern mich in Korea geholt hatten, kauften sie dort ein paar Kassetten mit koreanischen Kinderliedern. Diese Sprache erinnerte mich an die Sprache in den Liedern, aber sie war trotzdem anders. Melodischer. Vielleicht wie … Japanisch.

Die Stimme setzte ihre Litanei fort, und ich nahm Laute und Silben wahr, die immer wieder vorkamen. Das Einzige, was variierte, war der Tonfall, mal traurig und klagend, mal wütend und harsch. Als würde die Person am anderen Ende hin und her wechseln zwischen einer richtig traurigen Geschichte und Verwünschungen.

Ich stand auf, drückte den Hörer fester ans Ohr und flüsterte zurück:

»Hallo, hörst du mich?«

Keine Antwort.

»Ich bin für dich da, Yuko. Du kannst mit mir sprechen. Ich höre dir zu.«

Die Stimme fuhr unbeirrt fort, als würde ich einer Aufnahme lauschen. Ich versuchte es erneut, diesmal lauter.

»Yuko, hör mir zu. Hab keine Angst, du kannst dich auf mich verlassen.«

In diesem Augenblick klickte es in der Leitung, und die Stimme war verschwunden. Stattdessen hörte ich Johannas Stimme, klar und deutlich.

»Was in aller Welt treibst du da, Malin? Wen schreist du an?«

Ich hatte nicht mehr genug Luft in der Lunge, um zu antworten, und konnte mich gerade so noch auf den Beinen halten. Mein Herz pochte wild, und ohne es zu merken, hatte ich die Schreibtischkante so fest umklammert, dass die Finger schmerzten.

»Johanna ... bist du das?«, stieß ich schließlich hervor.

»Wer denn sonst, das hörst du doch, oder? Aber du hast ja nicht geantwortet, sondern nur einen Haufen Schwachsinn geredet. Was soll das?«

»Öh ... Nichts. Gar nichts«, sagte ich und suchte verzweifelt nach einer Entschuldigung. »Mir geht es heute nicht besonders gut.«

»Das ist mir klar. Du warst ja heute auch nicht bei der Prüfung. Bist du krank?«

In meinem Kopf überschlugen sich die Gedanken, und ich suchte fieberhaft nach einer glaubwürdigen Antwort auf Johannas Frage.

»Ja, ich glaube, ich hab' die Grippe.«

»Das glaube ich auch. Mit Fieber, nehme ich an, so wie du halluzinierst. Nimm eine Tablette und leg dich wieder hin.«

Eigentlich wollte ich das Gespräch so schnell wie möglich

beenden, um zu sehen, ob ich die Stimme dazu bringen konnte, nochmal zurückzukommen, aber ich wollte auch nicht unhöflich sein.

»Ja, das werde ich machen. Wie ist die Prüfung denn gelaufen?«

»Gut, glaube ich. Könnte sogar eine Eins werden. Wenn der Professor ein paar Gläser Wein trinkt, bevor er korrigiert«, sagte Johanna und lachte.

»Glückwunsch. Gehst du dann noch mit den Mädels feiern?«

Johanna schien von der Frage überrumpelt zu sein und zögerte.

»Nein, ich … schaue bei einem Hallenhockey-Spiel zu.«

Schon stieg in mir wieder die Wut auf.

»Aha. Wer spielt denn?«, fragte ich unschuldig.

»Äh, das sind nur Daniel und seine Kumpels. Ich habe versprochen, vorbeizukommen und hallo zu sagen.« Ich hörte, dass Johanna versuchte, unbeschwert zu klingen, aber das gelang ihr nicht sonderlich gut.

»Daniel?«, sagte ich und tat erstaunt. »Und ich dachte, du würdest den Arsch in die Wüste schicken.«

»Nenne ihn nicht Arsch«, sagte Johanna beleidigt. »Das war alles ein Missverständnis. Dieser Henke hatte das Ganze erfunden, aus reiner Eifersucht. Daniel wusste von nichts. Ich musste ihn sogar davon abhalten, Henke zu verprügeln, so wütend war er.«

Ich wusste, dass es mies war, aber ich konnte mir ein Lachen nicht verkneifen.

»Und das hast du ihm abgekauft? Einfach so? Es ist doch lächerlich, dass er alles Henke in die Schuhe schiebt. Die sind doch alle gleich, siehst du das denn nicht? Stattdessen lässt du zu, dass er dich weiter ausnutzt, und hockst in einer miefigen Sporthalle rum. Bis er eine mit einem eleganteren Nachnamen findet, gegen die er dich austauschen kann.«

Es herrschte Stille. Als Johannas Stimme wieder ertönte, war sie eiskalt.

»Ich finde, dass du lächerlich bist. Du weißt nichts über mich und Daniel, also hör mit deinen blöden Anschuldigungen auf. Ich hoffe wirklich, es liegt am Fieber und nicht an deiner Eifersucht. Wenn du wieder gesund bist, erwarte ich eine Entschuldigung, sonst kannst du dich nach einer anderen Freundin umsehen.«

Jedes Wort stach wie eine Nadel, viel durchdringender, als wenn sie im Zorn herausgeschrien worden wären. In mir kochten ebenfalls Worte, ich wollte auch Nadeln austeilen, erzählen, was mir Daniel an jenem Abend ins Ohr geflüstert hatte. Zugleich wollte ich Johanna am liebsten um Verzeihung bitten für all das Dumme, was ich gesagt hatte, und alles wiedergutmachen. Aber ich vermochte weder das eine noch das andere. Bevor ich überhaupt den Mund aufmachen konnte, hatte sie aufgelegt.

Es klingelte mehr als zehnmal, ehe Kriminalinspektor Björn Lövgren abhob. Vermutlich hätte ich längst eingehängt, wenn ich nicht gespannt – und vergeblich – auf das Rauschen und Zischen gelauscht hätte. Als das »Ja, hier Lövgren« des Kriminalinspektors schließlich erklang, war ich so überrascht, dass es eine Weile dauerte, bis ich mein Anliegen verständlich darlegen konnte.

»Ja, hm, der Nakata-Fall«, sagte Björn Lövgren und seufzte tief, als wären die Ermittlungen zu Yukos Tod ein besonders schweres Kreuz zu tragen. Ich fühlte, wie ich schon jetzt feindlich eingestellt war. Nicht einmal einen Vornamen konnte er ihr gönnen, der Herr Kriminalinspektor.

»Ja, für mich ist es ein bisschen lästig, die Kartons ständig im Keller stehen zu haben. Da bleibt weniger Platz für meine eigenen Sachen, meine ich«, sagte ich. Das war natürlich eine komplette Lüge, ich hatte ja praktisch nichts, wofür ich Platz brauchte. Aber irgendeinen Grund musste ich vorschieben, um mehr zu erfahren. »Bei der Wohnungsgenossenschaft haben sie mir gesagt, dass sich die Familie melden und die Sachen holen würde. Wissen Sie, wann das der Fall sein wird?«

Ich hörte das Geräusch von Papier, in dem geblättert wurde. Als die Stimme des Kriminalinspektors wieder ertönte, war sie autoritärer und klang nicht mehr so matt. Nur wichtig.

»Genauere Details kann ich natürlich aufgrund des Ermittlungsgeheimnisses nicht nennen. Aber ich kann sagen, dass es gewisse Komplikationen bei diesem Fall gegeben hat, und die betroffenen Behörden konnten ihre Arbeit noch nicht zu Ende führen.«

Ich brauchte einen Moment, bis ich die bürokratische Sprache entschlüsselt hatte und begriff, was er meinte.

»Was heißt das, nicht zu Ende führen? Es wäre doch das Einfachste gewesen, wenn Yukos Familie die Sachen mitgenommen hätte, als sie hier war, um den Leichnam überführen zu lassen?«

»In diesem Fall war dies nicht möglich. Aber wie gesagt, mehr kann ich dazu nicht sagen.«

»Dann war die Familie also nicht hier?«

Ich deutete das Schweigen des Kriminalinspektors als Zustimmung. Dann hatten sie also den Leichnam ohne die Familie nach Hause geschickt. So war das wohl üblich, aber der Gedanke machte mich dennoch traurig. Dass Yuko ihre letzte Reise quer durch die Welt genauso allein machen musste wie damals, als sie hergekommen war. Dass sie in ihrem Sarg im Gepäckraum gelegen hatte, während die Passagiere darüber in fröhlicher Unwissenheit darüber, dass sie das Flugzeug mit einer Leiche teilten, eine Bloody Mary tranken und Flugzeugmahlzeiten aßen. Sofern nicht …

»Ach übrigens, wurde der Leichnam so überführt, wie er war, oder ist er vorher in Schweden ins Krematorium gekommen?«

Björn Lövgren räusperte sich und wirkte ein wenig verlegen, als er antwortete:

»Wie ich schon sagte, die Arbeit der Behörden konnte noch nicht zu Ende geführt werden.«

Mir wurde schwindlig, als ich begriff, was los war. Der Hörer zitterte in meiner Hand, und ich fragte:

»Meinen Sie, dass sie noch in Schweden ist? Dass Yukos Leichnam noch in der Pathologie hier in Linköping liegt?«

Ich weiß nicht, ob es an meiner erregten Stimme lag. Oder daran, dass es halb sechs war und Kriminalinspektor Lövgren das Gespräch beenden und nach Hause zum Abendessen gehen wollte. Oder ob er einfach keine Lust mehr hatte, formell zu sein. Jedenfalls atmete er geräuschvoll aus und sagte:

»Ja, der Leichnam ist noch immer hier. Und Gott weiß, ob er jemals von hier wegkommt.«

»Aber warum das?«

»Weil die Familie nicht kooperieren möchte und weil die Leute von der Japanischen Botschaft eine Bande von Idioten sind, die jede Menge Ärger machen. Immer wieder muss irgendetwas kontrolliert und angepasst werden, und keines unserer Formulare taugt ihnen. Einen Sarg aus Kirschbaumholz fordern sie auch, ist das zu fassen? Als könnte man den einfach so herzaubern. Nein, die sind ganz klar nicht so wie wir, diese …« Er unterbrach sich und schien zu überlegen, was er sagen sollte.

»Schlitzaugen? Wollten Sie das sagen?«, ergänzte ich. Zu spät erkannte ich, wie taktisch unklug meine Bemerkung war, und überlegte, wie ich mich entschuldigen sollte. Aber Björn Lövgren hatte wieder das Wort ergriffen. Und der bürokratische Ton war wieder zurück.

»Es tut mir leid, aber ich kann Ihnen keine weiteren Informationen mitteilen. In Bezug auf die Hinterlassenschaft müssen Sie abwarten, bis wir Ihnen Bescheid geben. Auf Wiederhören.« Und dann legte er auf.

20

Ich hatte eben aufgelegt, als im Flur ein lauter Knall ertönte. Ich zuckte zusammen, und mein Puls schoss wieder in die Höhe. Ich ging zu meiner Zimmertür und lauschte. Durch das Holz drangen erregte Stimmen aus der Küche. Ich glaubte, Rebecka und Pelle herauszuhören und eine piepsige Stimme, die Torbjörn gehören musste. Sie klangen sehr wütend, und sogar Pelle schien vor Zorn fast zu explodieren. Ich konnte nicht hören, weswegen sie stritten, aber wenn Pelle so wütend war, musste es etwas Ernstes sein.

Als ich in die Küche kam, brachte ich nur ein Wort über die Lippen:

»Oh.«

In der Küche herrschte ein einziges Chaos. Die Türen der Küchenschränke standen sperrangelweit offen, die Besteckschubladen waren herausgezogen. Ein paar davon waren komplett herausgerissen worden und lagen verkehrt herum auf dem Boden. Das Besteck war überall verteilt. Scheinbar zufällig ausgewählte Küchengeräte waren aus den Schränken und Schubladen gerissen worden und lagen auf den Ablagen und in der Spüle. Die Reste aus einem Nudeltopf waren durch den Raum geflogen, und es hingen Spaghetti an den Wänden und Schranktüren. Sogar vom Wasserhahn baumelten einige Nudeln. Eine Kühlschranktür stand auch offen, und rote Sauce aus einem umgeworfenen Paket Himbeercreme tropfte langsam auf das Linoleum herab. In der Ecke zwischen dem Kühlschrank und einer Anrichte lehnte eine Margarineschachtel an der Wand, auf die jemand ein Zielwerfen mit Buttermessern veranstaltet hatte. Bestimmt ein halbes Dutzend Messer steckten in dem weichen Streichfett und formten die absurde Parodie einer Dartscheibe. Mir war sofort klar, was los war. Die Schuhe. Die Wasserpfütze. Die schlagenden Türen. Das hier war nur eine logische Fortsetzung von Yukos Versuchen, mit uns zu kommunizieren. Dennoch machte mir das mehr Angst, als ich mir eingestehen wollte. Das Durcheinander in der Küche wirkte so ... aggressiv.

Rebecka lehnte mit vor der Brust verschränkten Armen an der Anrichte. Ihre Augen funkelten zornig. Vor ihr stand Pelle, auch er mit vor der Brust verschränkten Armen und wütendem Blick. Torbjörn drückte sich in eine Ecke und sah wie ein unglückliches Kind aus, dessen Eltern streiten.

»Ist es nicht verdammt merkwürdig, dass es immer meine Schuld sein soll, wenn hier im Stockwerk irgendein Mist passiert? Schiebt es nur auf Rebecka, nur los«, sagte Rebecka und funkelte Pelle an.

»Ich hab' nur gefragt. Darf man nicht mal mehr fragen, oder was?«, erwiderte Pelle. »Wer leert denn nie das Zigarettenglas auf dem Balkon aus? Wer schleppt bei Partys ständig Typen ab und räumt danach nie auf? Und wer hat bisher seine Putzwoche noch nie ordentlich durchgezogen? Ja, wer kann das sein?«

Rebecka machte eine resignierte Geste und tat reuevoll.

»Okay, ich gebe es zu. Ich habe den Spaghettitopf nicht

abgespült, ja, ich war das. Aber der Rest … das hier muss doch irgendein Wahnsinniger sein. Ich bin vielleicht schlampig, aber eine Irre bin ich verdammt noch mal nicht.«

»Wer war es dann?«, fragte Pelle und drehte sich zu mir um. »Weißt du was darüber, Malin?«

Ich schüttelte den Kopf.

»Und Richard ist noch in Göteborg, und Camilla ist … ja, wo ist Camilla eigentlich?«

»Wahrscheinlich ist sie beim Sport, wie immer«, sagte Rebecka. »Aber du glaubst doch nicht ernsthaft, dass Camilla die Küche verwüstet hat?«

Ich resignierte, dass keiner der beiden den Gedanken in Erwägung zu ziehen schien, dass Torbjörn an dem Durcheinander schuld sein könnte.

»Vielleicht hat Yuko es getan.«

Es wurde still in der Küche, und alle drehten sich zu Torbjörn um. Die Worte, mit seiner seltsamen, hellen Stimme ausgesprochen, vibrierten zwischen uns in der Luft.

»Oje, nicht auch noch du«, sagte Pelle und seufzte. »Was für einen Blödsinn treibt ihr hier eigentlich? Hast du ihm diese Dummheiten in den Kopf gesetzt?«, fuhr er an mich gewandt fort.

»Ich denke, Torbjörn ist alt genug, um sich seine eigene Meinung zu bilden«, antwortete ich säuerlich.

»Ja, ja, aber kommen wir jetzt bitte wieder zurück zur Wirklichkeit«, sagte Pelle. »Los, wer von euch weiß etwas über das, was hier passiert ist?«

»Was soll das heißen ›wer von euch‹?«, erwiderte Rebecka. »Und was ist mit dir? Bist du automatisch über jeden Verdacht erhaben, oder was? Als wärst du ein verdammter …«

Ihr Wutausbruch wurde von der Tür unterbrochen, die krachend ins Schloss fiel. Kurz darauf rief eine Stimme:

»Hallo, ist hier jemand?«

»Wer ist das denn? Was geht hier eigentlich vor?«, fragte Rebecka an Pelle gewandt.

»Woher soll ich das wissen?«, sagte Pelle, klang aber auf einmal eher besorgt als wütend. Gemeinsam verließen wir die Küche um nachzusehen.

Mitten im Flur stand ein älteres Paar und schaute sich verloren um. Sie trugen dicke Mäntel, und der Mann hielt einen Schlüsselbund in der Hand.

»Wer ist das?«, flüsterte Pelle.

»Keine Ahnung«, flüsterte Rebecka zurück. »Aber Studenten können es ja wohl nicht sein.«

Schließlich übernahm Pelle die Initiative und ging auf das Paar zu. Er fragte:

»Entschuldigen Sie, können wir Ihnen irgendwie helfen?«

Es stellte sich heraus, dass es Camillas Eltern waren. Wir gaben ihnen höflich die Hand, und Pelle schaffte es sogar, halbwegs glaubhaft zu versichern, wie schön es sei, sie endlich kennenzulernen, nachdem Camilla schon so viel von ihnen erzählt habe.

»Hat einer von euch Camilla heute Nachmittag gesehen?«, fragte Camillas Vater.

»Nein, ich habe sie den ganzen Tag nicht gesehen«, sagte Pelle, und wir anderen schüttelten zustimmend den Kopf. »Ist etwas passiert?«

Camillas Vater zuckte mit den Schultern. Er sah bekümmert aus.

»Sie hätte vor mehreren Stunden zu uns nach Motala

kommen sollen, aber sie ist nicht aufgetaucht. Und sie geht auch nicht ans Telefon.«

»Vielleicht hat sie ihre Pläne geändert und vergessen, sich zu melden?«, meinte Rebecka.

Camillas Mutter schüttelte entschieden den Kopf.

»Wir wollten heute Abend ins Theater gehen, und Camilla hatte versprochen, auf den Hund aufzupassen. Wir haben heute Mittag noch telefoniert, und da wollte sie nur noch ein Bad nehmen und danach mit dem Bus nach Motala fahren. Sie würde uns niemals einfach so versetzen, sie weiß genau, wie ungern Smilla abends allein zu Hause bleibt.«

Erst jetzt bemerkte ich das kleine Wollknäuel von Hund, das vorsichtig hinter dem Bein seines Frauchens hervorlugte und mit den Pfoten über den Linoleumboden kratzte.

»Wir haben angeklopft, aber es macht niemand auf«, sagte Camillas Vater. »Wir haben einen Zweitschlüssel, aber Birgitta findet, dass wir nicht hineingehen sollten. Es ist uns natürlich wichtig, die Privatsphäre unseres Kindes zu respektieren.« Er wog den Schlüsselbund in der Hand.

Rebecka ging zum Flureingang und suchte das Schuhregal ab.

»Ihre Winterstiefel und ihre Turnschuhe stehen hier, sie müsste eigentlich zu Hause sein.«

Pelle meinte mit einem Kopfnicken in Richtung der Eltern:

»Es wird das Beste sein, wenn Sie mal nachsehen. Vielleicht ist sie krank oder gestürzt und kann nicht aufmachen.«

Camillas Vater nickte und schloss die Zimmertür auf. Er und seine Frau gingen hinein, den Hund an der Leine im Schlepptau. Nach zwei Schritten drehten sie sich um, als erwarteten sie, dass wir auch mitkämen. Pelle hob die Augenbrauen, betrat Camillas Zimmer, und wir anderen folgten ihm.

Ich stand an der Tür von Camillas Zimmer und fühlte mich überflüssig. Ich hörte, wie Pelle versuchte, Camillas Mutter zu beruhigen, deren Stimme jetzt vor Sorge ganz schrill klang, an der Grenze zur Panik. Camilla war wie vom Erdboden verschluckt. Ihr Vater hatte sogar den Garderobenschrank durchsucht und unter das Bett geschaut. Rebecka stand hinter mir gegen den Türrahmen gelehnt, die Arme vor der Brust verschränkt, und Torbjörn drückte sich in eine Ecke.

Es war wirklich seltsam. Sowohl der Geldbeutel als auch die Schlüssel befanden sich noch in Camillas Handtasche, die auf der Erde in ihrem Zimmer lag, und keine ihrer Jacken fehlte. Aber am seltsamsten war, dass ihre Tür offenbar von außen abgeschlossen worden war. Ein Mysterium, über das sich niemand den Kopf zu zerbrechen schien.

Das weiße Hündchen nutzte die volle Reichweite der Leine, um jeden Zentimeter abzuschnüffeln. Wie schön es doch wäre, ein Hund zu sein, dachte ich und musterte das Tier, das mit dem Kopf bis zum Hals ganz in einer vollen Sporttasche steckte. Keine komplizierten Beziehungen und übernatürliche Phänomene, mit denen man klarkommen musste, einfach essen, schlafen, kacken und den ganzen Tag lang herumschnüffeln.

Nach einer Weile hatte sich der Hund zu der halb offenen Badezimmertür vorgearbeitet und witterte. Plötzlich erstarrte er, winselte kläglich und legte sich flach auf den Boden. Dann kroch er rückwärts und erhob sich wieder. Mutiger jetzt, da der Abstand zur Badezimmertür größer war. Er fletschte die Zähne und knurrte leise.

»Was ist denn auf einmal mit dem Hund? Wir haben doch im Bad schon nachgesehen, da war nichts«, wunderte Rebecka sich.

»Ich weiß es nicht«, sagte ich, aber die Unruhe packte mich erneut, und plötzlich war ich genauso überzeugt wie der Hund, dass im Bad etwas Unangenehmes lauerte.

Rebecka ging zur Badezimmertür und wollte sie ganz aufmachen, da stürzte ich nach vorn und packte sie beim Arm.

»Bitte mach das nicht. Geh da nicht rein, Rebecka. Das kann gefährlich sein.« Rebecka schüttelte meine Hand ab und bedachte mich mit einem unergründlichen Blick. Dann zog sie die Tür auf und schaute ins Bad.

»Hier ist nichts, du dummer kleiner Mops«, sagte sie. Aber mit gedämpfter Stimme, sodass Camillas Mutter sie nicht hören konnte.

Der Hund schien das ganz anders zu sehen. Als die Tür ganz aufging, wurde das Unheimliche da drin noch deutlicher wahrnehmbar, und das kleine Tier sprang abwechselnd bellend vorwärts und zog sich mit eingezogenem Schwanz und zitternd vor Angst wieder zurück.

»Aber Smilla, was ist denn mit dir?«, fragte Camillas Mutter und zerrte vergeblich an der Leine.

Mechanisch setzten sich meine Beine in Bewegung. Ich ging an Camillas Mutter und Rebecka vorbei, stieg über den Hund und trat ins Bad. Es sah genauso aus wie meines: die gleichen weißen Fliesen am Boden, der gleiche Spiegel und eine alte Badewanne an der Wand. Auf dem Toilettenstuhl lag ein Handtuch, als habe jemand es so hingelegt, damit er oder sie es bequem nach einem Bad erreichen konnte. Neben der Wanne lag eine Shampooflasche ohne Verschluss. Im Übrigen war der Raum leer, so wie er es wenige Minuten zuvor auch gewesen war, als wir ihn abgesucht hatten.

Ich ging zur Wanne und fuhr mit der Hand über den Boden. Die Emaille war noch feucht. Ich hielt die Luft an und griff nach dem, was im Abfluss steckte. Ein dickes Büschel langer, feuchter, schwarzer Menschenhaare.

Ich drehte mich um und sah Rebecka in die Augen. Sie starrte das Haarbüschel an, und ich glaubte einen Anflug von Angst in ihrem Blick zu erkennen. Aber das war rasch vorüber, und sie zuckte mit den Achseln.

»Und?«, sagte sie und wandte sich ab.

Ich begriff, dass ich die Einzige im Raum war, die wusste, dass Camilla vermutlich für immer weg war.

»Glaubst du mir jetzt?«

Camillas Eltern hatten die Suche im Wohnheim aufgegeben und hatten beschlossen, zurück nach Motala zu fahren, in der Hoffnung, dass ein Missverständnis vorlag und Camilla dort auf sie wartete. Wir hatten ihnen versprochen, uns sofort zu melden, sobald wir etwas Neues erfuhren, und Pelle hatte sie bis zum Parkplatz begleitet. Wir anderen machten uns daran, die Küche aufzuräumen.

»Was soll ich dir glauben? Dass ein Gespenst Camilla durch den Abfluss der Badewanne gesaugt hat? Nein, das tue ich wirklich nicht. Und ich denke, dass du das auch nicht glaubst, Malin«, antwortete Rebecka.

»Und was ist mit den Haaren? Camilla ist doch blond.«

Rebecka schüttelte den Kopf und lächelte.

»Du bist echt naiv, Malin. Sie hat bestimmt irgendeinen Typen mit langen schwarzen Haaren aufgegabelt, hat mit ihm ein Bad genommen, beschlossen, auf den Köter zu scheißen und sich irgendwo das Hirn rausvögeln zu lassen. Und ihr geht es hervorragend.«

Ich hoffte wirklich, dass sie recht hatte. Dass ein Gespenst Schuhe durcheinanderwarf und zwischen den Fernsehprogrammen hin und her wechselte, war eine Sache. Aber jemanden verschwinden zu lassen ... das war etwas ganz anderes.

»Nein, das glaube ich wohl nicht. Aber alles andere? Wie das hier zum Beispiel?«, sagte ich und hielt die Besteckschublade hoch, ehe ich sie wieder an ihren Platz schob.

Rebecka schwieg und versuchte, eingetrocknete Spaghetti von den Küchenfliesen zu entfernen. Schließlich drehte sie sich zu mir um.

»Nehmen wir mal an, dass du recht hast. Rein hypothetisch. Dass es wirklich ein Gespenst in unserem Flur gibt. Was sollen wir deiner Meinung nach unternehmen?«

Ich zuckte mit den Achseln.

»Es muss doch einen Grund dafür geben, dass es spukt. Also hab' ich mir gedacht, wir könnten Yuko helfen, zur Ruhe zu kommen, indem wir diesen Grund finden. Wenn Yuko das hier tatsächlich angerichtet hat.«

Rebecka wandte sich wieder ab, öffnete den Schrank unter der Spüle und warf die Spaghettireste in den Müll. Als sie sich wieder zu mir umdrehte, umspielte ein seltsames Lächeln ihre Lippen, und das Glitzern in ihren Augen gefiel mir gar nicht. Es war das Glitzern der aufreizenden, provozierenden Rebecka, die zu allem imstande war, um ein wenig Aufmerksamkeit zu erzeugen.

»Dann müssen wir halt mit Yuko reden.«

»Was meinst du damit?«

»Ach komm, habt ihr früher nie Gläserrücken gespielt? Wir organisieren ganz einfach hier im Stockwerk eine kleine Seance. Und fragen sie selbst.«

Ich versuchte zu protestierten, begriff aber, dass Rebecka sich nicht stoppen lassen würde. Sie glaubte mir sicher nicht. Ebensowenig scherte sie sich um Yuko und deren Schicksal. Für Rebecka war das Ganze nur ein Abenteuer, genauso wie ihre One-Night-Stands. Für mich, die bei der Erinnerung an den Singsang am Telefon noch immer erschauderte, war es nicht so einfach.

Als Pelle kurz darauf in die Küche kam, sagte Rebecka fröhlich:

»Hast du gehört, morgen organisieren wir bei uns eine Seance. Wir haben vor, Yuko zu bitten, mit diesem dummen Spuk aufzuhören. Und uns zu erzählen, wo sie Camilla versteckt hat.«

Pelle blickte sauer drein.

»Ihr seid echt unglaublich. Wie könnt ihr über so etwas Witze machen, jetzt wo Camilla verschwunden ist? Ihre Eltern sind völlig fertig mit den Nerven. Sie fahren jetzt nach Hause und telefonieren die Krankenhäuser in der Gegend ab. Wenn sie bis morgen nicht wieder auftaucht, melden sie sie bei der Polizei als vermisst.«

»Ach, komm schon. Ihr ist bestimmt nichts passiert. Sie ist bei einem Typen und hat da viel mehr Spaß als mit dem hässlichen kleinen Köter«, sagte Rebecka, wirkte aber nicht mehr so überzeugt wie vor wenigen Minuten. Ihr war sicherlich ebenso bewusst wie uns, dass sie damit eher sich selbst als Camilla beschrieb.

»Und ihr räumt hier auf? Obwohl hier eingebrochen wurde? Wie sollen wir das jetzt eurer Meinung nach noch bei der Polizei anzeigen?« Pelle stöhnte, als wolle er unsere unaussprechliche Dummheit damit noch unterstreichen.

»Was meinst du mit Einbruch?«, erwiderte Rebecka stur. »Es wurde doch gar nichts gestohlen.«

»Verwüstung ist auch ein Verbrechen, das weißt du sehr wohl. Aber jetzt hat es kaum noch einen Sinn, die Polizei zu rufen, ihr habt ja alle Spuren beseitigt. Außerdem habe ich keine Lust, für die Taten meiner belämmerten Mitbewohner geradestehen zu müssen.«

»Ja, ja, unser Herr Perfekt hat wie immer recht. Aber morgen bist du doch dabei, oder? Das wird lustig«, sagte Rebecka, die Kritik offenbar so leicht abschütteln konnte wie ein Hund Badewasser. Pelle schüttelte nur den Kopf, verdrehte die Augen und verließ die Küche.

»Ich bin dabei.«

Rebecka und ich zuckten zusammen, als Torbjörn sich zu Wort meldete. Er hatte beim Putzen kein Wort gesagt, und wir hatten fast vergessen, dass er da war. Jetzt stand er mit dem Mopp in der Hand in einer Ecke der Küche, sein Blick war klar und ernst.

»Ich möchte hören, was Yuko zu sagen hat«, erklärte er.

21

Es war sieben Uhr abends. Rebecka, Torbjörn und ich saßen am Esstisch im Aufenthaltsraum. Pelle hockte mit finsterer Miene auf dem Sofa.

Rebecka hatte das Ereignis des Abends sehr ernst genommen und mehrere Stunden lang vorbereitet. Sie hatte sogar ein gemeinsames Abendessen mit Spaghetti Bolognese und billigem Rotwein zubereitet. Damit wir sowohl körperlich als auch geistig vorbereitet waren, wenn es anfing, wie sie meinte. Selbst war ich nicht so sehr davon überzeugt, dass wir vorbereitet waren, aber der Wein hatte immerhin dazu beigetragen, dass meine Unruhe ein wenig gelindert wurde. Den ganzen Tag lang hatte ich versucht, Argumente zu finden, die Rebecka dazu bringen könnten, das Ganze abzublasen, war aber auf kein einziges gekommen. Ich hatte alles in Gang gesetzt, und jetzt musste ich in den sauren Apfel beißen.

Pelle hatte beim Essen keinen Ton gesagt, dafür aber umso mehr geseufzt. Nach dem Essen klingelte sein Telefon, und er verschwand in sein Zimmer.

»Das war Camillas Vater. Sie ist noch immer verschwunden. Sie gehen jetzt zur Polizei«, sagte Pelle düster, als er zurückkam.

»Oha, der Typ muss ja echt gut im Bett sein«, hatte Rebecka entgegnet, hatte damit aber niemanden überzeugt.

Nach dem Essen war der Augenblick also gekommen. Die Deckenlampe war aus, und Rebecka hatte im Raum Kerzen verteilt, deren Flammen leicht im Luftzug flatterten, der durch die undichten Fenster aus den Siebzigern drang. Mitten auf dem Esstisch lag ein großes weißes Blatt Papier – es war die Rückseite eines R.E.M.-Posters aus Rebeckas Zimmer. Auf das Blatt waren mit einem Kugelschreiber zahlreiche Kreise gezeichnet worden. In die Kreise hatte Rebecka Buchstaben geschrieben, von A bis Z und – in zwei davon – »Ja« beziehungsweise »Nein«. In der Mitte des Blattes stand ein umgedrehtes Glas.

»Willst du wirklich nicht mitmachen, Pelle?«, rief Rebecka in Richtung Sofa. »Je mehr Leute wir sind, desto besser funktioniert es.«

Pelle murmelte, dass er echt keinen Bock habe. Aber er war immerhin so weit interessiert, dass er auf dem Sofa sitzen blieb.

»Na gut, aber dann mach bitte den Ton leiser. Das stört die Energie, weißt du«, sagte Rebecka streng. Pelle murrte wieder und drehte den Ton des Fernsehers leiser.

»Okay, folgendermaßen«, erklärte Rebecka uns. »Jeder von uns legt einen Finger ans Glas. Dann konzentrieren wir uns, um alle Sinne wach zu halten, und sagen den Geistern, dass wir Kontakt suchen. Hoffentlich hört uns dann einer und ist gewillt, auf unsere Fragen zu antworten.«

»Yuko, meinst du?«, fragte ich.

»Oder jemand, der sich am selben Ort wie sie befindet«, sagte Rebecka und lächelte. »Wo auch immer das ist.«

»Woher weißt du das alles?«, wollte Torbjörn wissen.

»Bloß Glück, dass ihr eine Humanistin im Wohnheim

habt, die alle wichtigen Dinge im Blick hat. Eine Kommilitonin von der Feminismustheorie arbeitet nebenher als Hexe, ich hab' sie gefragt«, sagte Rebecka und zwinkerte Torbjörn zu. »Aber jetzt hätte ich eins fast vergessen. Wartet kurz.«

Rebecka sprang auf, lief in die Küche und kehrte mit einer Packung Kochsalz in der Hand zurück. Auf Rebeckas Anweisung hin zogen wir den Esstisch ein Stück von der Wand ab, dann verstreute Rebecka das Salz aus dem Paket in einem Kreis rund um den Tisch. Pelle fuhr vom Sofa auf, als er sah, was sie tat.

»Was zum Teufel machst du da?«

»Einen Kreis ziehen, was sonst? Das ist ein wichtiges Mittel, um die Kraft im Kreisinneren zu stärken und um unerwünschte Besucher fernzuhalten. Alle Hexen ziehen Kreise, das musst du doch wissen, mein lieber Pelle«, sagte Rebecka und lächelte nett.

»Unerwünschte Besucher«, flüsterte Torbjörn. »Wer sollte das denn in deinen Augen sein?«

»Der Satan natürlich. Oder vielleicht ein Dämon«, erwiderte Rebecka unbekümmert.

Pelle schnaubte und schüttelte den Kopf.

»Dann seht zu, dass ihr nach diesem ganzen Spaß ordentlich aufräumt. Richard kann jeden Moment von seinem Politikerkongress zurückkommen, und ich habe keine Lust auf einen Streit übers Putzen.«

»Ja, ja, Jammer-Pelle. Wir räumen schon auf«, sagte Rebecka und gab Torbjörn und mir mit einem Wink zu verstehen, dass wir uns auf unsere Plätze setzen sollten.

Langsam zog ich meinen Stuhl vom Tisch. Mit einem klagenden Quietschen kratzten die Beine über den Boden, ebenso unwillig wie ich, loszulegen. Ich warf den anderen einen Blick zu. Torbjörn saß schon mit ernster, verbissener Miene auf seinem Platz. Rebecka hatte vor Aufregung ganz rote Wangen.

Mir war einfach nur unbehaglich zumute. Ich versuchte mir einzureden, dass das Ganze albern sei. Natürlich würde es nicht funktionieren, und Rebecka würde enttäuscht sein. Und sollte das Glas sich wider Erwarten doch bewegen, dann war das ja nur gut, oder? Ich wollte schließlich mehr über Yuko erfahren. Trotzdem hatte ich das Gefühl, dass das, was wir vorhatten, falsch war, total falsch. Klarer konnte ich meinen Eindruck nicht formulieren, und ich wusste, dass meine vagen Vorahnungen Rebecka niemals aufhalten würden.

»Wartet kurz«, sagte ich und setzte mich neben Pelle aufs Sofa.

»Bitte, kannst du nicht trotzdem dabei sein?«

Pelle wandte den Blick nicht vom Fernseher ab, schüttelte den Kopf und murmelte etwas, das wie »verdammter Schwachsinn« klang.

»Ich verstehe, dass du denkst, dass es nicht klappen wird«, sagte ich leise und beugte mich zu ihm vor. »Das glaube ich eigentlich auch nicht wirklich. Aber es passieren seltsame Dinge auf unserem Stockwerk, das kannst du nicht leugnen. Wäre es nicht gut, feststellen zu können, dass nichts geschehen ist und alles nur Zufälle waren? Hinterher können wir über das Ganze lachen, in dein Zimmer gehen und Bob hund hören. Es wäre echt viel schöner, wenn du dabei wärst.«

Endlich sah Pelle mich an. Er schwieg, aber sein Blick verriet umso mehr. Der sagte mir, dass Pelle nicht mitmachen wollte, weil er dachte, dass es funktionieren würde. Er hatte

Angst, dass das Glas sich tatsächlich bewegen würde, und deshalb entschieden, sich einzureden, dass es nicht klappen würde. Der ruhige, besonnene Pelle, unser aller Ratgeber und Beschützer, fürchtete sich.

Als ich wieder an den Tisch kam, legte Rebecka los. Sie räusperte sich feierlich, nahm das Glas auf, atmete hinein, sodass es beschlug, und flüsterte:

»Wir sind bereit.«

Sie stellte das Glas mitten auf das Papier und gab mir und Torbjörn zu verstehen, dass wir unsere Finger auf das umgedrehte Glas legen sollten. Die Dunkelheit jenseits der Fensterscheiben und das flackernde Licht der Kerzen schufen eine unheimliche Stimmung, und ich spürte, wie mir ein eiskalter Schauer die Wirbelsäule hinablief. Sogar das Gelächter aus der Konserve von *Eine schrecklich nette Familie* im Fernsehen klang bedrohlich und fremd.

»Bist du bei uns, Yuko?«, sagte Rebecka, und wir starrten konzentriert auf das Glas. Es bewegte sich keinen Millimeter.

»Bist du hier bei uns heute Abend? Antworte mit ja, wenn du uns hörst«, sagte Rebecka noch einmal. Aber auch diesmal bewegte sich das Glas nicht. Nur Pelles Was-hab-icheuch-gesagt-Schnauben vom Sofa war zu hören. Rebecka warf einen bösen Blick in seine Richtung, sagte aber nichts.

»Du musst es vielleicht mal auf Englisch versuchen. Yuko konnte ja kein Schwedisch«, meinte Torbjörn.

»Genau, ja«, sagte Rebecka, offensichtlich gereizt, weil ihr das nicht selbst eingefallen war. Sie nahm ihren Kugelschreiber, strich das »Ja« und »Nein« in den Kreisen durch und ersetzte die Worte mit »Yes« und »No«. Dann legten wir wieder unsere Finger an das Glas. Rebecka räusperte sich und sagte:

»We are ready for you, Yuko. Move the glass to ›Yes‹ if you can hear us.« Und nach einer kurzen Pause fügte sie hinzu: »Please.«

Wieder saßen wir reglos da und starrten auf das Glas, während wir uns darauf konzentrierten, unsere Finger nicht zu rühren. Lange geschah nichts, und aus dem Augenwinkel sah ich, dass Rebecka anfing, unruhig auf ihrem Stuhl hin und her zu rutschen.

Zuerst war es ein Gefühl von zunehmender Dichte. Als würde die Luft um uns so dick werden, dass man sie fast greifen konnte. Ich blickte auf und sah, dass auch Rebecka und Torbjörn die Veränderung bemerkt hatten. Torbjörns Gesicht war um eine weitere Nuance blasser geworden, und Rebeckas Augen leuchteten. Dann erbebte das Glas und fing an, sich unter unseren Fingern zu bewegen. Erst nur einen Millimeter, um sogleich wieder innezuhalten. Gleich darauf glitt es deutlich schneller und sicherer über das Papier, bis es im »Yes«-Kreis stehen blieb. Mich durchfuhr ein Schreck, und ich zog meinen Finger rasch weg. Neben mir schnappte Torbjörn heftig nach Luft.

»Es funktioniert! Es funktioniert wirklich!«, rief Rebecka erregt.

»Weil ihr wollt, dass es funktioniert, ja«, murmelte Pelle. »Man bewegt das Glas unbewusst mit den Fingern. So läuft das ja immer beim Gläserrücken, das wisst ihr doch.«

»Sch, halt den Mund. Du machst ja alles kaputt«, sagte Rebecka zu Pelle und wandte sich an mich. »Du hattest also doch recht, Malin. Und was sollen wir sie jetzt fragen?«

Ich holte tief Luft und versuchte das Chaos in meinem Kopf unter Kontrolle zu bringen. Das hier hatte ich mir ja die ganze Zeit gewünscht: einen Kontakt herzustellen, eine Möglichkeit zu bekommen, Yuko zu helfen, meine Schuldigkeit zu erfüllen. Aber jetzt fühlte sich alles nur schrecklich und gefährlich und vollkommen falsch an. Trotzdem legte ich den Finger wieder ans Glas in der Hoffnung, dass mir eine gute Frage einfiel.

»Are you at peace where you are now, Yuko?«, sagte ich, und meine Stimme klang selbst in meinen Ohren fremd.

Diesmal bewegte sich das Glas sofort. Ohne das geringste Zögern glitt es ungehindert über das Papier, bis es über dem Kreis mit dem Wort »No« stehen blieb. Nicht am Rand wie zuvor, sondern fast perfekt im Zentrum. Die Luft im Raum war inzwischen so dick, dass man kaum noch atmen konnte. Mein Körper fühlte sich einerseits schwer wie Blei an, zugleich aber auch leicht und vor Elektrizität sprühend. Ich spürte es kaum, als Rebecka mir den Ellbogen in die Seite rammte und flüsterte:

»Los, frag noch was. Bevor sie wieder verschwindet.«

»Do you want us to help you?«, fragte ich, und das Glas glitt sogleich zum »Yes«-Kreis und ließ sich dort nieder. Gleichzeitig kam aus dem Nichts ein Windstoß auf und fuhr in Rebeckas Locken, die Kerzen flackerten.

Ein Klicken war zu hören, als Pelle den Fernseher ausmachte, vom Sofa aufstand und sich hinter Rebecka stellte. Auch er starrte beharrlich auf das Glas, das sich jetzt unter unseren Fingern langsam fortbewegte, an der Kante des »Yes«-Kreises entlang, als sei das nichts als purer Zeitvertreib, während es auf neue Anweisungen wartete.

Rebecka blickte mich an. Ihre Unbekümmertheit war weg. Sie sah entschlossen aus, und in ihrem Blick nahm ich etwas wahr, das ich vorher noch nicht bemerkt hatte. Zum ersten Mal betrachtete sie mich mit Respekt. Sie, Pelle und Torbjörn schauten mich an und warteten darauf, dass ich den nächsten Schritt machte. Aber ich wollte den nächsten Schritt nicht machen. Ich wollte einfach nur von hier wegrennen, in den nächsten Zug nach Dalarna springen und mich in meinem Kinderzimmer unter der Bettdecke verkriechen. Ich machte den Mund auf, um zu sagen, dass es jetzt reichte, dass wir genug erfahren hatten und stattdessen zusammen Tee trinken und *Eine schrecklich nette Familie* gucken könnten. Aber das konnte ich nicht. Stattdessen ließ ich meinen Finger auf dem Glas und stellte die letzte Frage.

»What do you want us to do, Yuko?«

Einen Moment lang war alles still. Die Luft fühlte sich noch schwerer an als zuvor und drückte unsere Köpfe zu den Kreisen auf dem Tisch hinab. Ich hatte so große Angst, dass ich kaum noch atmen konnte.

Dann fing das Glas an zu beben, erst vorsichtig, dann immer gewaltiger. Es schien abheben zu wollen und drückte so fest gegen unsere Fingerspitzen, dass wir unsere ganze Kraft aufbringen mussten, um es auf dem Papier zu halten. Es glitt fort, erst ein paar Zentimeter in die eine Richtung, dann zurück und wieder ein paar Zentimeter in die andere Richtung. Hin und her zwischen den Kreisen mit Buchstaben.

»Warum macht sie das?«, flüsterte Pelle.

»Sie zögert. Ich glaube, sie weiß nicht, ob sie uns vertrauen kann«, sagte ich. Ich hoffte, dass diese Deutung stimmte, aber in meinem Innersten fürchtete ich, dass ich damit falsch lag. Dass Yukos Geist ganz und gar nicht zögerte. Sondern nur mit uns spielte.

Schließlich jedenfalls schien das Glas sich entschieden zu haben und glitt zielgerichtet auf einen Rand des Papiers zu. Es blieb über einem der Kreise ganz links stehen. Dem mit dem Buchstaben »D«.

»›D‹ wie in Do«, meinte Rebecka. »Sie will uns sagen, dass wir etwas tun sollen. Aber was?«

»Sch«, erwiderte ich. »Warte, bis sie es selbst erzählt. Wir dürfen sie nicht einschüchtern.«

Das Glas verharrte lange im D-Kreis. So lange, dass wir uns schon fragten, ob es vorbei sei, und dachten, dass Yukos Geist uns verlassen habe. Aber dann bewegte es sich wieder, ruckartig, aber doch zielgerichtet. Schließlich blieb es auf dem Buchstaben »I« stehen.

»D-I, was bedeu …«, setzte Pelle an, kam aber nicht weiter, bevor das Glas wieder zum Anfang des Alphabets zurückrutschte, jetzt viel schneller, und abrupt über dem Kreis mit dem Buchstaben »E« anhielt. Dort blieb es stehen und vibrierte leicht.

Es dauerte einen Moment, bis unsere Hirne die Buchstaben zusammengepuzzelt hatten und uns die Botschaft klar wurde. In der Zwischenzeit legte das Glas wieder los, fuhr schneller und schneller zwischen den Buchstaben hin und her und formte immer wieder die Antwort auf unsere Frage.

»What do you want us to do? DIE. DIE. DIE. DIE.«

Torbjörn schrie. Rebecka schrie. Vermutlich schrie auch ich, obwohl ich mich nicht genau erinnere. Ich versuchte meine Hand wegzuziehen, um das Grauen zu beenden. Aber meine Finger klebten am Glas, und ich konnte nichts anderes tun, als den Bewegungen hilflos zu folgen. In den entsetzten Gesichtern der anderen las ich, dass es Rebecka und Torbjörn genauso ging. Er gab keinen Zweifel, dass wir diese Vorstellung nicht mehr beherrschten. Wenn wir das jemals getan hatten.

Schneller und schneller glitt das Glas über das Papier, und dann geschahen auch noch andere Dinge. Wir blickten uns erschrocken an, als der Fernseher von selbst anging und bei voller Lautstärke von Kanal zu Kanal schaltete. Die Lampen im Aufenthaltsraum blinkten hektisch. Das alles, während das Glas immer schneller zwischen den Buchstaben hin und her raste, bis es schließlich durch die Geschwindigkeit davongerissen wurde und an der Wand zerschellte.

»Was soll das, verdammt noch mal? Schluss jetzt, das ist nicht lustig«, schrie Pelle. Aber der Schrei war nicht an uns gerichtet, sondern an den unsichtbaren Feind, der das alles verursachte. Torbjörn beugte sich über den Tisch und hielt schützend die Arme vor sein Gesicht. Pelle hatte recht, das hier war nicht lustig, geschweige denn spannend oder ein Nervenkitzel. Überhaupt nicht. Nur furchtbar Angst einflößend.

»Was haben wir getan? Wie können wir das stoppen?«, flüsterte Rebecka mir zu. Sie war leichenblass, und aus einer Wunde an ihrer Stirn tropfte Blut, wo eine der Glasscherben sie getroffen hatte. Ich konnte nur den Kopf schütteln. Ich wusste wirklich nicht, was wir tun sollten.

Durch den Lärm des flimmernden Fernsehers hörten wir, wie die Eingangstür im Flur geöffnet wurde. Schwere Schritte näherten sich. Torbjörn wimmerte, und Rebecka stand so rasch auf, dass der Stuhl hinter ihr umfiel.

»Der Kreis«, schrie sie. »Bleibt innerhalb des Kreises, in Gottes Namen!« Ich umklammerte Rebeckas Hand. Diese war vollkommen kalt. Dicht gedrängt standen wir vier in dem blinkenden Licht, während der Fernseher dröhnte und die Schritte im Flur immer näher kamen.

22

»Was zum Teufel treibt ihr hier eigentlich?«

Richard stand in der Tür, den Koffer neben seinen Füßen, und starrte uns mit offenem Mund an. Und wir starrten ebenso verblüfft zurück.

Selbst Yukos Geist schien Richards Ankunft bemerkt zu haben. Wie bei einem Bühnenarbeiter, der auf das Schlüsselwort für den Szenenbild-Wechsel zum nächsten Akt wartet, brachte Richards Frage das Chaos plötzlich zum Erliegen. Der Fernseher hörte auf, von Sender zu Sender zu zappen, verblieb bei einer Episode von »Mitten in der Natur« und füllte den Aufenthaltsraum mit ruhigem Vogelgezwitscher und dem Rascheln von Blättern. Die Lampen an der Decke, die soeben noch wild an- und ausgegangen waren, erloschen. Sogar die Kerzenflammen beruhigten sich und brannten friedlich, als sei nichts Besonderes geschehen.

Mehrere Sekunden lang standen wir einfach da und starrten uns an, während wir alle versuchten, unsere Atmung und unsere panisch klopfenden Herzen wieder unter Kontrolle zu bekommen. Torbjörn hatte sich wieder aufgerichtet und schickte uns einen vielsagenden Blick. Er war schneeweiß im Gesicht, und ich vermutete, dass das auch für mich galt. Mit Blicken formte sich die wortlose Übereinkunft zwischen mir,

Rebecka, Pelle und Torbjörn, dass wir Richard nichts von dem sagen würden, was soeben geschehen war.

»Was ihr hier treibt, habe ich gefragt. Seid ihr vollkommen taub, oder was?«, fragte Richard und sah von einem zum anderen. »Und warum sind die Lampen ausgegangen?«

»Wir machen nichts Besonderes«, antwortete Rebecka bemüht heiter und beugte sich über den Tisch, um das Papier mit den Kreisen zusammenzuknüllen. »Wir machen nur ein paar Gruppenspiele. Pelle, kannst du mal zum Sicherungskasten gehen und nachschauen, warum die Deckenlampe ausgegangen ist? Und Malin, holst du bitte den Besen?«

Rebecka wandte sich an Richard und lächelte unbekümmert.

»Wir haben nämlich ein Glas zerdeppert. Und ich ungeschicktes Huhn hab' noch dazu Salz auf dem Boden verstreut. Hattest du eine gute Zeit in Göteborg, Richard?«

Richard stand verwirrt in der Tür.

»Aber ... was ...«

»Und nach der langen Reise möchtest du doch sicher eine Tasse Tee, oder? Torbjörn, gehst du in die Küche und setzt Wasser auf?«

Pelle verschwand gehorsam in Richtung Sicherungskasten, Torbjörn stapfte in die Küche, und ich marschierte zur Besenkammer, während Rebecka sich um Richard kümmerte. Die ganze Situation war völlig absurd, als wären wir Teil eines schlechten Kammerspiels, in dem alle umherrennen, Türen zuschlagen und so tun, als läge die alte Oma nicht tot unter dem Sofa im grünen Salon.

Als ich mit dem Besen zurückkam, war Richard unter Protest und auf Anordnung von Rebecka auf dem Weg in sein

Zimmer, um den Koffer abzustellen und »sich nach der Reise frisch zu machen«. Er schien sich ein wenig von der Verwirrung erholt zu haben und beklagte sich, dass niemand die Birkenfeige hinter dem Sofa gegossen hatte, bevor er in seinem Zimmer verschwand.

»Kein Stress, wir warten auf dich mit dem Tee«, rief Rebecka ihm zwitschernd nach.

Wir anderen steckten im Aufenthaltsraum die Köpfe zusammen.

»Was in aller Welt ist eigentlich passiert? War das eurer Meinung nach echt?«, fragte Pelle.

»Ich weiß nicht, ob es echt war oder nur Zufall«, meinte Rebecka. »Richard kommt gleich zurück. Wir müssen später darüber reden.«

»Aber du glaubst doch wohl nicht, dass wir uns das nur eingebildet haben«, sagte ich. »Die Lichter, der Fernseher und das alles?«

Rebecka zuckte mit den Achseln. Dann machte sie auf dem Absatz kehrt und ging in die Küche, um das Teewasser vom Herd zu nehmen.

»Ich habe mir das jedenfalls nicht eingebildet«, sagte Torbjörn. Pelle lächelte schwach und klopfte ihm auf die Schulter.

»So oder so, jetzt ist es vorbei.«

Ich wünschte, Pelle hätte recht. Aber obwohl die Kerzen ruhig brannten, der Fernseher nebenher lief und Rebecka wie an ganz normalen Tagen in der Küche mit Geschirr klapperte, war irgendetwas noch immer nicht, wie es sein sollte. Ich hatte das Gefühl, dass das, was soeben das Chaos im Aufenthaltsraum angerichtet hatte, ganz und gar nicht verschwunden war. Dass es nur irgendwo lauerte und auf die passende Gelegenheit wartete, um noch heftiger zuzuschlagen.

Die Dunkelheit verdichtete sich immer mehr, sie kroch von den Wänden heran, und es lag eine seltsame Kälte in der Luft, von der ich eine Gänsehaut auf den Armen bekam. Die Stimmung im Raum hatte sich in eine physische Kraft gewandelt, die meinen Brustkorb zusammenpresste und Panik in mir aufsteigen ließ.

Pelle stellte den Fernseher aus, Rebecka deckte Teetassen auf, und Torbjörn steckte ein Streichmesser in die Butter. Offenbar merkte nur ich, was hier vorging, während die anderen weiterhin die »Macht-Richard-nicht-verrückt-Scharade« spielten, als wäre das, was soeben geschehen war, nichts weiter als ein böser Traum.

»Wolltest du nicht zusammenkehren?«, fragte Rebecka und blickte über die Teetassen hinweg zu mir.

Mir fiel nichts ein, was ich hätte erwidern können; nichts, was den anderen meine Unruhe hätte begreiflich machen können. Mechanisch umrundete ich den Tisch und kehrte die Glasscherben in eine Ecke. Als ich auf die Wand mit der Fotocollage zutrat, hielt ich inne und schnappte nach Luft.

Direkt vor mir hing das Gruppenfoto von der Wohnheimparty, auf dem Yuko und die anderen an dem gedeckten Tisch saßen.

Ich ging langsam zur Wand und nahm das Foto ab. Was vor Kurzem noch eine ganz gewöhnliche Aufnahme gewesen war, war jetzt vollkommen zerstört. Die Ränder waren gewellt und zerfleddert, und in einer Ecke hatten sich die verschiedenen Schichten des Papiers gelöst. Über das gesamte Bild verliefen kreuz und quer gelbliche Streifen, als habe jemand die Oberfläche mit den Fingernägeln zerkratzt. An manchen Stellen war das Motiv völlig verwischt, und als ich mit der Hand über das Foto strich, blieben klitzekleine Fetzen von dem nassen Fotopapier an meinen Fingerspitzen kleben. Als hätte das Foto lange in Wasser gelegen.

In diesem Augenblick, mit dem zerstörten Gruppenfoto in der Hand, begriff ich, dass ich mich grausam getäuscht hatte. Das hier war nicht das Werk einer unglücklichen Seele, die verzweifelt versuchte, mit den Lebenden zu kommunizieren. Kein ruheloser Geist, der Unfug anstellte, aber niemandem wehtun wollte. Das hier war böse. Das Foto strahlte schonungslose Wut aus, und uns blieb keine andere Wahl, als uns so rasch wie möglich zu retten. Bevor es zu spät war.

»Hört mal, ich glaube nicht, dass wir hier blei …« Weiter kam ich nicht, denn ich wurde von einem merkwürdig glucksenden Geräusch unterbrochen.

Richard war von seinem Zimmer zurückgekommen und stand in der Tür. Von ihm stammte das merkwürdig glucksende Geräusch. Er stand wie festgefroren mitten in einem Schritt, wie eine dieser lebendigen Statuen, die man oft bei Touristenattraktionen in Großstädten sah. Es hätte komisch aussehen können, wenn da nicht sein Gesichtsausdruck gewesen wäre.

Ich hatte noch nie in meinem Leben einen Menschen gesehen, der so erschrocken aussah wie Richard in diesem Augenblick. Er wollte etwas sagen, aber es kam nur dieses glucksende Geräusch über seine Lippen, und er sah aus wie eine Marionette, die in eine unnatürliche Position gezwungen war.

Er zuckte, als er versuchte, sich zu bewegen, und es sah

aus, als würde er gegen eine unsichtbare Kraft ankämpfen, die jeden Muskel seines Körpers lähmte. Ich erinnerte mich an das Gefühl in meinem Traum, als die bleischwere Decke mich immer fester ins Bett gedrückt hatte, und ich glaubte zu verstehen, wie Richard sich fühlte. Die bedrohliche Schwere im Raum war noch ganz deutlich zu spüren und kam von allen Seiten. Ich bekam kaum noch Luft.

»Aber Richard, was ist denn mit dir los?«, fragte Rebecka.

Richard schien sie nicht zu hören. Er stand glucksend da und starrte auf etwas, das wir anderen nicht sehen konnten, bis er auf einmal den Blick auf den Boden richtete. Ich sah, wie er unter größter Anstrengung ein Bein hob und damit grunzend wie ein Tier aufstampfte. Erst einmal, dann noch einmal.

»Was in Gottes Namen macht er da?«, flüsterte Pelle.

Ich brachte kein einziges Wort heraus. Aber ich verstand haargenau, was Richard da machte, worauf er starrte. Mir war klar, dass er den Fuß hob, um in das Wasser zu stampfen, das sich am Boden im Aufenthaltsraum gesammelt hatte. Das Wasser, das nur Richard sehen konnte.

Rebecka machte ein paar Schritte auf ihn zu und wollte ihn beruhigen. Er sah wieder auf, aber weder zu Rebecka noch zu uns anderen. Stattdessen wurde sein Kopf auf einmal nach hinten gerissen, als würde er von hinten an den Haaren gepackt, und er richtete seinen Blick zur Decke. Sein furchterfüllter Blick irrte hilflos hin und her, er atmete keuchend, und aus seinem Mund erklang ein leises Winseln wie von einem ausgesetzten Hundewelpen. Was auch immer Richard da oben sah, es musste schrecklich sein.

Rebecka legte ihm besänftigend eine Hand auf die Schulter.

»Bleib ganz ruhig, Richard. Versuch mal, nicht mehr zu hyperventilieren, dann geht es dir gleich besser. Atme einfach ganz ruhig«, sagte sie, aber Richard war nicht ansprechbar und reagierte nicht im Geringsten auf die Berührung.

»Kann jemand den Notarzt rufen? Ich glaube, er hat eine Art Anfall«, sagte Rebecka. Dann packte sie Richard an den Schultern und versuchte ihn zu zwingen, sie anzusehen.

Das hätte sie offenbar nicht tun sollen.

In dem Moment, als sie Richard packte, gab es im Flur einen lauten Knall. Rebecka schrie auf und ging ein paar Schritte rückwärts. Sie fixierte etwas im Flur, das wir von unserer Position aus nicht sehen konnten.

»Was zum Teufel war das?«, rief Pelle.

»Die Türen unserer Zimmer sind zugegangen. Alle auf einmal. Von selbst«, keuchte Rebecka. Kaum hatte sie das gesagt, begann die Lampe an der Decke wieder zu blinken, und der Fernseher ging mit voller Lautstärke an. Es war zurück.

»Wir müssen weg von hier. Jetzt!«, rief ich und versuchte, den Lärm des Fernsehers zu übertönen. Aber der Einzige, der reagierte, war Richard.

Das Chaos schien ihn wieder zum Leben erweckt zu haben, und er ging langsam rückwärts in den Flur hinaus. Dabei sank er in die Knie, als würde er sich vor etwas ducken. Er hielt sich die Arme schützend über den Kopf, und seine Stimme funktionierte plötzlich wieder, denn er brüllte »Nein, nein, nein«, während er furchterfüllt zur Decke starrte. Pelle, Rebecka, Torbjörn und ich folgten ihm. Wir hielten in der Tür inne und starrten Richard an, der mitten im Flur kniete, während sich ein großer, feuchter Urinfleck im Schritt seiner beigefarbenen Hose ausbreitete. Neben mir murmelte Pelle:

»Was ist los? Was ist los? Was ist los?« Immer und immer wieder, bis er plötzlich von Torbjörn unterbrochen wurde, der zur Decke zeigte und mit seiner schrillen Stimme schrie:

»Schaut!«

Erst da konnten wir alle sie sehen.

Ich habe nur fragmentarische Erinnerungen an das, was dann passierte. Es war, als breche die Wirklichkeit auf und zöge sich auseinander, und das Einzige, was mir im Gedächtnis geblieben ist, sind vereinzelte Momentaufnahmen aus einem Geschehen, dessen Zusammenhänge im Nebel entschwunden sind. Den anderen scheint es ähnlich ergangen zu sein. Ich glaube, auf diese Weise hinderten unsere Gehirne uns daran, vollständig den Verstand zu verlieren.

Das erste Bild ist vom Flur. Richard robbt rückwärts auf den Unterarmen, den Rücken zum Boden und den Blick zur Decke gewandt. Das Linoleum ist mit dunklem, knöcheltiefem Wasser bedeckt, das jedes Mal aufspritzt, wenn Richard verzweifelt mit den Füßen tritt, um schneller vom Fleck zu kommen. Über ihm schwebt eine Frauengestalt, deren langes, schwarzes Haar die ganze Flurdecke ummantelt. Das Haar wogt vor und zurück und reicht wie Tentakeln bis zu Richard hinab. Das Gesicht der Frauengestalt ist blaugrau, ihr Mund ist weit geöffnet und zu einer schrecklichen Grimasse verzerrt, und ihre Augen brennen vor schonungslosem Zorn.

Auf dem nächsten Bild sind wir draußen im Treppenhaus, und Richard krabbelt die Stufen hoch. Er dreht sich um, schreit und tritt in Richtung eines geduckten Wesens, das ihm auf den Fersen ist. Rebecka, Torbjörn und Pelle sind auch da, sie rufen Richard zu, dass er sich beruhigen, dass er wieder herunterkommen solle, damit sie Hilfe holen können. Ich erinnere mich, dass mein einziger Gedanke in diesem Moment war, Kontakt herzustellen, Yuko trotz allem zu überzeugen, dass wir ihr helfen können. Ich rufe immer wieder ihren Namen, aber sie hört nicht. Genausowenig, wie Richard auf unser Flehen hört. Und er steigt die Stufen weiter hinauf, bis zu der Tür, an der die Wohngenossenschaft ein Schild mit dem Text »Kein Zutritt für Unbefugte« angebracht hat. Eine Tür, die stets sorgsam abgeschlossen sein soll, um zu verhindern, dass Studenten auf dem Flachdach Sex haben, die aber nun unerklärlicherweise offen steht.

Im letzten Erinnerungsbild stehen ich, Rebecka, Pelle und Torbjörn auf dem Dach und schauen nach unten. Rebecka umklammert Pelles Arm. Torbjörn hat die Hände vors Gesicht geschlagen und jammert leise vor sich hin.

Auf dem Parkplatz unter uns liegt Richards Körper leblos auf dem Asphalt. Seine Beine sind seltsam abgewinkelt, Blut rinnt aus seinem Kopf und färbt den Schneematsch rot. Passanten bleiben stehen und zeigen auf ihn. Jemand, der gesehen hat, was passiert ist, kommt auf Richard zugelaufen, um ihm zu helfen. Obwohl klar zu erkennen ist, dass es nichts mehr zu helfen gibt.

Wir tauschen einen Blick, und ich kann in den Augen der anderen sehen, was geschehen ist. Das Bild von Richard an der Dachkante, die Arme seitlich ausgestreckt, den Kopf erhoben, und wie er dann nicht fiel, nicht sprang, sondern geradewegs in die Luft geworfen wurde, als hätte ihn jemand mit aller Kraft in den Rücken gestoßen. Da wussten wir bereits, dass dieses Bild uns nie mehr verlassen würde, solange wir lebten.

23

Wir belogen die Polizei.

Es war kein gemeinsamer Entschluss, nichts, was wir diskutiert oder wofür wir eine bewusste Strategie ausgearbeitet hatten. Tatsache war, dass wir danach nicht miteinander sprachen. Wir gingen die Treppe zu unserem Stockwerk hinab wie willenlose Roboter und taten das, was getan werden musste, wortlos und mit minimalem Augenkontakt, und ohne zu wagen, darüber nachzudenken, welche Aufgaben ausgeführt werden mussten. Pelle rief den Notarzt und ging zusammen mit Rebecka zum Parkplatz, um neben Richards Leiche auf die Polizei und den Krankenwagen zu warten. Aber vorher holte Rebecka noch eine Decke aus ihrem Zimmer.

»Es ist kalt draußen. Richard braucht eine Decke«, sagte sie, und keiner von uns protestierte. Auch wenn eine Decke Richard nicht mehr wärmen würde, konnte sie vielleicht unsere Schuldgefühle lindern, zumindest ein wenig. Dann gingen sie hinaus. Torbjörn und ich blieben im Aufenthaltsraum und räumten auf.

Nachdem der Krankenwagen Richards Leiche abtransportiert hatte, vernahm die Polizei uns auf dem Sofa im Aufenthaltsraum. Und ich weiß, was Pelle erzählte, während ich mit Rebecka bei angelehnter Tür auf dem Balkon stand und rauchte. Und was Torbjörn sagte, während wir anderen in der Küche Tee kochten. Ich weiß, dass wir alle dieselbe Geschichte erzählten. Dass Richard vom Jahreskongress der Jungen Moderaten nach Hause gekommen sei, als wir beim Fernsehschauen waren, und vollkommen unerklärlich auf einmal von einer Art Psychose gepackt worden sei, in der er sich offenbar von bösen Kräften verfolgt fühlte. Dann sei er vom Dach gesprungen, um seinen Halluzinationen zu entkommen. Vielleicht hatten auch die anderen, genau wie ich, Gewissensbisse wegen der Dinge, die wir der Polizei nicht erzählten. Aber wie hätten wir das tun sollen? Sie hätten uns allesamt für verrückt gehalten. Und so oder so hätte Richard das nicht im Geringsten geholfen, redeten wir uns ein.

Soweit wir das beurteilen konnten, betrachtete die Polizei uns zu keiner Minute als Verdächtige eines Verbrechens. Genauso wenig wurde Camillas Verschwinden mit irgendeinem Wort während der Vernehmungen erwähnt, weder von der Polizei noch von uns. Diese Ermittlungen wurden offenbar von anderen Beamten geführt.

Richards Leiche wurde mit dem Krankenwagen fortgebracht. Die neugierigen Schaulustigen auf dem Parkplatz verzogen sich. Die Polizisten verabschiedeten sich, und schließlich waren nur noch wir da. Wir vier.

Es war schon nach Mitternacht, aber keiner von uns kam auf den Gedanken, ins Bett zu gehen. Wir spürten alle, dass es wichtig war, zusammen zu sein. Es war der einzige Schutz, den wir hatten. Wir saßen dicht nebeneinander auf dem Sofa, schweigend. Die Musikvideos auf MTV flimmerten im Hintergrund, aber der Ton war aus, und niemand schaute hin.

Nach einer Weile ging Rebecka auf den Balkon und holte das Glas mit den Zigarettenstummeln. Sie setzte sich wieder aufs Sofa und zog eine Schachtel Zigaretten aus ihrer Hosentasche.

»Wir dürfen drinnen nicht rauchen, das weißt du«, sagte Pelle tonlos. Er saß auf dem Sofa, ließ die Schultern hängen und starrte ins Leere. »Wir haben auf der Flursitzung beschlossen, dass wir weder im Aufenthaltsraum noch in der Küche rauchen, nur auf dem Balkon.«

Rebecka wandte sich zu Pelle um und lächelte milde. Ich kannte dieses Lächeln nur zu gut, diese trügerische Ruhe in ihrem Blick, die ankündigte, dass Streit drohte.

»Bitte, ihr zwei, ich habe keine …«, begann ich. Aber es war schon zu spät.

»Und warum haben wir das damals beschlossen?«, fragte Rebecka, noch immer lächelnd.

Pelle antwortete nicht.

»Tja, wir haben das beschlossen, weil Camilla und Richard es so wollten. Aber das spielt jetzt keine Rolle mehr, weil die beiden weg sind. Hast du das noch nicht geschnallt? Weg!«, sagte sie und beugte sich so weit zu Pelle vor, dass ihm Speicheltropfen ins Gesicht flogen. Einen Moment lang schien es, als wolle sie ihn ohrfeigen, aber dann sank sie zurück aufs Sofa, fischte ein Feuerzeug hervor und zündete sich eine Zigarette an.

»Lass das bitte. Torbjörn hat Asthma«, sagte Pelle mit eintöniger Stimme, als bekäme er selbst kaum mit, was er sagte.

»Darauf scheiße ich vollstä …«, hob Rebecka an, aber diesmal war sie es, die unterbrochen wurde.

»Mein Asthma ist im Moment wohl unser geringstes

Problem, oder? Anstatt hier einen albernen Streit vom Zaun zu brechen, sollten wir lieber darüber diskutieren, was wir unternehmen können.«

Alle blickten erstaunt zu Torbjörn. Der Flurnerd hatte gesprochen, und diesmal wich er unseren Blicken nicht aus, sondern sah uns mit hochgezogenen Augenbrauen an.

Rebecka war drauf und dran, irgendeine bissige Bemerkung fallen zu lassen, aber stattdessen richtete sie ihren Zorn gegen mich.

»Ja, das ist echt eine gute Frage. Was meinst du, Malin? Du hattest doch so viel zu diesem Gespenst zu sagen. Wer, wenn nicht du, müsste wissen, was wir machen sollen.«

Ich sank in mich zusammen und spürte, wie verzweifelt, erschöpft und traurig ich war. Eigentlich wollte ich irgendetwas Zynisches erwidern, etwa, dass es ja eigentlich Rebecka war, die vorgeschlagen hatte, dass wir mit Yukos Geist sprechen sollten, und nicht ich. Aber ich tat es nicht. Denn in meinem Innersten fand ich, dass sie recht hatte. Ich wurde den Eindruck nicht los, dass alles meine Schuld war, dass meine Neugierde und meine Besessenheit in Bezug auf Yukos Schicksal uns so weit gebracht hatten. Auch wenn ich den Gedanken zu verdrängen suchte, nagte das Gefühl an mir, dass ich Richards Tod verursacht hatte. Und vielleicht auch den von Camilla. Deshalb lag es auch bei mir und nicht so sehr bei den anderen, etwas dagegen zu unternehmen. Meine naiven Vorstellungen von Kommunikation und Verständnis hatten uns an diesen Punkt geführt, jetzt musste ich einen Weg finden, uns da wieder rauszuholen.

»Ich glaube, dass wir ein Mittel finden müssen, um das Ganze zu stoppen«, meinte ich.

»Und wie soll das deiner Meinung nach vor sich gehen?«, fragte Rebecka und verdrehte die Augen.

»Na ja, ihr wisst schon, irgendwas tun, damit alles wieder ins Lot kommt«, sagte ich und suchte nach einem Vergleich, der sie überzeugen konnte. Mein Blick fiel auf den Fernseher und den darunter stehenden Videorekorder.

»Wie in diesem Film mit dem kleinen Mädchen und dem Fernseher ... Poltergeist«, sagte ich eifrig. »Ihr wisst schon, wenn diese alte Dame kommt und genau versteht, was die Geister wollen, mit dem Licht und allem. Und die Mutter klettert ins Haus mit einem Seil und rettet die Tochter. Wenn wir begreifen, was nicht stimmt, warum Yukos Geist so wütend ist, dann können wir vielleicht alles stoppen.«

»Ich habe den Film gesehen«, sagte Pelle mit seiner düsteren, geistesabwesenden Stimme. »Er endet damit, dass das Haus in Rauch aufgeht und die Familie in ein Hotel fliehen muss.«

»Aber was ist mit den Buchstaben?«, fragte Torbjörn. »D-I-E. Das kann nur eine Sache bedeuten. Ich finde, dass Malin recht hat, wir sollten wirklich etwas unternehmen und nicht nur hier rumsitzen.«

»Ja, ich bin auf jeden Fall viel zu müde, um das jetzt weiter zu bereden«, sagte Rebecka und gähnte. »Ich lege mich jetzt schlafen. Wenn ihr anfangen wollt, Gespenster zu jagen, dann macht das ohne mich.«

Trotz oder vielleicht wegen der schrecklichen Dinge, die geschehen waren, fiel ich sofort in einen tiefen, traumlosen Schlaf. Mein Radiowecker zeigte 09:03 Uhr, als ich von einem lauten Klopfen an der Tür geweckt wurde. Torbjörn rief:

»Versammlung im Aufenthaltsraum, Versammlung im Aufenthaltsraum!«

Während ich meinen Morgenmantel anzog, hörte ich, wie er mit derselben Botschaft zu Pelle und Rebecka ging. Ich öffnete die Tür zum Flur und schnappte nach Luft.

Der ganze Flur war voller Schuhe. Sämtliche Paare aus der Garderobe am Eingang lagen über den Boden verstreut, ein Turnschuh hing gar an einer Deckenlampe. Aus dem Aufenthaltsraum vernahm ich Rebeckas erregte Stimme, und ich bahnte mir einen Weg durch die Schuhe. Auch dort herrschte vollständiges Chaos. Die Sofakissen lagen auf dem Boden, und das Glas mit den Zigarettenstummeln, das Rebecka vergessen hatte zurückzustellen, stand verkehrt herum auf dem flachen Tisch. Ein nikotingelber Brei aus Wasser und Asche war über die Tischplatte geflossen, tropfte auf den Boden und ließ den gesamten Raum wie einen alten Aschenbecher riechen. Neben dem Esstisch lagen die umgeworfenen Stühle, und darunter sah ich die Fotos aus der Wandcollage. Manche von ihnen waren zerrissen, andere zu kleinen Bällen zusammengeknüllt.

Ich machte ein paar Schritte in den Raum und warf einen Blick in die Küche. Das reichte, um zu erkennen, dass die Unordnung dort noch größer war, sofern überhaupt möglich. Hinter mir hörte ich Pelles Schritte. Er blieb wie angewurzelt stehen und stieß nur ein Wort hervor.

»Nein.«

Ich wusste genau, was er damit sagen wollte. »Nein« wie: Es ist nicht länger möglich, die Augen vor der Wahrheit zu verschließen. »Nein« wie: Wir können nicht mehr so tun, als wäre das, was bei uns im Stockwerk passiert ist, normal oder als würde es von selbst aufhören. »Nein« wie: Wir haben keine andere Wahl mehr, als die Sache in die eigenen Hände zu nehmen.

Vor uns stand Torbjörn mit vor der Brust verschränkten Armen.

»Ich nehme an, wir sind uns einig, dass wir etwas gegen diese Situation tun müssen?«, sagte Torbjörn und schob seine Brille mit dem Zeigefinger auf die Nase. Wir nickten, bleich und ernst. Keiner von uns zweifelte noch daran, dass wir bis zum Hals in Schwierigkeiten steckten.

»Gut, dann schlage ich vor, dass wir sogleich entsprechende Abwägungen treffen.«

Die umständlichen und altmodischen Worte, die er verwendete, hätten lächerlich klingen müssen, taten es aber nicht.

Torbjörn deutete mit einem Kopfnicken auf die Sofagruppe, und nachdem wir die Kissen zurechtgelegt hatten, setzten wir uns. Torbjörn nahm im Sessel Platz, faltete die Hände und räusperte sich.

»Ich habe heute Nacht ein paar Nachforschungen angestellt«, begann er, aber Pelle fuchtelte herum, und er hielt inne.

»Ja?«

»Warte kurz. Ist es wirklich sinnvoll, dass wir vier hier sitzen und das allein besprechen? Sollten wir uns da nicht lieber helfen lassen?«

Rebecka schnaubte.

»Von wem denn? Ich habe bemerkt, dass du nicht sonderlich scharf darauf warst, der Polizei zu erzählen, was gestern Abend wirklich passiert ist. Oder sollen wir deiner Meinung nach die Wohngenossenschaft anrufen? Damit sie den diensthabenden Exorzisten schicken, oder was? Sei jetzt still und hör Torbjörn zu.«

»Wie gesagt, ich habe einige Nachforschungen angestellt«, sagte Torbjörn, scheinbar unberührt von der Unterbrechung.

Er beugte sich vor und nahm ein Buch. »Wiedergänger, Geister und andere okkulte Phänomene« stand auf der Vorderseite. Es war ein dünnes Buch, billig eingebunden und mit grellen Farben und dicken Überschriften gedruckt.

»In dem hier«, sagte er und hielt das Buch hoch, als wäre es ein Beweisstück in einem Gerichtsprozess.

»Woher hast du das? War das in deinem Zimmer?«, fragte Pelle verwundert.

Torbjörn nickte.

»Warum?«

»Weil ich Mitglied in einem Buchclub bin, der solche Bücher herausgibt. Aber das ist jetzt wohl kaum relevant«, sagte Torbjörn ungeduldig. »Das Entscheidende ist, was man daraus lernen kann. Hier steht eine Menge darüber, wie Gespenster funktionieren.« Er sah uns ernst an, bevor er fortfuhr. »Und darüber, wie man sie stoppt.«

Torbjörn machte Anstalten, das Buch wieder auf den Boden zu legen, hielt aber inne und blickte zu Rebecka.

»Könntest du bitte erst die Zigarettenstummel entfernen?«

Ich erwartete, dass Rebecka sich weigern und wie immer etwas Bissiges erwidern würde. Aber zu meinem Erstaunen stand sie gehorsam auf, holte einen Putzlappen in der Küche und wischte den Aschebrei auf.

Als sie fertig war, legte Torbjörn das Buch aufgeschlagen auf den Tisch, damit wir besser sehen konnten.

»Um das Problem lösen zu können, müssen wir zuerst klassifizieren, mit welchem Typ von Gespenst wir es zu tun haben«, erklärte Torbjörn und tippte mit dem Zeigefinger auf das Buch. »Damit wir entscheiden können, welche Maßnahmen geeignet sind.«

Eigentlich war es völlig absurd, dass Torbjörn über das, was in unserem Stockwerk passierte, sprach, als handle es sich um ein Schulprojekt. Ich nahm an, dass es seine Art war, mit dem Schock und der Verwirrung umzugehen, und in diesem Augenblick war ich ihm dafür dankbar. Während wir anderen mit Leugnen (Pelle), schlechter Laune (Rebecka) und völliger Handlungsunfähigkeit (ich) reagierten, schien Torbjörn derjenige zu sein, der mit Abstand die konstruktivste Herangehensweise an die Situation hatte.

»Man kann dem Buch zufolge eine Aufteilung vornehmen in einerseits Wiedergänger und andererseits sogenannte Poltergeister«, sagte Torbjörn.

»Siehst du, da hast du deine Poltergeister«, sagte Rebecka und stieß mich mit dem Ellbogen an.

»Ja, das ist ein interessantes Phänomen«, sagte Torbjörn und nickte. »Dem Buch zufolge zeigen sie sich ›durch Auftritte, die durch Veränderungen im physischen Milieu sichtbar werden‹. Wie Unordnung anrichten, Türen zuknallen und Sachen verlegen. Und das stimmt ja gut mit dem überein, was hier passiert.«

Torbjörn blätterte ein paar Seiten vor und deutete auf ein Schwarzweißfoto von einem Raum in völliger Unordnung. Die Aufnahme war dem zugehörigen Text zufolge zu Beginn des 20. Jahrhunderts in Deutschland gemacht worden und zeigte umgestürzte Möbel, zerschlagenes Porzellan und zerstörte Topfpflanzen. Schaudernd stellten wir fest, dass es ungefähr so aussah wie der Raum, in dem wir gerade saßen.

»Aber was kann man gegen sie machen?«, fragte ich.

»Hier steht, dass Poltergeister meistens während eines kurzen Zeitraums auftreten und dann allmählich wieder verschwinden. Worauf sie beruhen, darüber gibt es offenbar unterschiedliche Theorien. Manche denken, dass es die Geister der Verstorbenen sind, die Aufmerksamkeit erregen wollen, während andere der Meinung sind, dass die Quelle vielmehr die Menschen sind, die sie erleben.«

»Wie meinst du das?«, fragte Rebecka.

»Manche Experten sind offenkundig der Meinung, dass das Poltergeistphänomen um gewisse Individuen kreist, die sich in der Nähe befinden.« Torbjörn schlug das Buch auf, suchte die entsprechende Stelle und las vor.

»Die Poltergeister findet man oft in der Nähe von jungen Menschen in einem Zustand von großem Stress und mit gefühlsmäßigen Problemen. Diese sind in der Regel von introvertiertem Wesen, haben wenige oder keine Freunde und besitzen eine überdurchschnittliche Intelligenz. Dieser Theorie zufolge werden die physischen Störungen durch eingekapselte Gefühle verursacht, die sich einen Weg ins Freie bahnen und in Form von Poltergeistern auftreten, in manchen Fällen auch zum Schaden für andere Menschen.«

Während Torbjörn vorlas, starrte ich auf den Tisch und wagte es nicht, zu den anderen hinüberzusehen. Introvertiert. Hoher Stress. Gefühlsmäßige Probleme. Die Beschreibung traf besser auf mich zu, als ich glauben wollte. Aber so konnte es doch beim besten Willen nicht sein, oder? Dass ich es war, die all die Merkwürdigkeiten im Stockwerk hervorgerufen hatte. Nein, das war völlig lächerlich. Ich wollte gar nicht darüber nachdenken. Und schon gar nicht wollte ich daran denken, dass Camilla und Richard die beiden Personen im Stockwerk waren, die ich am wenigsten leiden konnte. Die beiden, die ich innerlich verflucht hatte und die jetzt nicht mehr da waren. Ich schielte vorsichtig zu den anderen, aber sie waren komplett ins Buch vertieft, und zum Glück schien keiner von ihnen dieselbe Verknüpfung hergestellt zu haben wie ich.

»Aber was ist mit dem Gesicht, das Camilla am Fenster gesehen hat?«, fragte Rebecka. »Und mit der Stimme, die Malin am Telefon gehört hat. Das passt doch gar nicht zu so einem Poltergeist, oder?«

»Nein, darüber habe ich auch schon nachgedacht. Das klingt eher nach einem Wiedergänger«, meinte Torbjörn und nickte.

»Und was ist das?«

Torbjörn blätterte wieder in dem Buch.

»Hier steht es: ›Ein Wiedergänger ist der Geist einer Person, die auf eine gewaltsame oder unglückliche Weise verstorben ist und deshalb im Jenseits nicht zur Ruhe kommt, sondern stattdessen die Lebenden heimsucht, um sich für wirkliches oder eingebildetes Unrecht zu rächen. Eine besondere Art von Wiedergängern sind die sogenannten Mylinge, die dem Volksglauben nach die Geister von abgetriebenen Säuglingen sind. Andere Geister, die als Wiedergänger zurückkommen können, sind beispielsweise Opfer von Verbrechen, Menschen, die bei seltsamen Unfällen umgekommen sind, und …‹ Hier unterbrach sich Torbjörn und sah uns an. … Selbstmörder.«

»Steht denn da etwas darüber, wie man Wiedergänger dazu bringt, nicht mehr zu spuken?«, fragte Pelle.

Torbjörn las eine Weile für sich. Dann sagte er:

»Hier steht, dass Wiedergänger im Allgemeinen an die Orte gebunden sind, an denen sie gestorben sind. Also konnten die Leute das Problem ganz einfach dadurch lösen, indem sie umzogen. Dem Buch zufolge ergriff man oft auch besondere Maßnahmen, um zu verhindern, dass Wiedergänger ihr Unwesen trieben, wie zum Beispiel den Toten so zu begraben, dass es für den Körper nicht möglich war, wieder aus dem Grab zu steigen. Es kam auch vor, dass man die Leichen von Verbrechern und Selbstmördern, die außerhalb von Friedhöfen begraben waren, in geweihte Erde brachte, um dem Spuk ein Ende zu bereiten.«

»Da hört ihr es«, sagte Pelle düster. »Umziehen. Wie in Poltergeist. Wir sollten uns schon mal nach neuen Wohnungen umsehen.«

»Hör auf, Pelle. Ich habe nicht vor, irgendwohin zu ziehen. Lies jetzt weiter, Torbjörn«, sagte Rebecka.

Die anderen wirkten völlig überrascht, als ich mich hastig erhob und sagte:

»Ich glaube, ich weiß, was wir tun müssen.«

24

Die anderen hielten das natürlich für eine vollkommen verrückte Idee. Allen voran Pelle.

»Du schlägst also vor, dass wir in die Pathologie einbrechen, die Leiche stehlen und sie irgendwo auf einem Friedhof begraben sollen? Das ist ja wohl die dümmste Idee, die ich in meinem ganzen Leben gehört habe. Mag sein, dass wir ziemlich am Boden sind nach dem, was passiert ist, aber jetzt bist du wohl komplett durchgedreht, Malin.«

Er lachte und blickte nach Zustimmung heischend zu Torbjörn und Rebecka. Rebeckas Gesichtsausdruck war wie immer unergründlich, aber Torbjörn schien meinen Vorschlag immerhin ernst zu nehmen. Er kümmerte sich nicht um das, was Pelle gesagt hatte, sondern drehte sich zu mir um.

»Bist du denn sicher, dass sie noch in der Patho ist?«, fragte er.

»Am Dienstag war sie das zumindest noch. Und es klang bei der Polizei so, als würde das auch noch eine lange Weile so bleiben«, meinte ich. Am Dienstag. Das war keine achtundvierzig Stunden her, und doch fühlte sich die Zeit seit dem Telefonat mit Kriminalinspektor Björn Lövgren wie eine Ewigkeit an. Es war, als hätten die Ereignisse des letzten Tages die Wirklichkeit verschwinden lassen und uns in eine Blase aus Wahnsinn verbannt, jenseits von Zeit und Raum.

Mir fiel es sehr schwer, mich noch einmal in einer Vorlesung in VWL sitzen zu sehen.

»Aber kapiert ihr das nicht, das ist doch kriminell«, sagte Pelle erregt. »Wir könnten wegen Einbruch verhaftet werden und wegen, wie heißt das noch … Leichenschändung oder was auch immer. Dafür kann man ins Gefängnis wandern. Ich weiß nicht, wie es bei euch ist, aber ich hab' mich nicht an der Uni eingeschrieben, um im Kittchen zu landen.«

Rebecka ignorierte Pelles empörte Tiraden und wandte sich an mich. Ich spürte, wie ich ganz klein wurde, als sie mich mit ihrem intensiven grünen Blick festnagelte, und ich wartete auf den kühlen, herablassenden Kommentar, der sicherlich gleich folgen würde.

»Glaubst du wirklich, dass das etwas nutzen würde? Dass das alles hier aufhört, wenn wir das machen?« Verwundert hörte ich, wie ihre Stimme am Ende des Satzes kaum merklich zitterte. Unter der kühlen Oberfläche war Rebecka also ganz offenbar auch nicht so unberührt, wie sie tat.

»Ja, das glaube ich«, sagte ich nickend und versuchte, überzeugter zu klingen, als ich war. »Stell dir mal vor, du liegst am anderen Ende der Welt ganz allein in einer Leichenhalle. Wäre dein Geist dann nicht auch böse und würde mit Dingen um sich werfen?« Ich versuchte, es wie einen beiläufigen Scherz klingen zu lassen, aber das gelang mir nicht sonderlich gut. Die anderen wirkten nicht im Geringsten amüsiert.

»Na ja, warum nicht? Einen Versuch ist es wert, wenn wir denken, dass es klappen kann«, meinte Rebecka.

»So oder so spielt es keine Rolle, was wir denken, wir können es sowieso nicht machen«, erwiderte Pelle. »Wie sollen wir denn da reinkommen? An einem solchen Ort gibt es bestimmt Codes, Kartenleser und Wachposten und sonst noch alles Mögliche.«

Rebecka verschränkte die Arme und musterte uns, bis sie sicher war, unsere volle Aufmerksamkeit zu haben.

»Wenn wir wirklich beschließen, das durchzuziehen, dann wäre dieser Teil kein Problem.«

»Wie meinst du das?«, fragte ich.

Rebecka ließ sich reichlich Zeit mit der Antwort. Holte ihre Zigarettenschachtel hervor und wühlte umständlich in ihrer Tasche auf der Suche nach dem Feuerzeug. Rebecka verpasste keine Gelegenheit, einen kleinen dramatischen Moment zu inszenieren, selbst in solch einer Lage. Am Ende verlor Pelle die Geduld und seufzte.

»Erzähl mir nicht, dass du es mit jemandem treibst, der in der Pathologie arbeitet.«

Rebecka warf Pelle einen tadelnden Blick zu, offenbar genervt, weil er den Überraschungseffekt zunichtegemacht hatte.

»Nein, in einem Bestattungsunternehmen.«

Sie nahm einen langen Zug von der Zigarette und lehnte sich zurück.

»Wie gesagt, ich treffe manchmal einen Typen, der einen Schlüssel von der Patho hat. Alle Bestattungsunternehmen haben einen, damit sie Tote auch nachts dort abliefern können, wenn kein Personal vor Ort ist. Wenn ich ihn anrufe und ihm sage, dass ich ihn sehen will, kann ich ihm den Schlüssel abluchsen.«

»Aber was ist, wenn er dich nicht treffen will?«, fragte Torbjörn.

Rebecka grinste und gab ihm einen Klaps auf den Oberschenkel.

»Wenn ich ihn anrufe, will er mich sehen, glaub mir.«

Pelle lachte auf und schüttelte den Kopf.

»Als ob das etwas nützen würde. Auch mit dem Schlüssel können wir ja wohl kaum einfach in die Pathologie stiefeln, oder? Dort gibt es bestimmt eine Menge Alarmanlagen und Wachposten.«

»Nein«, erklärte Rebecka. »Nachts ist dort keine Menschenseele. Keine lebendige, meine ich. Die Sicherheitsleute drehen nicht einmal eine Runde, obwohl sie es tun müssten. Sie finden das viel zu gruselig.« Sie machte eine Kunstpause. »Ich muss es schließlich wissen.«

»Was meinst du damit?«, fragte ich.

Rebecka beugte sich über den Tisch und wartete, bis auch wir uns vorbeugten.

»Weil ich schon einmal da war«, flüsterte sie theatralisch.

»Was, warum warst du in der Patho?«, fragte Torbjörn verwirrt.

Rebecka lächelte geheimnisvoll und sagte nichts. Pelle verzog angeekelt das Gesicht.«

»Scheiße, Mensch, Rebecka. Dich sollte man echt in die Klapsmühle sperren.«

»Was?«, sagte Torbjörn.

»Sie meint, dass sie dort Sex gehabt hat. Mit dem Typen vom Bestattungsunternehmen«, sagte Pelle.

»Unfassbar«, sagte Torbjörn und bedachte Rebecka mit einem finsteren Blick. Rebecka zuckte mit den Achseln und bemühte sich ungerührt auszusehen, aber sie grinste nicht mehr.

»Aha«, meinte Pelle. »Welch interessante Diskussion. Aber es spielt keine Rolle, denn wir werden es so oder so nicht machen.«

»Und wenn Malin recht hat? Wenn es das Einzige ist, was wir tun können, um dem Ganzen ein Ende zu bereiten?«, fragte Rebecka.

»Das glaube ich nicht«, sagte Pelle stur.

»Aber was ist mit Yuko? Hat sie kein Recht auf eine würdevolle Bestattung?«, versuchte es Torbjörn.

Aber Pelle schüttelte nur den Kopf wie ein trotziges Kind.

»Bitte, Pelle, wir wollen das nicht ohne dich machen. Außerdem bist du der Einzige von uns, der ein Auto hat. Wir brauchen dich«, sagte ich, obwohl ich wusste, dass es keinen Sinn hatte. Pelle würde niemals seine Meinung ändern.

In diesem Moment klingelte in Pelles Zimmer das Telefon, und er erhob sich mit einem Seufzer vom Sofa.

»Das sind bestimmt Camillas Eltern. Sie haben wohl von Richards angeblichem Selbstmord in der Zeitung gelesen und fragen sich, was hier los ist. Wird ein Spaß, ihnen das zu erklären. Ihr könnt euch ja in der Zwischenzeit das Maul darüber zerreißen, was für ein Verräter ich bin.«

Nachdem Pelle gegangen war, herrschte eine Weile Schweigen.

»Wir können das auch allein durchziehen. Und irgendwo einen Wagen leihen«, meinte Torbjörn schließlich.

Rebecka schüttelte den Kopf.

»Wir müssen das zusammen machen oder gar nicht. Wir können nicht riskieren, dass Pelle den Schwanz einzieht und uns verpfeift. Kannst du nicht mit ihm reden, Malin?«, sagte sie, blinzelte und stieß mir den Ellbogen in die Seite. »Ihr beiden habt doch was am Laufen, oder?«

Ich hatte keine Lust, das zu kommentieren, und schüttelte nur den Kopf. Wir konnten uns nur eingestehen, dass es hoffnungslos war. Am besten suchten wir uns baldmöglichst eine neue Bleibe.

Niemand von uns merkte, dass Pelle längst wieder aus seinem Zimmer zurückgekommen war und in der Tür stand.

»Was ist denn los, Pelle?«, fragte Rebecka. Er sah wirklich nicht gut aus. Er war kreideweiß im Gesicht und stützte sich gegen den Türpfosten, als würden ihn seine Beine nicht mehr tragen.

»Was ist passiert, haben sie Camilla gefunden?«

Pelle schüttelte langsam den Kopf. Es sah aus, als würde jede Bewegung ihn eine übermenschliche Anstrengung kosten.

»Es waren nicht Camillas Eltern …«, sagte er, und seine Stimme klang metallisch hohl. »Es war … Yuko.«

Mir lief ein Schauer über den ganzen Körper, als Pelle das merkwürdige elektrische Rauschen und die japanische Stimme beschrieb, die ihre unbegreiflichen Phrasen immer und immer wiederholte.

»Sie war so wütend«, flüsterte Pelle. »Sie war so furchtbar wütend. Und sie hat einfach nicht aufgehört. Nie.«

»Na, hast du deine Meinung geändert?«, fragte Rebecka, wobei ihre Stimme weicher klang, als ich sie je bei ihr gehört hatte.

Pelle nickte zögerlich und wirkte nicht gerade glücklich.

»Komm her und setz dich zu uns«, sagte Rebecka. Pelle nahm wieder auf dem Sofa Platz, und Rebecka legte ihm den Arm um die Schultern.

»Es wird alles gut, du wirst schon sehen. Wir ziehen das zusammen durch. Solange wir zusammenhalten, wird alles gut.«

Sie streckte die Hand aus, und Torbjörn und ich legten unsere darauf. Pelle zögerte kurz, aber schließlich legte auch er seine Hand auf unsere. Wir blickten uns ernst an. Jetzt war es entschieden.

»Wir vier. Einer für alle. Alle für einen«, sagte Rebecka feierlich.

»Und Camilla. Und Richard«, sagte Torbjörn.

»Und Camilla und Richard«, wiederholte Rebecka nickend.

Wir hielten unsere Hände eine Weile so, dann sagte Rebecka:

»Okay, jetzt planen wir. Jetzt sehen wir zu, dass wir diesem Elend ein Ende bereiten.«

25

Pelles roter Mazda brauste durch das nächtliche Linköping. Nasse Schneeflocken landeten wie große, weiße Insekten auf der Windschutzscheibe und wurden von den Scheibenwischern zu Brei zerquetscht. Feuchter Nebel hüllte die Straßenlaternen in dunkles Licht und verwandelte die Ampeln in rotgrüne Leuchttürme in einem unbekannten Meer. Die wenigen Menschen, die sich ins Freie gewagt hatten, eilten in ihren Winterjacken geduckt durch die Straßen und wischten sich den nassen Schnee aus den Gesichtern. Es war eine düstere Nacht – so düster wie die Stimmung im Auto.

Pelle fuhr, Rebecka saß auf dem Beifahrersitz, und ich zwängte mich mit Torbjörn auf die winzige Rückbank. Wir sagten nichts, waren blass und völlig ermattet. Die vergangenen zwei Tage hatten wir größtenteils in unseren Zimmern verbracht, wo wir hörten, wie Türen ins Schloss krachten, Schuhe umhergeschleudert wurden und eilige Schritte im Flur erklangen. Wir hatten mehrmals ein neues Chaos im Aufenthaltsraum und in der Küche aufräumen müssen, jedes Mal schlimmer als zuvor. Unsere Telefone funktionierten überhaupt nicht mehr, es gab kein Freizeichen, sondern nur noch die wütende, jaulende japanische Stimme. In mein Bad traute ich mich gar nicht mehr. Ich putzte mir die Zähne an der Spüle in der Küche, und ich glaube nicht, dass einer von uns besonders viel geschlafen hatte. Einzig die Vorbereitungen für diesen Abend und die Aufgaben, die wir einander zugeteilt hatten, hatten uns Energie und Kraft gegeben.

Als wir uns der Stadtmitte näherten, beugte Pelle sich zum Beifahrersitz und öffnete das Handschuhfach. Er holte eine Kassette aus dem Durcheinander darin, schob sie in die Stereoanlage, und schon bald glitt der Wagen zu den Klängen von »Road to nowhere« von den Talking Heads durch die Novemberfinsternis Richtung Krankenhaus. Wie in einer Parallelwelt, in einer durch das Weltall reisenden Raumkapsel, saßen Pelle, Rebecka, Torbjörn und ich schweigend im Wagen, und David Byrne sang für uns:

> ... we know where we're goin'
> but we don't know where we've been
> and we know what we're knowin'
> but we can't say what we've seen

Und wir wollten seinen Worten so gern glauben, dass wir wussten, was wir wollten und wohin wir unterwegs waren. Wir ließen die Worte auf uns herabrieseln und klammerten uns an jedes *it's all right, baby, it's all right*, das David Byrne sang, während uns der Mazda unserem Ziel immer näher brachte.

Das Krankenhaus lag am Rande des Stadtzentrums direkt neben Linköpings größtem Park. Das Gelände war sehr weitläufig mit einem hohen Gebäudeblock in der Mitte und einer großen Anzahl niedrigerer Häuser rundherum. Es lag auf einem Hügel, thronte über dem Rest der Stadt, und mehr als nur ein Medizinstudent hatte bestimmt schon über die Anstiege geflucht, die von allen Seiten zum Krankenhaus führten.

Die Pathologie lag ein wenig abseits auf dem Gelände, sodass der Anblick der Bestattungswagen den Krankenhausbesuchern erspart wurde. Das wenige, was wir wussten, hatte Rebecka uns erzählt, und das hatte sie wiederum von ihrem Typen aus dem Bestattungsunternehmen erfahren.

»Alle reden gern über das, worin sie gut sind. Du bist gut darin, die Musik von komischen Bands zu hören, und er darin, sich um tote Menschen zu kümmern. Das ist doch kein sehr großer Unterschied, oder?«, hatte Rebecka geantwortet, als Pelle an der Romantik eines Gesprächs über Leichentransporte zweifelte.

Rebecka hatte erzählt, dass die Pathologie sowohl für Obduktionen als auch für das Aufbewahren toter Körper benutzt wurde, die dann später zur Beisetzung und ins Krematorium transportiert wurden. Die Leichen wurden entweder intern aus einer der Abteilungen des Krankenhauses geliefert oder direkt mit einem Krankenwagen aus Pflegeheimen oder Wohnungen gebracht.

»Oder aus dem Herrgår'n«, meinte Rebecka. »Ihr wisst, man geht aus, will einen schönen Abend verbringen, streitet sich mit jemandem in der Schlange, kriegt eine aufs Maul und knallt mit dem Schädel gegen das Geländer. Und wupps, ab in die Patho.«

»Hör auf, Rebecka. Darüber macht man keine Witze«, hatte Pelle gesagt und den Mund missbilligend verzogen. Zwei Monate zuvor war tatsächlich ein Kerl aus einem höheren Semester im Krankenhaus gelandet, weil er sich vor dem Herrgår'n bei einem Streit den Schädel am Eisengeländer aufgeschlagen hatte. Der Typ hatte zwar überlebt, aber es hätte viel schlimmer ausgehen können.

»Aber was ist nachts? Wie sieht es in einer Samstagnacht aus?«, hatte Torbjörn gefragt. »Das ist doch das Entscheidende für uns, oder?«

»Da werden zumindest keine Leichen abgeholt. Wie gesagt, die Bestattungsunternehmen und die Leichentransportfirmen haben eigene Schlüssel und rund um die Uhr Zugang. Aber es muss trotz allem jemand vom Krankenhaus da sein, der die Papiere gegenzeichnet, und ich glaube nicht, dass man das mitten in der Nacht macht. Es gibt außerdem noch weitere Kühlräume im Krankenhaus, die näher an den Abteilungen liegen, damit man nachts nicht extra in die Pathologie rüber muss. Es kann höchstens sein, dass aus der Stadt eine Leiche gebracht wird. Da müssen wir einfach hoffen und beten.«

Als wir uns der Pathologie näherten, deutete Rebecka auf einen Parkplatz, der mit dem Schild »Besucherparkplatz« versehen war.

»Stell den Wagen da drüben ab, Pelle.«

»So weit weg kann ich doch nicht parken«, protestierte Pelle. »Findest du es nicht ein bisschen verdächtig, wenn wir eine Leiche durch die halbe Stadt schleppen?«

»Ja, ungefähr so verdächtig, wie wenn ein rotes Auto ohne Parkerlaubnis vor dem Eingang der Leichenhalle steht«, erwiderte Rebecka. »Mach dir keinen Kopf, das lösen wir, wenn es so weit ist. Du wirst schon sehen.«

Pelle brummte, dass manche ständig den Besserwisser

spielen mussten, fuhr auf den Parkplatz und stellte den Motor ab. Die Stille war erdrückend. Das Gebäude vor uns starrte uns aus dunklen Fensterscheiben an. Niemand war wach. Allein der Gedanke an das, was wir vorhatten, verursachte bei mir Magenschmerzen. Pelles und Rebeckas Kabbelei gab jedoch ein wenig Trost und schuf eine gewisse Normalität inmitten all dem Absurden. Um Torbjörn machte ich mir mehr Sorgen. Er hatte auf der ganzen Fahrt kein einziges Wort gesagt, nur aus dem Wagenfenster geschaut. Und in seinem Blick schimmerte ein merkwürdiger Glanz, bei dem sich mir die Nackenhaare aufstellten.

»Wie geht es dir, Torbjörn?«, fragte ich und stupste ihn in die Seite. Er reagierte nicht einmal.

Keiner von uns hatte es sonderlich eilig, den Wagen zu verlassen, und so saßen wir eine Weile da und spähten zur Pathologie hinüber. Es war ein eingeschossiges Gebäude aus braunem Ziegelstein, flacher als die umliegenden Krankenhausgebäude. An der Längsseite hatte man die Fassade mit einem abstrakten Kunstwerk aus blauem Mosaik aufgepeppt, aber trotz dieser Verzierungen war die Wirkung des Gebäudes eindeutig. Pelle sprach aus, was wir dachten:

»Das sieht ja aus wie eine Grabkammer.«

»Ja, und das ist es ja auch«, sagte Rebecka. »Kommt jetzt, wir können nicht die ganze Nacht hier sitzen bleiben.«

Aber Pelle rührte sich nicht und starrte unentwegt die Pathologie an.

»Hört mal, ist das Ganze nicht eine total bescheuerte Idee? Wir können doch auch alles abblasen und wieder heimfahren.«

»Was, ziehst du jetzt etwa den Schwanz ein?«, fuhr Rebecka

ihn an. »Du Feigling, du warst doch genauso dabei wie wir alle. Und ausgerechnet jetzt willst du einen Rückzieher machen?«

»Und dein kleines Abenteuer kaputt machen, hm?«, erwiderte Pelle schroff. »Denn so siehst du das doch, oder? Wie alles andere auf der Welt dreht sich alles nur um dich, Rebecka. Aber was wir anderen wollen oder brauchen, das ist dir scheißegal. Solange du bekommst, was du willst.«

»Bitte, hört auf zu streiten«, versuchte ich einzuschreiten, aber keiner der beiden achtete auf mich. Torbjörn war es, der dem Keifen ein Ende setzte. Ohne ein Wort zu sagen, quetschte er sich durch die Vordersitze zwischen Rebecka und Pelle. Mit dem Zeigefinger schrieb er drei große Buchstaben auf die beschlagene Windschutzscheibe.

»D-I-E.«

Dann setzte er sich wieder an seinen Platz.

26

Wir wollten gerade aussteigen, als wir ein Motorengeräusch hörten. Das blaue Wandmosaik der Pathologie wurde von Scheinwerferlichtern erhellt, und ein Krankenwagen hielt vor einem großen Tor an der Breitseite des Gebäudes. Ein Mann in neonfarbener Montur sprang heraus und ging zum Haus. Was er dort machte, konnten wir nicht erkennen, aber das Tor glitt auf, der Mann ging zum Krankenwagen zurück und fuhr hindurch. Einen Augenblick später schloss sich das Tor, und das Gelände lag wieder verlassen da.

»Zum Glück sind wir nicht sofort reingegangen«, meinte Pelle besorgt. »Dann wären wir dem Kerl jetzt direkt in die Arme gelaufen. Was ist, wenn die ganze Nacht so ein Kommen und Gehen herrscht?«

»Ganz bestimmt nicht. So viele Menschen werden heute in Linköping schon nicht sterben«, erwiderte Rebecka, aber auch sie klang nicht sehr zuversichtlich.

»Und wenn es dann so ist? Wenn es die ganze Nacht lang vor Leichenwagen nur so wimmelt …«

»Eintausendeinhundertzweiundfünfzig.«

Torbjörn hatte sich von der Scheibe abgewandt und musterte uns mit seinem bleichen Gesicht und diesem sonderbaren Blick.

»So viele Menschen sind im letzten Jahr in Linköping

gestorben. Ich habe mir gestern in der Bibliothek die Bevölkerungsstatistik angesehen.«

Pelle rechnete rasch im Kopf und sagte:

»Das macht ungefähr drei am Tag. Dann wollen wir mal hoffen, dass das heute der Dritte war.«

»Immerhin gibt es an diesem Wochenende keine Lohnauszahlungen«, meinte Rebecka und starrte in die Dunkelheit hinaus. »Das sollte zumindest in ein paar Teilen der Stadt das Sterberisiko ein wenig vermindern. Und wir sind das Ganze ja schon zu Hause durchgegangen. Einer von uns hält Wache, und wenn jemand kommt, müssen wir uns eben verstecken.«

»Oder wir schießen uns den Weg frei«, sagte Torbjörn mit derselben todernsten Stimme. Ein Scherz ... das konnten wir jedenfalls nur hoffen.

Schon bald tat sich wieder etwas in der Pathologie. Ein zweites Tor am anderen Ende des Gebäudes öffnete sich plötzlich, und der Krankenwagen fuhr wieder hinaus, den Hang hinab und verschwand. Das alles hatte nicht länger als fünf Minuten gedauert.

»Gut, dann gehen wir«, sagte Rebecka und streckte die Hand nach dem Türgriff aus. Aber Pelle zögerte noch immer.

»Was ist, wenn noch jemand drinnen ist? Bist du wirklich sicher, dass es kein Wachpersonal gibt?«

Rebecka seufzte.

»Herrgott, wie oft muss ich das denn noch sagen. Nur in amerikanischen Filmen schlafen irgendwelche Medizinstudenten nachts in den Leichenschauhäusern. Es ist vollkommen leer da, ich schwöre. Abgesehen von den Leichen natürlich. Jetzt komm schon, Pelle. Wir ziehen das jetzt durch. Für uns. Und für Yuko.«

Schließlich nickte Pelle und öffnete die Fahrertür einen Spalt. Rebecka wandte sich an uns.

»Und ihr da hinten, seid ihr dabei?«

Ich nickte. Torbjörn antwortete nicht, sondern öffnete die Wagentür und stieg aus.

Wir schlossen die Autotüren so vorsichtig wie möglich und schauten uns sorgfältig um, bevor wir die Straße überquerten und zur Pathologie hinübergingen. Auf der Seite mit der großen Toreinfahrt, durch die der Krankenwagen vor wenigen Minuten in das Gebäude gefahren war, befand sich eine kleinere Tür aus rotem Stahl. Darauf prangte ein großes Schild mit der Aufschrift »PERSONAL«, und darunter stand »Kein Zutritt für Unbefugte«. Neben der Tür hing ein weiteres Schild, das uns verriet, dass dies hier der Eingang 72 war, dass Rauchen verboten war und dass Besucher der Pathologie in den Besucherraum für Angehörige verwiesen wurden, der über den Eingang 69 erreichbar war.

Rebecka ging zu der roten Stahltür und zog einen Schlüsselbund aus der Tasche.

»Und was ist damit?«, sagte Pelle und deutete auf eine Zifferntastatur neben der Tür. »Scheiße, man braucht ja auch noch einen Code. Was sollen wir jetzt machen?«

»Meine Güte, was regst du dich denn die ganze Zeit auf. Alles ist unter Kontrolle, sage ich«, erklärte Rebecka und hielt Pelle den Schlüsselbund vors Gesicht. Sie zeigte auf den kleinen Zettel, der auf einem Schlüsselschild klebte. Darauf hatte jemand mit Kugelschreiber in Druckbuchstaben »Pathologie« geschrieben, darunter stand ein Code aus vier Ziffern.

»So darf man das doch nicht machen. Es ist nicht sicher,

den Code und den Schlüssel am selben Ort aufzubewahren«, sagte Torbjörn hinter mir.

»Da hast du absolut recht, Torbjörn. Eine Leuchte scheint dieser Typ vom Bestattungsunternehmen in der Tat nicht zu sein«, meinte Pelle.

»Hört jetzt auf zu quatschen. Schauen wir lieber, dass wir reinkommen«, sagte ich, während ich mich unruhig umsah. »Es kann jeden Moment jemand auftauchen.«

»Ja, ja«, sagte Rebecka und gab endlich den Code ein. Als das Lämpchen über der Tastatur grün aufleuchtete, steckte sie den Schlüssel ins Schlüsselloch und drehte ihn um.

Ein paar Sekunden lang standen wir in absoluter Finsternis. Aber dann ertönte ein Klicken, und plötzlich badete der Raum in hellem Licht, und wir blinzelten in dem grellen Schein der Neonröhren unter der Decke.

»Was machst du? Bist du komplett bescheuert, oder was? Mach sofort das Licht aus, bevor uns jemand bemerkt«, zischte Pelle in Rebeckas Richtung, die auf den Lichtschalter neben dem Eingang gedrückt hatte.

Rebecka seufzte.

»Langsam gehst du mir echt auf die Nerven, Pelle. Keine Sorge. Oder siehst du hier vielleicht irgendein Fenster?«

Nein, Fenster gab es keine, das musste sogar Pelle zugeben. Der Raum konnte am ehesten als Garage beschrieben werden. Der Boden war asphaltiert und die kahlen Wände waren aus Wellblech.

»Aha, Rebecka. Wohin müssen wir jetzt? Zeig uns den Weg. Du weißt ja so gut Bescheid«, sagte Pelle.

»Ich habe keine Ahnung. Hier vielleicht«, meinte Rebecka

und ging auf eine breite Tür an der Längsseite des Raumes zu.

»Aber du hast doch gesagt, dass du schon mal hier warst?«

»Ich hab' euch auf den Arm genommen. Ich war einmal draußen vor dem Gebäude, bei einer Abholung. Aber ich bin im Wagen geblieben, scheiße, nie im Leben hätte ich mich hier reingetraut. Das ist doch total gruselig.«

»Wie sollen wir uns jetzt zurechtfinden?«, fragte Pelle.

»Ach, das kriegen wir schon hin. Kommt jetzt. Außer Torbjörn, du bleibst hier.«

Bei den Planungen im Wohnheim hatten wir ausgemacht, dass ich, Rebecka und Pelle hineingehen und den Leichnam holen würden, während Torbjörn draußen Wache schob. Wobei »wir« relativ war. Rebecka hatte das entschieden, unter Pelles lautstarkem Protest. Er wollte lieber derjenige sein, der draußen blieb, und als Begründung brachte er vor, dass er Yukos Leichnam gefunden und deshalb »für die nächsten Jahre genug Tote gesehen hatte«. Aber Rebecka hatte sich stur widersetzt und darauf bestanden, dass Torbjörn derjenige war. Warum, wusste ich nicht, aber so wunderlich wie Torbjörn sich bislang verhalten hatte, war es bestimmt besser so. Auch wenn das hieß, dass ich mir nun die ganze Zeit Pelles und Rebeckas Gekeife anhören musste. Was Torbjörn selbst darüber dachte, war schwer abzuschätzen. Als Rebecka den Vorschlag gemacht hatte, hatte er nur mit den Achseln gezuckt.

»Also, du bleibst hier, Torbjörn«, sagte Rebecka. »Bleib in der Nähe des Ausgangs, und sobald du denkst, dass irgendwer kommt, läufst du zu uns ins Haus und sagst uns Bescheid. Leider müssen wir das Licht ausmachen, in den anderen Räumen könnten Fenster sein, durch die es vielleicht nach draußen dringt. Aber du hast ja deine Taschenlampe, oder?«

Torbjörn nickte und klopfte auf seine Jackentasche.

»Okay, dann gehen wir«, sagte Rebecka.

Bevor Rebecka die Tür öffnete, die – so hofften wir – ins Innere der Pathologie führen würde, drückte sie auf den Schalter, der die Neonröhren an der Decke ausschaltete, und die Finsternis umschloss uns. Wir kramten unsere Taschenlampen hervor, und bald schweiften unsere drei Lichtkegel durch die Dunkelheit. Wir traten ein und schlossen die Tür hinter uns.

Wir gingen durch einen kurzen Korridor und kamen in einen Raum, der zweifellos der Obduktionssaal sein musste. Er war nicht besonders groß, viel kleiner als die großen Säle in den amerikanischen Fernsehserien, und die Wände waren mit weißen Fliesen gekachelt. Mitten im Raum standen zwei Sektionstische aus rostfreiem Stahl, und entlang der Wände verliefen Tische, die ebenfalls eine rostfreie Oberfläche hatten.

Ich konzentrierte mich darauf, den Lichtkegeln der anderen zu folgen, als ich plötzlich etwas mit dem Arm streifte. Beim Kontakt mit meinem Körper glitt der unbekannte Gegenstand beiseite und verschwand, war aber kurz darauf wieder zurück und stieß erneut gegen meinen Arm – wie ein Hund, der mit der Schnauze gegen das Bein seines Herrchens stupst. Ich schrie vor Schreck auf und hielt die Luft an, während ich meine Taschenlampe auf den Gegenstand richtete. Meine zitternde Hand erzeugte einen wackelnden Lichtschein.

»Malin, was ist los?«, hörte ich Pelle aus der Dunkelheit vor mir.

Der Lichtkegel verzerrte die Proportionen und schuf merkwürdige Schatten, die das Auge verwirrten, aber als ich endlich herausgefunden hatte, was mich so erschreckt hatte, schluchzte ich vor Erleichterung fast auf.

Es war eine Art Schaukel aus Metall. Sie hing an einer Winde von der Decke und wippte nach dem Kontakt mit meinem Ellbogen sachte hin und her. Ich nahm an, dass es sich um eine Art Hilfsmittel handelte, um die Rücken der OP-Assistenten zu schonen, wenn die Leiche getragen werden musste.

Nun war es Pelle, der nach Luft schnappte, und wir stießen fast ineinander, als er hastig vor etwas zurückwich, das ihn erschreckt hatte.

»Was treibt ihr nur, meine Lieben«, sagte Rebecka und beleuchtete ein Skelett in natürlicher Größe, das vermutlich als anatomische Referenz bei den Obduktionen verwendet wurde. Dass hier nachts niemand patrouillieren wollte, war überhaupt nicht verwunderlich. Der Job wäre wie gemacht für einen Horrorfilm gewesen.

Wir waren am anderen Ende des Raumes angelangt. Es gab drei Türen, und Rebecka öffnete die, die am nächsten lag. Sie führte in einen kleinen Vortragsraum, in dem sicherlich im Laufe der Jahre Tausende von Medizinstudenten vor Angst schwitzend darauf gewartet hatten, der ersten Obduktion ihres Lebens beizuwohnen. Auch die zweite Tür war nicht die richtige. Dahinter befand sich eine Umkleide, in der die grünen OP-Klamotten hingen. Aber hinter der dritten Tür – aus dickem Stahl und mit einem langen Hebel anstatt eines normalen Griffs – lag der Kühlraum.

Nachdem wir in den Raum getreten waren, die Tür nur

angelehnt (macht sie bloß nicht ganz zu, ihr wisst, wie es in den Horrorfilmen immer endet, wenn die Leute in einen Kühlraum gehen«, hatte Pelle gesagt) und die Deckenbeleuchtung angemacht hatten, starrten wir geradewegs auf die Regale, in denen die Leichen verwahrt wurden.

»Oh, wie sieht das denn hier aus?«, meinte Pelle überrascht. Und ich verstand genau, was er meinte.

Ich war davon ausgegangen, dass es in der Leichenhalle so aussehen würde wie in den Filmen, mit bläulicher Beleuchtung und blanken Kühlfächern in langen Reihen, hinter deren Türen die Leichen lagen, jede davon mit einem Papieretikett um den großen Zeh gebunden. Das hier sah hingegen eher aus wie … der Kühlraum einer großen Restaurantküche.

Der Raum war kleiner als der Obduktionssaal, etwa zehn Quadratmeter groß, und es war so kalt wie in einem Kühlschrank. Direkt vor uns stand eine Art Metallgestell mit großen Edelstahlplatten auf Schienen in drei Etagen. Auf den Platten lagen große Bündel, die in weiße Tücher gewickelt waren, und auf jedes davon war ein roter Papierzettel geheftet. Keine Kühlfächer, kein blaues Licht und keine Etiketten an den Zehen.

Worauf ich nicht vorbereitet war, war der Geruch. Trotz der Kälte im Raum war die Luft von einem süßlich-stechenden Gestank erfüllt, den ich weder beschreiben noch jemals wieder vergessen konnte. Ich fühlte, wie sich Spucke in meinem Mund sammelte und Übelkeit in mir aufstieg. Ein paar Sekunden lang konnte ich nur »Jetzt nicht kotzen, jetzt nicht kotzen« denken. Dem Keuchen der anderen nach zu urteilen, war ich mit dem Gedanken nicht allein. Aber bald hatten sich unsere Nasen daran gewöhnt, und der Geruch erschien weniger aufdringlich.

»Oh Gott, wird das so gemacht? Das habe ich nicht gewusst«, flüsterte Rebecka. »Die sehen ja aus wie Wäschebündel oder so.«

»Als ›Wäschebündel‹ sollte man die Toten echt nicht bezeichnen«, flüsterte Pelle zurück und bedachte Rebecka mit einem durchdringenden Blick. »Das gehört sich nicht.«

»Aber gehört sich denn das hier? Die Leute einfach so hinzulegen, ganz offen? Nicht einmal ein paar Leichentücher konnten sie sich leisten.«

»Hört jetzt auf, beide. Wenn sich etwas nicht gehört, dann in einer Leichenhalle zu stehen und wie zwei Kleinkinder zu streiten«, sagte ich und merkte, dass auch ich flüsterte. Warum, wusste ich nicht, aber es schien in dieser Umgebung nicht anders zu gehen. Allein, hierherzukommen und die Toten zu stören, fühlte sich ungebührlich an. Aber es war ein bisschen spät, jetzt darüber nachzudenken.

Rebecka war die Erste, die es über sich brachte, zu den Metallgestellen zu gehen und sich die Zettel anzusehen. Wir hielten die Luft an. Jetzt würden wir erfahren, ob Yuko wirklich hier lag. Sie beugte sich über die Papierzettel, die an den Laken befestigt waren.

Nachdem sie den Zettel des dritten Bündels gelesen hatte, hielt sie inne und keuchte auf. Sie schaute mit Verzweiflung im Blick zu uns.

»Ist sie es? Ist es Yuko?«, flüsterte Pelle.

Rebecka schüttelte den Kopf. Pelle und ich lasen selbst den Namen auf dem Zettel. Wir starrten alle drei auf das weiße Laken, das über dem ausgebreitet war, was einst der

Jungpolitiker und Besserwisser Richard Hanselius gewesen war und jetzt nicht mehr als ein Bündel unter anderen Bündeln in einem eiskalten Kühlraum in Linköpings Universitätskrankenhaus. Und auf einmal fühlte sich alles viel wirklicher an, als wir glauben wollten.

Schließlich rissen wir uns zusammen, suchten weiter und landeten in der mittleren Ablage der zweiten Reihe von links einen Treffer. »YUKO NAKATA« stand auf dem roten Zettel. Es war ein kleines Bündel, deutlich kleiner als die meisten anderen im Raum.

Aber nicht das kleinste, stellte ich fest, als ich mich weiter umsah. Ganz rechts lag ein Bündel, das nichts anderes als den Leichnam eines Kindes enthalten konnte, vermutlich im Grundschulalter. Ich fragte mich, ob es ein Junge oder ein Mädchen war und wie er oder sie gestorben war. Krankheit? Unfall? Vielleicht Kindesmisshandlung? Ich wandte den Blick ab.

Rebecka machte sich daran, den Regalboden mit Yukos Leichnam herauszuziehen. Dann hielt sie inne und sah sich um. Sie holte einen Hubwagen, der an der Wand stand und schob ihn vor das Regal. Sie gab uns mit einer ungeduldigen Geste zu verstehen, dass wir ihr helfen sollten. Jetzt begriff ich, dass der Wagen dafür gedacht war, die Leichen aus dem Regal in den Obduktionssaal oder zu einem wartenden Leichenwagen zu transportieren.

Zusammen zogen wir die Platte heraus und hievten sie auf den Wagen. Dann traten wir alle wie bei einer gemeinsam eingeübten Choreografie einen Schritt zurück und starrten stumm auf das Bündel. Aus der Nähe waren die Umrisse eines menschlichen Körpers deutlich unter dem weißen Stoff zu erkennen. Der Kopf, die Schultern und die nach oben ragenden Zehen. Aber trotzdem hatte dieses weiße Bündel auf der Edelstahlablage etwas zutiefst Furchteinflößendes an sich, und ich musste mit aller Kraft gegen den Impuls ankämpfen, mich abzuwenden und schreiend davonzulaufen.

Pelle wollte den Wagen in den Obduktionssaal schieben, aber Rebecka hielt ihn auf.

»Warte, wir müssen erst das Laken abnehmen.«

»Das müssen wir überhaupt nicht«, protestierte Pelle. »Komm, wir schieben den Wagen jetzt rüber zu Torbjörn, dann hole ich das Auto. Wir sind schon viel zu lange hier.«

Ich wusste, dass Rebecka recht hatte.

»Doch, das müssen wir«, sagte ich. »Die Zettel könnten vertauscht worden sein. Wir müssen nachsehen, ob es wirklich sie ist.«

»Ja, stell dir vor, wir machen das alles hier und stellen dann zu Hause fest, dass wir einen alten Opa mitgeschleppt haben«, sagte Rebecka, verstummte aber rasch. Auch sie schien zu begreifen, dass dies nicht der geeignete Augenblick für Scherze war.

Ich legte Pelle tröstend eine Hand auf die Schulter und versuchte ihn zu beruhigen:

»Mach dir keine Sorgen, Pelle. Es ist doch nur Yuko, oder? Deshalb sind wir schließlich hergekommen ... um Yuko zu holen.«

Pelle nickte, wirkte aber nicht sonderlich überzeugt. Rebecka stellte sich ans Kopfende. Unwillkürlich hielten wir drei die Luft an. Nun würde ich sie also endlich in echt sehen. Das Mädchen, an das ich so viel gedacht hatte. Das in meinem Zimmer stets präsent gewesen war, das ich aber nie getroffen hatte.

Ich versuchte zu erraten, was die anderen dachten. Pelle war blass im Gesicht und schien an all die Orte zu denken, an denen er lieber gewesen wäre als hier. Was in Rebeckas Kopf vorging, konnte ich nicht einmal im Ansatz erahnen. Wie immer.

Nach einem letzten Blick zu uns steckte Rebecka die Hand aus und packte das Laken an einem Zipfel. Ich hörte, wie Pelle nach Luft schnappte. Er machte einen Schritt nach vorn und sagte:

»Nur das Gesicht, Rebeck ...«

Aber es war zu spät. Rebecka hatte das Laken mit Schwung fortgezogen, wie ein Zauberer, der eine magische Kiste entblößt. Yukos Leichnam lag offen vor uns.

27

So sonderbar es auch klingen mag, ich glaube, dass uns erst in diesem Moment klar wurde, was wir taten.

Nachdem Rebecka das weiße Laken entfernt und Pelle sich den Kopf an einer Bahre aufgeschlagen hatte und bewusstlos am Boden lag, während Rebecka sich in einer Ecke übergab und ich mit dem Kopf zwischen den Knien dahockte und versuchte, es ihr nicht gleichzutun, wurde es peinlich offenbar, dass wir keinen blassen Schimmer hatten, wie der Tod wirklich aussah. Plötzlich schlug uns das, woran wir sonst am liebsten nicht denken wollen, nämlich die isolierte Welt des Umgangs mit unseren Toten, mit voller Wucht ins Gesicht.

Vor allem drei Faktoren hatten wir im Vorfeld komplett übersehen, und genau die sorgten dafür, dass die Begegnung mit Yukos Leiche solch einen Schock auslöste.

Vor allem war es die Art, wie sie gestorben war. Dass Yuko sich das Leben genommen hatte, indem sie sich die Pulsadern aufschnitt, wussten wir ja bereits. Was wir aber nicht begriffen hatten, war, wie unglaublich schwierig das war.

Statt eines sauberen, ordentlich geführten Schnitts, den wir erwartet hatten, sah der untere Teil von Yukos linkem Arm so aus, als hätte sich ein irrer Chirurg ausgetobt. Die

Schnittwunden zogen sich kreuz und quer bis zum Ellbogen. Möglicherweise hatte es anfangs nicht ganz so schlimm ausgesehen, aber nach der langen Zeit in der Leichenhalle waren die Wunden getrocknet und hatten Yukos Arm in eine dunkelbraune, harte Masse verwandelt. Es sah aus, als habe eine Art widerwärtiger Pilz sich über ihren Arm ausgebreitet.

Der zweite Faktor, den wir übersehen hatten, waren die Auswirkungen der Obduktion.

Rein theoretisch hatten wir natürlich verstanden, dass Yukos Leiche einer Autopsie unterzogen worden sein musste. Und wenn wir genauer darüber nachgedacht hätten, wäre uns vermutlich klar geworden, welche Folgen dies nach sich zog. Aber vor meinem inneren Auge hatte Yukos Leiche stets so ausgesehen, als wäre sie noch lebendig … tot, aber unversehrt.

Aber so war es ganz und gar nicht. Der lange Schnitt vom Hals bis zum Becken, der mit großen, hastigen Stichen vernäht war, entging keinem. Genauso wenig die Nähte im Nacken, wo die Kopfhaut vom Knochen getrennt worden war, als man den Schädel aufgesägt hatte, um das Gehirn zu entnehmen. Oder die Hämatome vom Todeszeitpunkt, die man aufgeschnitten hatte, um sie zu untersuchen.

Vielleicht wäre das alles nicht so schlimm gewesen, vielleicht hätten wir über die Wunden hinwegsehen und den Menschen Yuko darunter erkennen können, wenn nicht der dritte Faktor gewesen wäre – die Zeit. Dass ein Leichnam, der mehrere Tage in einer Wohnung oder im Freien liegt, bevor er entdeckt wird, zu verwesen beginnt und irgendwann nicht mehr schön anzusehen ist, liegt mehr oder weniger auf der Hand. Aber wir hatten überhaupt nicht in Erwägung gezogen, dass sich derselbe Prozess auch bei einer Leiche in einem Kühlraum vollzieht, nur langsamer.

Freilich hätten uns der unangenehme Geruch im Raum und die hässlichen, braunen Flecken auf dem Laken vor dem warnen müssen, was uns erwartete. Aber der Schock war trotzdem überwältigend.

Während die schwedische Polizeibehörde mit der japanischen Botschaft über Papierkram gestritten hatte, war die Natur unbarmherzig mit dem verfahren, was einst ein lebender Organismus mit Träumen, Gefühlen und einem eigenen Willen gewesen war. Jetzt war dieser Organismus auf nicht viel mehr als ein Rinderfilet reduziert, das das Haltbarkeitsdatum deutlich überschritten hatte.

Leichenblass. Nie mehr würde ich dieses Wort gebrauchen, ohne an Yuko zu denken, deren zum Stillstand gekommener Blutkreislauf die Haut bläulich gefärbt hatte, außer an den Stellen, an denen die Zeit ihr auf der wächsernen Oberfläche eine kranke, grünliche Färbung verliehen hatte. Noch schlimmer aber war ihr Bauch. In dem Augenblick, als Rebecka das Laken weggezogen hatte, durchzuckte uns alle wohl derselbe wahnsinnige Gedanke: »Himmel, sie ist ja hochschwanger.« Aber das war sie nicht. Gase aus Yukos verwesendem Mageninhalt hatten ihren Bauch wie einen Ballon aufgeblasen bis hoch zum Brustkorb, wodurch ihr magerer Körper ein groteskes Profil erhielt.

Es war nahezu unerträglich, das alles anzusehen, aber ich zwang mich, den Blick nicht von ihr abzuwenden, als könnte ich Yuko etwas von ihrer Würde zurückgeben, indem ich vor dem Grauen nicht einknickte. Als Rebecka aufgehört hatte, sich zu übergeben, schleppte sie sich zu mir und musterte ebenfalls den Leichnam. Ich hoffte, dass sie dasselbe empfand wie ich.

»Scheiße«, flüsterte sie mir zu. »Ich hätte nie gedacht, dass sie so aussieht. Was ist denn das Weiße da?«

»Ich glaube, das könnte Schimmel sein«, flüsterte ich zurück.

28

»Hallo, was treibt ihr da drinnen?«

Rebecka und ich sahen uns voller Panik an. Zeit, sich zu verstecken, blieb nicht, und eine Erklärung für die Lage würden wir auch nicht finden. Wir starrten hilflos auf die Tür, die langsam von außen aufgestoßen wurde.

In der Türöffnung erschien ein wohlbekanntes Gesicht. Rebecka und ich seufzten vor Erleichterung auf. Torbjörn. Bei dem Schock hatten wir ihn völlig vergessen.

Torbjörn sah verblüfft in unsere erschrockenen Gesichter und zu Rebeckas Erbrochenem am Boden. Pelle hatte sich von seinem Ohnmachtsanfall erholt und rappelte sich gerade wieder auf.

»Was ist denn pass …«, setzte Torbjörn an, verstummte aber abrupt, als er die Bahre mit Yukos Leichnam erblickte.

Pelle machte ein paar schwankende Schritte und schüttelte den Kopf, als wolle er auf diese Weise wieder Ordnung in sein durchgerütteltes Gehirn bringen. Dann umrundete er die Bahre in einem Halbkreis mit größtmöglichem Abstand, das Gesicht abgewandt, und steuerte ganz offenbar auf die Tür zu. Er sah aus, als könne er jeden Moment wieder in Ohnmacht fallen.

»Aber Pelle …«, begann Rebecka, hatte aber nicht die Kraft, fortzufahren.

Kurz bevor er die Tür erreichte, stellte sich ihm Torbjörn in den Weg.

»Wohin willst du?«, fragte er, und der Kontrast zwischen seiner hellen Stimme und dem autoritären Tonfall war sowohl komisch als auch Furcht einflößend.

»Raus hier. Weg von alldem«, nuschelte Pelle und deutete mit dem Daumen hinter sich. »Nie im Leben bleibe ich hier. Ich haue ab.«

»Das tust du ganz bestimmt nicht«, erwiderte Torbjörn, stellte sich auf die Zehen und tippte Pelle mit dem Finger gegen die Brust. »Einer für alle. Alle für einen. Erinnerst du dich noch?«

Torbjörn hatte nicht vor, irgendwelche Proteste gelten zu lassen, das war offenkundig. Er trat zwei Schritte in den Raum und klatschte in die Hände. Nur einmal, sodass das Geräusch von den gefliesten Wänden widerhallte und Pelle aus purer Verblüffung verstummte.

»Pelle, hör auf zu jammern und geh raus und hol unseren Wagen«, sagte Torbjörn. Dann wies er mit dem Zeigefinger auf mich und fuhr fort:

»Und du, Malin, gehst mit ihm mit, um Ausschau zu halten. Wenn die Luft rein ist, lässt du Pelle mit dem Auto in die Halle. Ihr wartet dann auf uns. Verstanden?«

Ich nickte. Pelle öffnete den Mund, um erneut zu protestieren, aber er unterbrach sich und nickte ebenfalls widerwillig.

»Rebecka sucht in der Zwischenzeit Putzzeug und macht hier ein bisschen sauber, während ich die Bahre rausschiebe.«

Torbjörn ging zur Bahre und warf das Laken wieder über den Leichnam – ohne hinzusehen.

»Worauf wartet ihr noch? Los, es kann jeden Augenblick jemand auftauchen.«

Kurz darauf stand Pelles Wagen ordentlich geparkt in der Halle, die Kofferraumklappe war offen, und die Bahre gleich daneben platziert. Wir hatten bislang unglaubliches Glück gehabt, und wir hofften, dass es noch ein wenig anhielt. In dieser Situation gab es nicht die geringste Möglichkeit, sich zu verstecken. Wenn ein Leichentransport auftauchte, konnten wir nur ins Auto springen und davonrasen – und hoffen, dass sich niemand unser Nummernschild merkte.

Seit Torbjörns Kommandoübernahme hatten alle, einen mürrischen Pelle inklusive, ihre Aufgaben mit stummer Zielgerichtetheit ausgeführt. Aber nun waren wir an einem kritischen Punkt angelangt.

Pelles Auto war ein Halbkombimodell und der Kofferraum nicht besonders groß. Um die Leiche unterzubringen, mussten wir sie hinten halb sitzend und quer hineinlegen. Und das bedeutete, dass wir sie hochheben und in die richtige Position bringen mussten. Wir mussten Yuko also anfassen.

»Nie im Leben. Da könnt ihr noch so viel auf mich einreden, aber das mache ich auf keinen Fall«, sagte Pelle und kehrte uns demonstrativ den Rücken zu, setzte sich auf den Fahrersitz und schlug die Wagentür zu. Rebecka schaute ihm wütend hinterher. Aber diesmal fing sie immerhin nicht an zu schimpfen, und ich dankte ihr dafür innerlich.

Wir anderen postierten uns um die Bahre. Torbjörn stellte sich an die eine Längsseite, Rebecka und ich auf die andere, bereit, die Leiche aufzufangen, sobald Torbjörn sie hob.

»Eins, zwei, drei.«

Vielleicht hätte es gutgehen können. Wenn jemand von uns wenigstens ein bisschen Erfahrung darin gehabt hätte, einen leblosen Körper hochzuheben – oder zumindest schon einmal in einer Pflegeeinrichtung gejobbt und überhaupt einen Menschen hochgehoben hätte. Aber das hatten wir natürlich nicht.

Ich hatte mich weiter oben an dem weißen Bündel postiert und Rebecka ungefähr auf Hüfthöhe. Wir hatten unsere Hände unter Yuko geschoben, als Torbjörn sie in unsere Richtung schob. Und schon ging alles schief. Vielleicht ließen wir uns dadurch täuschen, dass das Bündel so klein und leicht aussah, und dachten nur daran, es möglichst schnell in den Wagen zu hieven, anstatt es vorher in ein Gleichgewicht zu bringen.

Yuko war bleischwer und schlaff wie ein Mehlsack. Die Leichenstarre hatte schon vor Tagen nachgelassen, und als Rebecka den unteren Teil des Bündels packte, sackte es unmittelbar in der Mitte zusammen. Unvorbereitet wie sie war, verlor Rebecka den Halt, wankte und fiel mit dem Hinterteil auf den Asphalt neben dem Auto.

An das, was dann geschah, als ich Yukos Leiche allein halten musste, kann ich mich noch immer nicht genau erinnern. Zum Glück. Ich weiß zumindest noch, dass ich den Griff um den Leichnam wechselte, um nicht auch noch das Gleichgewicht zu verlieren, und dabei geriet ich irgendwie mit den Händen unter das Laken, womit ich zum ersten Mal in direktem Hautkontakt mit einer Leiche war.

Die Haut, die ich unter meinen Fingern spürte, war kalt und feucht, als wäre die Flüssigkeit durch die Poren nach außen gedrungen und hätte sich auf die Hautoberfläche gelegt. Außerdem fühlte sie sich … lose an. Im Zuge der Verwesung schien sich die Haut vom Fleisch gelöst zu haben und war beweglich. Das klingt sicherlich völlig verrückt, aber anders kann ich es nicht beschreiben.

Und der Gestank. Oh mein Gott, der Gestank. Mein Nervensystem sandte Signale und meine Sinne wurden von dem grauenhaften Geruch bombardiert, der mir zu verstehen gab, dass ich mich am falschen Ort befand. Aber ich musste ganz allein mit der schweren Leiche kämpfen. Kurz blitzte vor meinem inneren Auge das Bild eines alten Monty-Python-Sketchs auf, in dem ein paar Idioten aus der Oberklasse versuchen, Schaufensterpuppen die BHs abzunehmen. Ich dachte, dass diese Szene ähnlich wirken musste, und bei dem Gedanken überkam mich der Impuls, zugleich zu lachen und zu schreien.

Ich wünschte, ich könnte behaupten, dass es nicht noch schlimmer wurde. Dass ein paar Sekunden in einem einsamen Kampf mit einem toten Körper meine schlimmste Erinnerung an die Nacht in der Leichenhalle war. Aber so war es nicht.

Vielleicht hatte der Obduktionstechniker einen schlechten Tag gehabt. Oder eine obduzierte Leiche ist ganz einfach nicht für Ringkämpfe mit einer Gruppe von naiven Studenten gemacht. Oder aber es lag an der fortgeschrittenen Zersetzung des Gewebes. Wie auch immer, die Folge war dieselbe.

Mitten im Kampf mit Yukos Leichnam spürte ich plötzlich, wie ich von einem Vorhang aus feuchten schwarzen Haarsträhnen umfangen wurde, die sich auf meinen Mund, meine Nase und meine Wangen legten und mich fast erstickten. Einen Augenblick lang dachte ich, es wären meine eigenen Haare, die sich aus meinem Pferdeschwanz gelöst hatten. Ich machte eine Hand frei, um mir die Haare aus dem Gesicht zu wischen, zuckte aber zusammen, als ich etwas Flaches und Glitschiges auf meinem Kopf spürte, das seitlich herabhing. Ich glaube, dass ich vielleicht schrie. Ich glaube, dass ich vielleicht versuchte, Yukos Leiche wegzustoßen, aber über das Laken stolperte und rücklings stürzte, Yuko über mir. Ich kam zu der widerwärtigen Einsicht, dass Yukos verwester Skalp sich von ihrem Kopf gelöst hatte, auf mich gefallen war und mich in das Haar eines toten Menschen gewickelt hatte.

Es dauerte vermutlich nicht länger als ein paar Sekunden, bis Torbjörn und Rebecka Yuko beiseitegehoben und mir aufgeholfen hatten. Aber es ist trotzdem ein Wunder, dass ich in dieser kurzen Zeit nicht vollständig den Verstand verloren hatte.

Ich weiß nicht, wie wir in dieser Nacht schließlich Yukos Leiche doch noch in Pelles Wagen gehievt haben. Aus reiner Barmherzigkeit scheint mein Gehirn die Details dieser Ereignisse verdrängt zu haben. Ich erinnere mich nur dunkel an ein Wirrwarr aus Leichengestank, Angst und das Gefühl des schlaffen, feuchten Körpers unter meinen Fingern. Aber am Ende hockte Yuko zusammengesunken und in das Tuch gewickelt quer im Kofferraum. Unsere Hände zitterten, als Rebecka und ich die Hutablage wieder einlegten. Wir schauten uns dabei nicht in die Augen. In diesem Moment waren wir einsam in unserer eigenen Hölle.

29

Es ist erstaunlich, wie schnell sich ein Mensch nach einem Schock erholen kann, wenn es sein muss. Sobald Yuko im Wagen platziert war, sortierte mein Gehirn die vorausgegangene Katastrophe aus und konzentrierte sich wieder auf die Aufgabe.

Während Torbjörn und Rebecka die Bahre zurückschoben und sich vergewisserten, dass in der Pathologie alles ordentlich aussah, kontrollierte ich noch einmal, ob die Luft rein war. Vorsichtig lugte ich durch den Personaleingang nach draußen. Es war eine klare Nacht, und der Mond erhellte den Parkplatz auf der anderen Straßenseite. Niemand war zu sehen, kein Motorengeräusch war in der Nähe zu hören. In dem gegenüberliegenden Wohnhaus brannte kein Licht, keine neugierigen Gestalten standen an den Fenstern.

Hinter mir hatten sich Torbjörn und Rebecka ins Auto gesetzt, und ich drückte auf den Schalter, der das Tor öffnete. Ich wartete, bis Pelle nach draußen gefahren war, dann sprang ich auf den Rücksitz. Das Tor schloss sich automatisch, und bald waren keine Spuren mehr von den Eindringlingen zu sehen.

Torbjörn hatte den Auftrag gehabt, einen geeigneten Friedhof zu finden. Der Ort, den wir für Yukos letzte Ruhestätte benötigten, musste ausreichend weit von einer Wohngegend entfernt sein und möglichst wenig Friedhofsbesucher anziehen, damit wir in Ruhe arbeiten konnten und damit Yukos Grab nicht zu schnell entdeckt würde. Oder am besten gar nicht entdeckt wurde. Also steuerte der Mazda aus Linköping hinaus Richtung Osten.

Die Stimmung im Auto war gedrückt. Pelle starrte stur geradeaus, sagte keinen Ton und brummte nur einsilbige Antworten auf Torbjörns Wegbeschreibung. Letzterer saß neben mir auf der Rückbank mit der Karte auf dem Schoß und der Taschenlampe zwischen den Zähnen.

Anfangs gab Rebecka sich alle Mühe, die Stimmung aufzulockern, obwohl nicht einmal sie die Kraft hatte, nach den Ereignissen in der Leichenhalle ungerührt zu wirken.

»Shit, das war abgefahren, hm? Aber wir haben es gedeichselt, nicht schlecht, was? Jetzt bleibt nur noch der leichte Teil. Eine Grube buddeln und ein bisschen was aus der Bibel vorlesen, ein Kinderspiel.«

Aber sie hörte bald damit auf und schaltete stattdessen das Radio ein, das Pelle sofort wieder ausschaltete. Rebecka beließ es dabei, und den Rest der Autofahrt starrte sie schweigend aus dem Fenster.

Und ich? Ich hatte ja die Idee gehabt und die anderen mit Feuereifer überredet mitzukommen. Und wir hatten trotz allem geschafft, was wir uns vorgenommen hatten.

Ich legte die Stirn an die kühle Scheibe und versuchte, erleichtert zu sein. Bald würde es vorbei sein. Bald würde Yuko im Jenseits zur Ruhe kommen, und wir würden zu dem sorglosen Studentendasein zurückkehren, das wir verdienten.

Aber die Erleichterung wollte sich nicht einfinden. Mein schmerzender Magen sagte mir, dass die schrecklichen Dinge, die wir soeben durchgemacht hatten, tiefere Spuren hinterlassen hatten. Und dass ein sorgloses Studentendasein auf ewig außerhalb unserer Reichweite sein würde, wie auch immer die Geschichte hier endete. So sehr ich auch versuchte, nicht daran zu denken, spürte ich noch immer die Feuchtigkeit von Yukos toter Haut an meinen Fingern und die Haare an meinen Wangen.

Nach einer ungefähr zwanzigminütigen Fahrt bogen wir in einen schmalen, von hohen Bäumen gesäumten Weg. Am Ende eines langen Anstiegs war eine beleuchtete weiße Kirche zu sehen, umgeben von einem verlassenen Friedhof.

Es war ein merkwürdiger Ort für eine Kirche. Ein paar Kilometer entfernt konnten wir die Lichter der nächsten Stadt erahnen, aber um die Kirche gab es nichts anderes als Felder. Man konnte erahnen, dass im Laufe der Jahre viele Mitglieder der Kirchengemeinde über den langen Weg zu den sonntäglichen Gottesdiensten geflucht hatten.

Pelle parkte an einer möglichst unauffälligen Stelle und stellte den Motor ab. Wir stiegen aus dem Auto und schlossen vorsichtig die Türen. Bevor wir zum Friedhof gingen, öffnete Rebecka die Kofferraumklappe und holte die Sporttasche mit den Spaten heraus, die Pelle am Tag zuvor in einem Heimwerkermarkt gekauft hatte. Die Leiche ließen wir einstweilen im Wagen. Wir hatten bereits ein gutes Stück Richtung Friedhof zurückgelegt, als wir uns anblickten und uns klar wurde, dass wir nur zu dritt waren. Pelle fehlte.

Wie sehr wir ihn auch zu überreden versuchten, er weigerte

sich, den Wagen zu verlassen. Er argumentierte nicht, er protestierte nicht, er widersprach nicht. Er schüttelte nur den Kopf mit zusammengekniffenen Lippen und weigerte sich uns anzusehen. Es half nicht einmal, dass Rebecka sich neben dem Auto hinkniete, die Hand auf sein Bein legte und sagte:

»Entschuldige, wenn ich vorhin grob gewesen bin. Wir sind alle gestresst, da rutscht einem schnell mal ein blöder Spruch raus. Aber jetzt ist es fast vorbei. Komm schon, Pelle, wir ziehen das durch. Für Yuko. Und für Richard und Camilla. Wir brauchen dich, Pelle.«

Aber es half nichts. Nach einer Weile gaben wir auf, ließen Pelle auf dem Fahrersitz zurück und gingen zum Friedhof.

»Pelle, dieser verdammte Feigling. Ausgerechnet jetzt macht er einen Rückzieher«, murmelte Rebecka.

»Was ist, wenn er wegfährt? Wenn er einfach abhaut und uns hier zurücklässt?«, fragte Torbjörn besorgt.

»Mit einer Leiche im Kofferraum? Kann ich mir schwer vorstellen. Macht euch keinen Kopf. Jetzt graben wir eine Grube, legen Yuko hinein, und dann fahren wir nach Hause. Wir brauchen Pelle nicht. Wir drei kriegen das auch wunderbar allein hin.«

Aber ganz so einfach sollte es nicht sein.

Der Plan war, eine abseits gelegene Stelle auf dem Friedhof zu finden, den Rasen abzutragen und ein Grab für Yuko zu schaufeln. Dann die Grube wieder zuzuschütten und den Rasen zurückzulegen, sobald wir mit dem Begräbnis fertig waren. Mit ein wenig Glück und genug Neuschnee in den kommenden Wochen könnte das Grab bis in den Frühling hinein unentdeckt bleiben oder mit ein wenig mehr Glück noch länger.

In einer Ecke des Friedhofs – an der Mauer stand eine stattliche alte Trauerweide mit Zweigen, die sich bis zur Erde erstreckten. Im Frühling, wenn die Blätter sprossen, würden sich die kahlen Äste in eine grüne Grotte verwandeln, die absoluten Sichtschutz bot. Es war ein perfekter Platz für ein nicht offizielles Begräbnisritual.

Mit den Kanten der Spaten hackten wir ein ausreichend großes Rechteck in den Boden, teilten es in kleinere Stücke und hoben den Rasen beiseite. Dann fingen wir an zu graben.

Ich weiß nicht genau, was ich mir ausgemalt hatte, vielleicht die Vorstellung von einem wettergegerbten Totengräber, der tief unten in einer Grube steht und mit Schwung weichen Humus über die Schulter schaufelt. Eine halbe Stunde später waren wir keinen Deut weitergekommen. Wir schaufelten und schaufelten, bis wir ganz rot im Gesicht waren und uns der Schweiß in Strömen von der Stirn rann. Rebecka hatte ihre Jacke ausgezogen und über einen Zweig gehängt, und ich spürte bereits, wie meine Armmuskeln vor Anstrengung zitterten. Dennoch hatten wir nur eine lächerlich winzige Grube zustande gebracht. Sobald wir die oberste Erdschicht entfernt hatten, wurde der Boden steinhart, und die Spaten stießen in das Erdreich, ohne auch nur den geringsten Schaden anzurichten.

»Aha, das war echt schlau. Dass keiner von uns daran gedacht hat, dass bald Dezember ist. Hier gibt es ja schon Bodenfrost, verdammt nochmal«, sagte Rebecka und wischte sich den Schweiß von der Stirn.

»Nein, das ist nicht der Bodenfrost. Hier im Süden war es

noch nicht kalt genug. Die Erde ist ganz einfach hart. Vermutlich Lehmboden«, sagte ich, ohne eigentlich etwas zu wissen. Ich hoffte nur, dass es so war.

Ich weiß nicht, wie lange es dauerte, Yukos Grab zu schaufeln, aber es fühlte sich wie mehrere Stunden an. Und die ganze Zeit arbeiteten wir mit der Angst, vielleicht entdeckt zu werden. Das nächste Haus war das Pfarrheim, es lag ein paar hundert Meter entfernt, und immer wieder wanderten unsere Blicke dorthin, aus Furcht, dass in einem der Fenster das Licht angehen würde. Die Taschenlampen trauten wir uns nicht zu verwenden, wir gruben stattdessen in dem schwachen Schein der Straßenlaterne am Parkplatz, sie war unsere einzige Lichtquelle. Wir sprachen kein Wort. Nur vereinzeltes Ächzen war zu hören, wenn jemand mit dem Spaten auf einen Stein oder eine besonders hartnäckige Wurzel traf. Wir gruben und ächzten, gruben und ächzten.

Schließlich hatten wir eine Grube geschaffen, die ausreichend groß für einen menschlichen Körper war, auch wenn sie längst nicht so tief wie ein normales Grab war.

»Endlich. Ich dachte schon, wir würden nie fertig werden«, sagte Rebecka, rammte den Spaten in den Boden und stützte sich auf den Griff, während sie tief durchatmete. Torbjörn war vollkommen erschöpft und sank auf den kalten Boden, um sich auszuruhen. Ich war so müde, dass ich im Stehen hätte schlafen können.

Rebecka kratzte sich am Kopf und musterte die Grube.

»Ich bin trotzdem nicht ganz sicher, ob es reicht.« Sie schaute mich an. »Ich finde, wir sollten sie testen. Oder besser gesagt du.«

In meinem erschöpften Zustand begriff ich nicht, worauf sie hinauswollte.

»Was?«

»Du bist ungefähr so groß wie Yuko. Leg dich einfach mal rein, damit wir sehen, ob die Grube wirklich groß genug ist.«

»Rede keinen Unsinn. Ich soll mich ins Grab legen?«, sagte ich.

»Wieso? Wäre es denn besser, wenn wir die Leiche holen und dann erst merken, dass sie nicht reinpasst? Oder sollen wir vielleicht den Leichnam mit den Spaten in das Grab zwängen?«

Ich erschauderte. Bei dem Gedanken, Yukos Leiche noch einmal anfassen zu müssen, drehte sich mir der Magen um.

»Okay, okay. Dann mache ich's halt«, sagte ich.

Ich stieg in die Grube und legte mich auf den Rücken. Die Kälte aus dem Boden drang durch meine Kleider, und ich spürte, wie Lehmpartikel an meinem Haar kleben blieben. Um mich herum roch es nach frischem Humus.

So riecht es also, wenn man in einem Grab liegt, dachte ich und blickte nach oben in den Himmel. Erst jetzt sah ich, dass die Schneewolken sich verzogen hatten und Sterne zwischen den Wolkenfetzen hervorlugten. Im nächsten Augenblick glitt eine kompakte Wolke beiseite, und ein schöner Halbmond kam zum Vorschein, der den Friedhof in sein mattes Licht tauchte.

Ich spürte, wie mir plötzlich Tränen der Rührung und Trauer in die Augen stiegen. All das Schreckliche, was wir in dieser Nacht durchgemacht hatten, schien auf einmal wieder einen Sinn zu haben. Das hier war der Sinn des Ganzen, wir vier sollten Yuko hierher bringen und ihr endlich Ruhe schenken. Endlich kümmerte sich jemand um sie, die so einsam gewesen war. Bei dem Gedanken füllte sich meine Brust mit Stolz. Ich war stolz auf das, was wir trotz allem geschafft hatten. Aber dann wurde ich von Rebeckas Stimme über mir jäh aus meinen Gedanken gerissen:

»Ja, das scheint zu gehen. Komm wieder rauf, dann holen wir die Leiche.«

Wir legten die Spaten beiseite und gingen zurück zu der Stelle, an der das Auto stand. Oder besser gesagt gestanden hatte.

»Was zum Henker ...«?«, sagte Rebecka und starrte auf den leeren Vorplatz.

»Ich hab' es euch gesagt«, jammerte Torbjörn. »Dass er abhauen würde. Jetzt müssen wir den ganzen Weg nach Ryd zurückgehen, dafür brauchen wir mehrere Stunden. Und was ist mit Yuko?«

Hinter uns ertönte ein leiser Pfiff. Wir drehten uns um und sahen Pelles hagere Gestalt neben dem Wagen stehen, der nun vor einem Tor in der Friedhofsmauer parkte, so nahe an der Trauerweide wie möglich. Der gute Pelle, er hatte also genau verfolgt, was wir machten und sich entschlossen, uns doch zu helfen. Was immer Rebecka auch behauptete, wir brauchten Pelle. Ich brauchte Pelle.

Rebecka öffnete den Kofferraum, und die Wärme in meinem Magen wich sogleich einem kalten Klumpen aus Unbehagen. Allein der Anblick des Bündels jagte mir einen Schauer den Rücken hinunter. Jetzt mussten wir die Leiche erneut tragen.

»Ich schlage vor, dass ich sie unter den Armen nehme.

Malin übernimmt den mittleren Teil, und Torbjörn packt sie bei den Füßen. Okay?«, fragte Rebecka. Innerlich stieß ich einen Seufzer der Erleichterung aus. Rebecka hatte von sich aus die unangenehmste Aufgabe übernommen. Ich schickte ihr ein dankbares Lächeln. Dankbar auch, weil sie nicht mit Pelle schimpfte. Ich fragte mich, ob auch er dies zu schätzen wusste.

Bevor wir am Kofferraum unsere Positionen einnahmen, öffnete ich die hintere Wagentür und holte meinen Rucksack heraus. Dann ging ich zu Pelle und fragte ihn leise:

»Kommst du mit? Zur Bestattung? Bitte Pelle, nur das. Du brauchst nichts zu tun, nicht einmal hinschauen. Sei einfach nur dabei.«

Pelle antwortete nicht, aber als wir den Leichnam hochgehoben hatten und losgingen, folgte er uns in ein paar Metern Abstand.

Diesmal klappte es besser. Zu dritt gelang es uns, die Leiche in eine halbwegs stabile Lage zu bringen, und das weiße Laken verrutschte nicht. Wie bei einer feierlichen Bestattungsprozession betraten wir gemessenen Schrittes den Friedhof.

30

Yuko lag in der Grube, und die Zweige der Trauerweide umgaben ihre Ruhestätte wie ein Vorhang. Wir hatten ihr das weiße Tuch vom Kopf genommen, sodass ihr Gesicht zu sehen war. Abgesehen von der unnatürlichen Gesichtsfarbe, hätte man denken können, dass sie schlief. Yukos schwarze Haare waren offen ausgebreitet, und von der Seite war der Schnitt kaum zu sehen. Zum ersten Mal konnte ich sie als die betrachten, die sie einmal gewesen war. Ich fand, dass sie schön war.

Ich oben am Grab, den anderen zugewandt, die dicht beieinanderstanden. Wie meine Schäfchen. Bevor wir anfingen, kramte ich drei Gegenstände aus dem Rucksack: ein Psalmbuch, einen Strauß Rosen und ein Blatt Papier, das ich aus meinem Notizblock herausgerissen hatte. Ich gab Rebecka, Pelle und Torbjörn jeweils eine Rose, legte meine auf den Boden und gab Torbjörn mit einer Geste zu verstehen, dass er näher kommen sollte. Er stellte sich mit gezückter Taschenlampe neben mich, und ich entfaltete mein Blatt Papier. Mich hatte man zur Verantwortlichen für das Bestattungsritual ernannt. Nicht, weil ich religiöser als die anderen gewesen wäre; als wir den Punkt diskutiert hatten, war uns klar geworden, dass keiner von uns konfirmiert war. Aber ich war die Einzige, die schon einmal auf einer Beerdigung gewesen war. Ohne zu wissen, wie Yuko sich die ihrige gewünscht hätte, machten wir es auf die einzige Weise, die uns einfiel. Eine gewöhnliche christliche Beerdigung, so wie die meines Großvaters. Und aus ihm war, soweit ich wusste, nie ein Wiedergänger geworden.

Ich räusperte mich.

»Wir sind heute hier versammelt, um Abschied von Yuko Nakata zu nehmen und sie in Gottes Hände zu übergeben.«

Ich stockte und musste mehrmals schlucken, bevor ich weitersprechen konnte. Es fühlte sich viel feierlicher an, als ich erwartet hatte. Hier lag sie, nachdem sie ganz allein in ein fremdes Land auf der anderen Seite der Erdhalbkugel gereist war, wo sie niemanden kannte. Genau wie ich. Erst jetzt ging mir auf, weshalb das Ganze so wichtig für mich war. Ich wollte mich um Yuko kümmern, wie es einst meine Adoptiveltern für mich getan hatten.

Ich sah auf und blickte zu den anderen. Ihre Mienen waren ernst und feierlich. Rebecka stand dicht neben Pelle und hielt sich an seinem Arm fest. Pelle zeigte mit keiner Regung, ob ihm das gefiel, aber er schüttelte ihre Hand auch nicht ab.

Schließlich stupste Torbjörn mich an, und ich blickte wieder auf mein Blatt.

»Lasset uns beten«, sagte ich. Die Worte klangen altmodisch und ungewohnt in meinem Mund, aber so hatte es in dem Buch aus der Bibliothek gestanden. Ich senkte das Blatt ein wenig, damit ich mit gebeugtem Kopf dastehen konnte, und überlegte, ob ich die Hände falten sollte, aber es wäre zu umständlich, das Blatt auf diese Weise zu halten.

»Gott, unser Herr, Du bist die Quelle des Lebens. In Dir leben wir, bewegen wir uns, sind wir. Bewahre und liebe uns zu Lebzeiten und im Tode, und schenke uns die Gnade, in Dein Reich eintreten zu dürfen. Durch Deinen Sohn Jesus Christus, unseren Herrn. Amen.«

»Amen«, sagten die anderen wie ein Echo. Ich wusste, dass sie ebenso selten wie ich so etwas taten. Aber in dieser Nacht kam unser »Amen« von Herzen.

Um die Hände für den nächsten Schritt in der Zeremonie frei zu haben, gab ich Torbjörn meinen Zettel. Dann nahm ich das Psalmbuch. Ich schlug die entsprechende Seite auf und sagte:

»Wir singen jetzt Psalm 248.«

Wir sangen zusammen, ich mit der Nase im Psalmbuch und die anderen den Text auswendig, so gut es ging. Jeder auf seine Weise. Pelle mit Hingabe und variierender Sicherheit beim Treffen der Töne, Rebecka zögerlicher und so leise, dass man sie kaum hörte, und Torbjörn mit einer erstaunlich schönen und klaren Tenorstimme. In meinen Ohren klangen wir wie Engel.

Als wir fertig gesungen hatten, schlug ich das Psalmbuch zu und legte es wieder in den Rucksack. Es war nun Zeit, die Beisetzung abzuschließen.

»Gott unser Vater, wir übergeben Yuko Nakata in Deine Hände.«

Nach diesen Worten bedeckte ich Yukos Gesicht wieder mit dem weißen Laken. Ich nahm eine Handvoll Erde von einem Haufen neben dem Grab und warf sie auf den Leichnam, während ich verkündete:

»Aus der Erde sind wir genommen.«

Ich nahm noch eine Handvoll Erde auf.

»Zur Erde sollen wir wieder werden.«

Und dann:

»Jesus Christus, unser Erlöser, soll dich am Tag des Jüngsten Gerichts erwecken.«

Als ich fertig war, traten Torbjörn, Rebecka und Pelle nacheinander vor und legten ihre Rosen auf das weiße Tuch. Dann kniete ich mich neben das Grab, legte meine Rose nieder und flüsterte:

»Ruhe in Frieden, Yuko.«

Sicherheitshalber fügte ich noch ein Kreuzzeichen hinzu, bevor ich zu den anderen zurückging. Zusammen beendeten wir die Zeremonie mit einem Vaterunser. Und dann sagten wir unser letztes »Amen«. Yuko war begraben.

31

Es war kurz nach fünf Uhr morgens, als wir zurück nach Ryd kamen. Es hatte eine Weile gedauert, das Grab wieder zuzuschaufeln. Nicht so lange wie das Ausheben, aber wir hatten umso größeren Zeitdruck. Je näher der Morgen rückte, desto mehr stieg das Risiko, dass wir von einem zeitig aufgestandenen Aufpasser oder einem Frühpendler auf dem Weg zu seiner Arbeit in Linköping erwischt wurden.

Schließlich hatten wir es geschafft. Nachdem wir die Rasenstücke zurückgelegt und ordentlich mit den Spaten festgedrückt hatten, waren kaum noch Spuren zu erkennen. Sogar ich konnte kaum noch fassen, dass tatsächlich ein Leichnam darunter lag.

Nun saßen wir alle vier auf dem Parkplatz im Wagen, und Pelle hatte den Motor abgestellt. Eigentlich hätten wir erleichtert sein sollen. Erleichtert darüber, dass unsere Mission vollendet war, hätten wir in der Gewissheit, dass alles überstanden war, mit leichten Schritten ins Wohnheim hochspazieren und in unsere schönen Betten sinken müssen. Und am nächsten Tag würden wir zu unserem Alltag zurückkehren und das Geschehene nach und nach in den Tiefen unseres Bewusstseins verschwinden lassen.

Aber das Gefühl wollte sich nicht recht einstellen, weder

bei mir noch bei den anderen. Als ich zu den Fenstern in unserem Stock hochblickte, glaubte ich, kurz das bläuliche Licht im Aufenthaltsraum aufblitzen zu sehen. Eine Warnung, dass doch noch nichts vorüber war. Aber als ich fest blinzelte und noch einmal hinsah, war das Licht fort.

Schließlich brach Rebecka das Schweigen und sagte:

»Jetzt kommt, Leute, gehen wir rein und legen uns schlafen. Morgen wird sich alles besser anfühlen, das versichere ich euch.«

Wir öffneten die Wagentüren und stiegen aus. Alle außer Pelle.

Rebecka seufzte und klopfte an die Fensterscheibe.

»Komm, Pelle. Wir müssen schlafen.«

Pelle schüttelte den Kopf und kurbelte das Fenster herunter.

»Geht nur. Ich schlafe bei meiner Freundin.« Er warf Rebecka einen vielsagenden Blick zu. »Macht euch keine Sorgen, ich habe nicht vor, irgendjemandem zu erzählen, was wir gemacht haben.«

»Aber du kommst doch zurück, oder?«, fragte ich und hasste es, wie hilflos meine Stimme klang.

Pelle schaute mich an. Er sah traurig und müde aus.

»Ich weiß es nicht. Ich muss erst … Ich weiß es nicht.«

»Klar kommt er wieder«, sagte Rebecka und versuchte munter zu klingen. »Wenn wir das alles hinter uns gelassen haben, wird Pelle gar nicht anders können, als in die netteste WG von ganz Ryd zurückzukehren.«

»Wenn das, was wir gemacht haben, wirklich funktioniert, ja«, sagte Torbjörn düster.

Anfangs hatte es tatsächlich den Anschein, als habe es funktioniert. Ein paar Tage verstrichen, und es blieb alles ruhig in der Ryds Allé 23. Die Schuhe standen ordentlich an ihren Plätzen im Schuhregal, die Stimme in der Telefonleitung war verschwunden, und niemand richtete in der Küche ein Chaos an, wenn wir ihr den Rücken zukehrten. Man konnte fast glauben, dass nichts Besonderes passiert war.

Aber trotzdem war nichts mehr so wie vorher. Seit der Nacht, in der wir vom Friedhof zurückgekommen waren, schlief ich bei Rebecka. Darüber redeten wir nicht, es war für uns selbstverständlich. Ich duschte auch bei Rebecka, ich konnte mir nicht vorstellen, jemals wieder einen Fuß in mein eigenes Bad zu setzen.

Den Großteil meiner freien Zeit verbrachte ich mit Rebecka im Aufenthaltsraum, wo wir fernsahen oder Backgammon spielten, oder auf dem Balkon rauchten. Ich kaufte mit Rebecka Lebensmittel ein, ich ging mit Rebecka zur Waschstube, und wenn uns im Wohnheim die Decke auf den Kopf fiel, drehte ich mit Rebecka eine Runde in Ryd. Zur Universität fuhren wir hingegen nie.

Richards Eltern holten die Sachen aus seinem Zimmer ab. Mit verweinten Gesichtern und sichtlich von Gram gebeutelt, wollten sie uns für unseren heroischen Einsatz danken, mit dem wir ihren Sohn am Selbstmord hatten hindern wollen. Rebecka und ich rangen uns ein Lächeln ab, drückten ihnen unser Beileid aus und versprachen, die anderen zu grüßen, die gerade nicht da waren. Camillas Eltern kamen hingegen nicht vorbei. Wir nahmen an, dass sie die Hoffnung noch nicht aufgegeben hatten, dass ihre Tochter eines Tages zurückkommen würde.

Pelle kam zurück, aber nur, um seine Sachen im Kofferraum des Mazda zu verstauen und wieder zu verschwinden. Ich muss gestehen, dass ich seine Abreise nicht mit allzu viel Würde hingenommen hatte. Es kann sein, dass ich weinte und ihn anflehte, doch zu bleiben. Ja, womöglich schrie ich ihn sogar an und nannte ihn einen Verräter. Obwohl ich genau wusste, wie ungerecht das war.

Torbjörn war in gewisser Weise auch verschwunden. Er hockte in seinem Zimmer und weigerte sich herauszukommen, so sehr Rebecka auch versuchte, ihn mit Tee und Kuchen und seiner Lieblingssendung im Fernsehen zu locken. Es half auch nicht, dass wir ihm versicherten, dass jetzt alles in Ordnung sei und unsere Unternehmung tatsächlich funktioniert habe. Etwas war in Torbjörns Innerem vorgefallen, und was immer wir taten, es schien nichts daran ändern zu können.

»Na ja, besonders sozial war er ja noch nie, der liebe Torbjörn«, meinte Rebecka und versuchte, optimistisch zu klingen. »Wir müssen ihm ganz einfach ein wenig Zeit geben.«

Immerhin wussten wir, dass er lebte. Nachts verschwand Essen aus dem Kühlschrank, und in einer Nacht, während Rebecka neben mir schlief, hörte ich Schritte im Flur. Ich wartete nur auf schlagende Türen und herumfliegende Schuhe. Aber dann hörte ich das Klackern von Würfeln aus dem Aufenthaltsraum. Ich sah vor meinem inneren Auge, wie Torbjörn ganz allein dasaß und seine Steine über das Backgammon-Spielfeld schob. Obwohl ich eigentlich wollte, brachte ich es nicht über mich, aufzustehen und ihm Gesellschaft zu leisten.

Am Morgen des dritten Tages rief Johanna an. Es war das

erste Mal, dass mein Telefon seit dem Begräbnis klingelte, und ich wartete eine Weile, bevor ich mit zitternden Händen den Hörer abnahm. Johanna klang unsicher und zögerlich, als sie sagte:

»Hallo Malin, hier ist Johanna.«

Es war fast albern, wie sehr ich mich über ihren Anruf freute. Er erschien mir wie eine Rettungsleine aus der Außenwelt, ein Hoffnungsschimmer, dass ich eines Tages vielleicht doch wieder zu einem normalen Studentenleben zurückkehren könnte.

»Ich wollte mich nur melden und dir sagen, dass es mir leidtut«, sagte sie.

»Es braucht dir nicht leidzutun«, antwortete ich. »Ich verstehe, dass du wütend warst. Ich hatte kein Recht, mich in dein Liebesleben einzumischen. Das war blöd von mir.«

»Nein, ich war blöd. Und übrigens hattest du vollkommen recht«, sagte Johanna und seufzte. »Ich war eine naive Idiotin, und Daniel Lagerlöw ist ein richtiges Schwein. Das ist mir jetzt klar.«

»Was ist denn passiert?«

»Oh, nichts Besonderes. Ich habe ihn nur neulich im Herrgår'n erwischt, als er mit einer anderen rumgemacht hat. Die noch dazu Ulrika war.« Johanna versuchte, unbeschwert zu klingen, aber ich konnte hören, wie sie gegen die Tränen ankämpfte.

»Was? Mit Ulrika aus unserem Kurs?«

»Ja, genau die. Schöne Freundinnen hat man, was? Ich hab' eine richtige Szene gemacht und den beiden gesagt, dass sie zur Hölle fahren sollen. Diesmal aber wirklich.«

Johanna lachte auf. Es war ein verbittertes Lachen.

»Wer so dumm ist, muss halt leiden. Aber eines hab' ich dabei wenigstens gelernt.«

»Was denn?«

»Dass ich immer auf deine Beziehungsratschläge hören sollte. Und was ist mit dir? Bist du endlich wieder gesund? Ich hab' in dem neuen Kurs Bescheid gesagt, dass du krank bist, dann kriegst du keine Probleme wegen der Anwesenheitspflicht.«

»Danke, das ist lieb von dir. Und ja, ich bin mittlerweile wieder ganz gesund.«

»Ich rufe eigentlich auch wegen dem Kurs an«, sagte Johanna. »Pernilla, Micke und ich treffen uns heute um elf in der Bibliothek. Und ich habe mir erlaubt, dich auch in unsere Gruppe aufzunehmen. Ulrika, diese Kuh, kann sich eine andere Gruppe suchen. Fühlst du dich schon fit genug, um dazuzukommen? Du hast noch nicht so viel verpasst, das verspreche ich dir. Wir helfen dir auch.«

Ich zögerte kurz. Es fühlte sich sonderbar, fast obszön an, nach den Ereignissen der vergangenen Tage wieder in die Alltagswelt hinauszutreten. Und komisch, Rebecka allein im Wohnheim zu lassen. Aber ich dachte mir, dass Johannas Anruf vielleicht genau der Tritt in den Hintern war, den ich gebraucht hatte. Schließlich konnte ich mich nicht ewig im Wohnheim verstecken.

»Okay, wir sehen uns dort«, sagte ich.

32

Um kurz nach elf betrat ich die Bibliothek im Gebäude D und entdeckte ein vertrautes Gesicht. Wenige Meter von mir entfernt stand Dozent Peter Östlund und kramte in seinem Aktenkoffer. Ich blieb stehen und überlegte, was ich tun sollte. Yukos Tagebuch. Das hatte ich völlig vergessen. Ich fragte mich, ob Peter Östlund es ebenfalls vergessen hatte.

In dem Moment blickte Peter Östlund auf und sah mich. Erst schien er verwirrt, wie bei einer Begegnung mit jemandem, den man erkennt, aber nicht einordnen kann. Aber dann erhellte sich seine Miene.

»Ach, du bist es, die Studentin mit dem japanischen Tagebuch. Ich habe mich erst vor Kurzem gefragt, ob du wieder auftauchen würdest.«

Darüber brauchte ich mir also keine Gedanken mehr zu machen. Ich ging lächelnd auf ihn zu.

»Ja, ich bin es. Konntest du schon einen Blick ins Tagebuch werfen?«

»Ja, das habe ich dir ja versprochen. Wir können gleich in mein Büro gehen, wenn du Zeit hast. Ich habe erst nach dem Mittagessen wieder eine Vorlesung.«

Ich zögerte kurz. In der Bibliothek saßen Johanna und die anderen und warteten auf mich. Das Alltagsleben, nach dem ich mich so sehr gesehnt hatte, wartete dort. Andererseits war dies die einzige Möglichkeit, um herauszufinden, was eigentlich geschehen war. Und dem konnte ich nicht widerstehen.

Ich ging mit Peter Östlund die Treppen hoch und einen Flur entlang. Wir kamen an einer offenen Tür vorbei, und jemand rief ihm etwas zu.

»Entschuldige. Ich muss schnell mit meinem Kollegen eine Prüfungsnote besprechen. Das dauert nur einen Augenblick.«

Er verschwand in dem Zimmer, und ich blieb im Korridor stehen. Neben der Tür hing ein schwarzes Brett, und während ich wartete, las ich die Aushänge. Ein Stundenplan für einen »Einführungskurs in Cultural Studies« und die Prüfungsergebnisse in »Ostasiatische Gesellschaftsentwicklung nach dem Zweiten Weltkrieg«. Es war seltsam tröstend, fast hypnotisch beruhigend, die Zeilen mit den Noten und den Immatrikulationsnummern zu überfliegen.

Doch auf einmal nahm ich eine rasche Bewegung in meinem rechten Augenwinkel wahr. Es ging blitzschnell, und als ich mich umdrehte, war da nichts. Trotzdem wurde ich das Gefühl nicht los, dass soeben etwas Unbehagliches geschehen war.

Ich schloss die Augen und strengte mich mit aller Kraft an, um mir ein Bild von dem zu vergegenwärtigen, was ich gesehen hatte. Es war etwas Weißes gewesen, ein geduckter Umriss, der über den Korridor gehuscht war. Weiß und ... schwarz. Wie schwarzes Haar. Wie die Gestalt in meinem Badezimmerspiegel. Wie eine weiß gekleidete Frau mit schwarzem Haar. Wie Yuko.

Das Entsetzen schnürte mir die Kehle zu. Es geschah hier, in einem ganz gewöhnlichen Gebäude mitten auf dem Unigelände, dem unspektakulärsten Ort, den man sich vorstellen konnte. Es war hier. Es war alles andere als vorbei. Und jetzt hatte es das Wohnheim verlassen.

Ich schob mich dicht an der Wand bis zu der Ecke vor, hinter der die gebückte Gestalt verschwunden war. Alles in mir rebellierte gegen den Gedanken, die Ecke zu umrunden und dem entgegenzutreten, was dort wartete, aber ich konnte nicht anders. Ich schloss die Augen und atmete tief durch, um mein wild pochendes Herz zu beruhigen. Dabei murmelte ich leise vor mich hin:

»Auf drei geht's los. Eins. Und zwei. Und drei.«

Bei »drei« machte ich einen Schritt von der Wand weg und in den Korridor hinein. Ich schaute. Ich sah. Und ich schnappte so heftig nach Luft, dass mein Hals brannte.

Am anderen Ende des Korridors stand eine Frau. Sie trug ein weißes, lose sitzendes Kleid, das ihr bis zu den Knöcheln reichte. Sie schien keine Füße zu besitzen, sondern schwebte mehrere Zentimeter über dem Boden in der Luft. Der untere Teil des Kleids war nass und mit dunklen Flecken übersät. Sie hatte den Kopf nach vorn geneigt, dabei bedeckten die wirren, dunklen Haare ihr Gesicht wie ein Vorhang.

Sie bewegte sich nicht, ihre Arme hingen kraftlos herab. Aber auf sehr merkwürdige Weise bewegte sie sich doch. Ihr Abbild rückte ständig seitwärts, wie in einem Film, bei dem jede zweite Momentaufnahme entfernt worden war.

Die Körpersprache der Frau drückte eigentlich weder Bedrohung noch Aggressivität aus, sie stand einfach nur da. Es war nur Yuko. Nur ein Abbild von etwas, das so unwirklich war wie eine Figur in einem Film. Trotzdem war die Frau so unerträglich Furcht einflößend, dass ich die Hände vors Gesicht schlug.

»Da bist du ja. Ich habe mich schon gewundert, wo du steckst.«

Ich nahm die Hände vom Gesicht. Peter Östlund lugte freundlich um die Ecke. Ich schaute zurück zum Ende des Korridors. Keine Frau in Weiß mehr. Nur das Entsetzen brauste noch in meinem Kopf.

»Ist alles in Ordnung?«, sagte Peter Östlund und schaute mich fragend an. Ich schluckte trocken und versuchte, meine Stimme unter Kontrolle zu haben.

»Ja, ja klar. Ich bin nur …« Mehr fiel mir nicht ein, und ich verstummte.

»Gut, wollen wir dann in mein Büro gehen?«, fragte Peter Östlund, drehte sich um und ging in die andere Richtung. Ich folgte ihm und warf mehrmals einen Blick über die Schulter.

Es war offensichtlich, dass Peter Östlund sein Büro inzwischen schon länger bewohnte. Die Kartons waren weg, die Bücher standen ordentlich aufgereiht im Regal, und seine Sammlung von Netsuke-Figuren schien seit dem letzten Mal größer geworden zu sein. Ich betrat den Raum nach ihm und schloss die Tür sorgfältig hinter mir. Peter Östlund deutete auf das rote Sofa und bat mich, Platz zu nehmen. Er setzte sich auf den Stuhl vor dem Schreibtisch.

»Du siehst etwas blass aus. Möchtest du vielleicht, dass ich dir ein Glas Wasser bringe?«, sagte er und musterte mich besorgt.

»Nein, alles in Ordnung. Ich hatte die Grippe und bin nur noch ein bisschen schlapp. Wahrscheinlich hat mir die Treppe den Rest gegeben«, sagte ich und lächelte. Ich hoffte, dass meine Ausrede überzeugend klang, und schaute ihm geradewegs in die Augen, während ich versuchte, das Bild von der Frau in Weiß aus meinem Kopf zu verbannen.

Peter Östlund drehte sich um und nahm Yukos Tagebuch vom Schreibtisch. Er wog es in der Hand, bevor er sagte:

»Ich habe es mir wie gesagt mal genauer angesehen, wie ich versprochen hatte. Und es ist keine besonders lustige Lektüre, muss ich sagen.«

Er bedachte mich mit einem bekümmerten Blick, bei dem sich mir der Magen umdrehte.

»Was genau wolltest du eigentlich wissen?«

»Ich würde gern erfahren, wo ihre Familie wohnt, damit ich das Buch zurückschicken kann. Sofern sie es aus Versehen beim Flohmarkt abgegeben hat, meine ich.«

»Ausgerechnet in diesem Punkt kann ich dir leider nicht weiterhelfen. Nirgendwo wird eine Familie oder Heimatadresse erwähnt. Das Einzige, was man herauslesen kann, ist, dass sie aus Tokio kommt. Aus Nerima, genauer gesagt.«

»Nerima?«

»Einer von Tokios Distrikten in der Innenstadt. Insgesamt gibt es 23. Sie entsprechen unseren Stadtteilen.«

»Wie Lambohov und Vasastaden hier in Linköping?«

»Ja, nur ein bisschen größer«, sagte Peter Östlund und lächelte. »Nerima hat über 700 000 Einwohner. Und im Einzugsgebiet von Tokio wohnen 35 Millionen Menschen. Tokio ist also eine riesige Stadt, in der man sich leicht verlieren kann. Auf viele Weisen.«

Er erklärte nicht genauer, was er damit meinte.

»Steht irgendetwas darüber im Tagebuch, wieso sie sich entschieden hat, nach Schweden zu kommen?«, fragte ich.

»Nicht im Detail. Wie auch hier bei uns losen japanische

Universitäten oft die Plätze für Austauschstudenten aus, sie hat sich also sicher nicht direkt hierher beworben. Sie scheint sich das Leben hier anders vorgestellt zu haben. Man merkt beim Lesen, dass sie vieles in Schweden sonderbar findet, und sie hat nur schwer Zugang zum Essen und zur Sprache gefunden.«

Peter Östlund lächelte erneut.

»Das kenne ich aus eigener Erfahrung. Ich habe selbst in Tokio studiert und hatte auch so meine Schwierigkeiten, bis ich mich an rohen Fisch und an das Gedränge in der U-Bahn gewöhnt hatte. Wie ich damals scheint sie hier sehr einsam gewesen zu sein. Aber sie hat immerhin ein paar Kurse an der Universität besucht.«

»Schreibt sie denn nichts davon, was sie glücklich gemacht hat?«

»Doch, es hat offenbar einen Mann gegeben«, sagte Peter, und ich spürte, wie mein Herz schneller schlug. Ein Mann. Niemand aus dem Wohnheim hatte erwähnt, dass Yuko einen Mann kennengelernt hatte.

»Es scheint jemand zu sein, der in ihrer Nähe wohnt, denn sie schreibt, dass sie ihm das erste Mal in der Waschstube begegnet ist. Von ihm scheint sie jedenfalls sehr angetan zu sein.«

»Steht irgendwo, wie der Mann hieß?«, fragte ich und versuchte, nicht zu eifrig zu klingen.

»Ja, ich meine schon, dass es irgendwo steht«, sagte Peter und blätterte im Tagebuch. »Ja, hier steht es: ›Daniel-san‹. Das müsste er sein.«

Ich gefror innerlich zu Eis. Daniel. Der auch in der Ryds Allé wohnte. Der so gut darin war, Mädchen mit wenig

Selbstvertrauen um den Finger zu wickeln. Und der der Meinung war, dass asiatische Mädchen so »herrlich eng« waren. Dieser Arsch. Das musste er sein. Der Zorn vernebelte mir die Sinne, und ich hörte kaum zu, als Peter Östlund die Bedeutung des Suffixes-san im Japanischen erklärte. Das Ganze war also Daniel Lagerlöws Schuld. Er war dafür verantwortlich, dass Camilla und Richard tot waren und wir anderen in Gefahr schwebten. Er sollte an ihrer Stelle unter der Erde liegen.

»Und was ist daraus geworden?«, fragte ich. »Lief es gut mit diesem Daniel-san, oder wie er hieß?«

Peter Östlund sah ernst drein.

»Leider nicht. Der letzte Teil des Tagebuchs ist eine sehr traurige Lektüre.«

»Was ist denn passiert? Hat er Schluss gemacht? Hat er sie betrogen?« Ich konnte meine Wut nicht länger verbergen, und Peter Östlund sah mich verwundert an.

»Nun ja, ganz so war es nicht«, meinte er. »Die beiden scheinen gar keine richtige Beziehung geführt zu haben. Es war wohl eher eine einseitige Sache, die von ihr ausging. Fast eine Besessenheit. Sie schreibt, dass sie ihn an verschiedenen Orten gesehen hat und dass sie glaubte, er habe ihr zugelächelt. Möglicherweise haben sie mal im Supermarkt ein paar höfliche Phrasen gewechselt. Aber ich denke nicht, dass es jemals ... körperlichen Kontakt gegeben hat.«

»Aber was ist dann so traurig an dem Text?«, fragte ich verwirrt. Das hatte ich nicht erwartet.

Peter Östlund seufzte.

»Die letzten Tagebuchaufzeichnungen scheinen in äußerst erregtem Zustand verfasst worden zu sein, und es ist nicht ganz einfach, sie zu deuten. Aber es scheint, dass sie diesen Daniel mit einer anderen Frau gesehen hat, und zwar in einer intimen Situation. Ich glaube, es könnte sogar in dem Wohnheim gewesen sein, in dem sie gewohnt hat.«

Das Brausen in meinem Kopf schwoll an, und es flimmerte vor meinen Augen. Eine andere Frau. In ihrem Wohnheim. In unserem Stockwerk. Eine von uns.

»Erwähnt sie einen Namen? Steht etwas darüber da, wie sie heißt?«, fragte ich. Obwohl ich es eigentlich bereits wusste.

»Nicht wirklich. Aber es gibt ein Schriftzeichen, das könnte den Namen der Frau darstellen«, meinte Peter Östlund und tippte auf eine Seite. »Es gibt ein Kanji, das Kastanienbaum bedeutet. Aber welchen Namen es symbolisieren könnte, weiß ich nicht.«

Ein Kastanienbaum, dachte ich. Das perfekte Symbol für eine Frau mit lockigem, kastanienbraunem Haar und strahlend grünen Augen.

Rebecka.

»Danach hat sie nichts mehr ins Tagebuch geschrieben. Ich hoffe wirklich, dass sie über den Mann hinweggekommen ist«, sagte Peter Östlund. Er schlug das Tagebuch zu und sah mich forschend an.

»Aber wie ist eigentlich dein Verhältnis zu dieser Yuko? Ich finde, dass du dich ganz besonders für sie interessierst, dafür, dass du nur zufällig ein Tagebuch auf einem Flohmarkt gefunden hast. Bist du sicher, dass du sie nicht kennst?«

»Gar nicht … ich … ich wollte nur …«, stammelte ich und suchte verzweifelt nach einer Ausrede, während sich in meinem Kopf die Gedanken überschlugen. Mein Blick irrte durch den Raum, fiel auf die Holzschnitte an den Wänden, und plötzlich erinnerte ich mich an das Gemälde mit der traurigen Frau, das neben dem Sofa gestanden hatte, als ich das erste Mal hier gewesen war. Jetzt stand es nicht mehr dort, aber ich konnte es auch nicht bei den anderen Bildern an den Wänden finden.

»Das Bild, das hier stand, ich sehe es nirgendwo?«, sagte ich und deutete neben das Sofa.

Peter Östlund wirkte überrumpelt, protestierte aber nicht gegen meinen unerwarteten Themenwechsel.

»Meinen Onryō-Holzschnitt meinst du? Nein, den hab' ich nicht aufzuhängen gewagt. Ich bin zwar nicht sonderlich abergläubisch, aber mit einem Onryō treibt man besser keine Spielchen. Ich bin auf Nummer sicher gegangen und habe das Bild hinter das Sofa gestellt.

»Was ist ein Onryō?«

»Ein Onryō ist ein Teil des japanischen Volkstums und wird als der vielleicht gefährlichste Geist betrachtet. Es ist eine Art japanisches Gespenst, ein Yūrei, das in Frauengestalt auftritt und ständig auf Rache sinnt.« Während Peter Östlund mir das erklärte, beugte er sich über die Sofalehne und zog das Bild von der traurigen Frau hervor.

»Dieser Holzschnitt ist eine Illustration der Legende von Oiwa, einer der wohl bekanntesten japanischen Geistergeschichten. Sie hat ihre Wurzeln zu Beginn des 19. Jahrhunderts und wurde ursprünglich als ein Kabuki-Stück aufgeführt. Sie handelt von der unglücklichen Frau namens Oiwa, die einen untreuen Samurai heiratet. Er betrügt sie ständig, und irgendwann wird sie von ihrem Mann und dessen Liebhaberin vergiftet. Das Gift entstellt ihr Gesicht und sorgt dafür, dass ihr die Haare teilweise ausfallen. Schau dir das an«, sagte Peter Östlund und tippte gegen das Glas. Jetzt sah ich, dass die Gesichtszüge der Frau auf der einen Seite unnatürlich schlaff herabhingen und dass ihr langes schwarzes Haar Teile des Schädels nicht bedeckte.

»Als Oiwa sich im Spiegel erblickt und den Betrug ihres Mannes realisiert, wird sie so unglücklich, dass sie Selbstmord begeht«, fuhr Peter Östlund fort. »Ohne Skrupel heiratet der Mann sofort seine Geliebte, aber schon in der Hochzeitsnacht offenbart sich Oiwas Geist und bringt ihn dazu, seine neue Frau und deren Vater brutal zu ermorden. Jahrelang quält der Geist den untreuen Mann, und alle um ihn herum sterben entweder eines qualvollen Todes oder verschwinden spurlos. Am Ende flieht er in die Berge, aber Oiwa folgt ihm dorthin, und schließlich sieht er keinen anderen Ausweg, als auch den Freitod zu suchen. So endet diese schreckliche Geschichte. Noch heute lebt die Furcht vor rachelüsternen Onryō in Japan fort. Es ist Brauch, vor der Aufführung des Theaterstücks von Oiwa ein Opfer in einem besonderen Tempel in Tokio darzubringen. Damit den Schauspielern und Bühnenarbeitern nichts zustößt.«

Ich lauschte Peter Östlunds Worten mit einem zunehmenden Gefühl von Unwirklichkeit.

»Aber ist es denn nicht möglich, einen solchen Onryō irgendwie zu stoppen?«, fragte ich. »Wenn die Frau ihre Rache stillt und das Unrecht, von dem sie betroffen war, wiedergutgemacht wird?«

Peter Östlund lachte und schüttelte den Kopf.

»Wie in den hiesigen Gespenstergeschichten, meinst du? Wohl kaum. Japanische Geistergeschichten funktionieren nicht so. Es gibt nichts, was einen Onryō aufhalten kann. Gar nichts.«

»Was kann man denn dann tun?«, fragte ich, und meine Stimme war nicht mehr als ein Flüstern.

»Tja, um sein Leben rennen und das Beste hoffen, vermute ich. Auch wenn das vermutlich nichts bringt. Wenn ein Onryō einem auf den Fersen ist, sind die Aussichten leider sehr finster.«

Er schaute mich an, und das Lächeln verschwand mit einem Mal aus seinem Gesicht.

»Wie geht es dir? Du bist ja vollkommen blass ...«

Er verstummte und starrte erst mich, dann das Tagebuch – und dann wieder mich an.

»Du hast dieses Tagebuch nicht auf einem Flohmarkt gefunden, stimmt's?«, sagte er langsam. »Du weißt haargenau, wer Yuko ist, oder? Ich hätte schon längst den Bogen zu der Sache spannen müssen, von der ich neulich in einer Kaffeepause erfahren habe. Von dieser japanischen Studentin, die sich in einem Wohnheim in Linköping das Leben genommen hat. Wäre ich nicht neu hier, hätte ich davon schon bei deinem ersten Besuch gewusst. Das ist sie, stimmt's? Sie hat das Tagebuch geschrieben. Wohnst du etwa im selben Stockwerk wie sie?«

Ich nickte bedächtig. Mein Blick wurde ständig von der Frau auf dem Bild angezogen, und ich hatte es auf einmal furchtbar eilig. Ich musste zurück zu Rebecka und Torbjörn. Sofort. Ich machte ein paar Schritte in Richtung Tür und murmelte:

»Vielen Dank für die Hilfe, aber ich muss jetzt wirklich gehen.«

Peter Östlund bemerkte meinen Blick zu dem Holzschnitt und riss die Augen auf. Er stürzte auf mich zu und packte mich am Arm.

»Du hast etwas gesehen, stimmt's? Deshalb stellst du so viele Fragen. Deshalb siehst du so ängstlich aus. In deinem Wohnheim geschehen merkwürdige Dinge, und jetzt weißt du nicht, was du tun sollst. Ist es nicht so?« Die letzten Worte schrie er fast, und er umklammerte meinen Arm so fest, dass es wehtat.

Ich riss mich los und rannte aus dem Büro. Hinter mir hörte ich Peter Östlund rufen:

»Bleib weg von dort. Um Himmels willen, halte dich von diesem Wohnheim fern, so fern, wie du nur kannst.«

33

Ich war noch nie in meinem Leben so schnell Fahrrad gefahren. Bei jedem Tritt in die Pedale auf dem Weg zwischen der Uni und Ryd hallte die Botschaft von Dozent Peter Östlund in meinem Kopf wider. *Hört.* Tritt. *Nie.* Tritt. *Auf.* Tritt. *Hört.* Tritt. *Nie.* Tritt. *Auf.*

Als ich in die Ryds Allé kam, hatte ich Blutgeschmack im Mund, und meine Oberschenkelmuskeln brannten. Schon als ich am Parkplatz vorbeifuhr, sah ich das blaue Licht aus den Fenstern im dritten Stock leuchten, und mir war klar, dass die Angst, die mir die Kehle zusammenschnürte, absolut berechtigt war.

In dem Moment, als ich mein Fahrrad auf den Rasen vor dem Haus schmiss, wurde die Balkontür über mir so heftig geöffnet, dass die Glasscheibe splitterte und klirrend auf den Balkon fiel. Passanten auf dem Gehweg blieben stehen und blickten fragend zum Haus hoch. Aus dem Aufenthaltsraum ertönte das Klirren von Porzellan, das in die Brüche ging, und dann ein Schmerzensschrei. Es hörte sich wie Rebecka an.

Ich rannte die Treppe hoch und drängte mich an den Schaulustigen aus den Nachbarstockwerken vorbei, die sich vor unserer Tür versammelt hatten und versuchten, durch die blickdichte Scheibe zu spähen. Im Schein des blauen

Lichts, das von der anderen Seite herüberfiel, wirkten ihre Gesichter kränklich blass.

»Steigt eine Party bei euch, oder was?«, rief jemand, und die anderen lachten. Meine Hände zitterten, als ich den Schlüssel hervorholte und die Tür hinter mir zuzog.

Im ersten Moment starrte ich nur mit dem Rücken gegen die Eingangstür gelehnt in den Flur. Hinter mir hörte ich das Gemurmel der anderen Hausbewohner. Wie ich befürchtet hatte, war es nicht vorbei. All das Merkwürdige und Erschreckende, das in unserem Stockwerk passiert war, war wieder da, und zwar hundert Mal schlimmer.

Das blaue Licht drang pulsierend direkt aus den Wänden. Der eiskalte Schein verwandelte den Flur in einen gespenstischen Tunnel, der von einem lauten Rauschen erfüllt war. Auf dem Linoleumboden stand knöcheltief das Wasser. Als ich auf meine Füße herabblickte, reichte das Wasser bis zum Schaft meiner Winterstiefel, und als ich mit einem Fuß leicht aufstampfte, bildeten sich Ringwellen, die bis zu Pelles Tür reichten.

Aus dem Aufenthaltsraum erklangen wütende Stimmen, immer wieder unterbrochen durch das Klirren von Porzellan und vom dumpfen Aufprall mehrerer Gegenstände, die gegen eine Wand prallten. Aber ich konnte nichts sehen. Alle Zimmertüren standen weit offen und verstellten die Sicht. Auch die Türen von Camillas und Richards Zimmer standen offen, obwohl keiner von uns die Schlüssel dafür hatte.

Ich machte ein paar Schritte. Kaum tauchte mein Fuß ins Wasser, schien die nächstgelegene Tür ein klein wenig aufzuschwingen, als würde sie auf meine Bewegung reagieren.

Sobald ich innehielt, tat sie es mir gleich, aber bei meinem nächsten Schritt zuckte sie erneut. Es gab keinen Zweifel. Die Tür war hinter mir her.

Als ich aufblickte, sah ich, dass alle Türen sich bewegten. Ganz langsam schwangen sie in ihren Angeln hin und her wie eine Raubtierherde, die auf Beute aus war. Ich zwang mich, weiter in Richtung Aufenthaltsraum zu gehen. Im Nachhinein mag es seltsam erscheinen, dass ich mich nicht einfach umdrehte und davonrannte, aber in diesem Augenblick gab es nur einen einzigen Gedanken in meinem Kopf. Zu Rebecka und Torbjörn zu gelangen. Es war alles meine Schuld, und deshalb war es meine Pflicht, sie zu retten. Ich arbeitete mich Schritt für Schritt vor und murmelte mir selbst ermutigend zu:

»Alles halb so wild. Das ist nur eine optische Täuschung. Nichts von dem hier gibt es in echt. Kein blaues Licht, kein Wasser, keine schwingenden Türen. Es wird dich nicht verletzen. Ja, es hat Richard angegriffen. Und Camilla. Aber nicht dich.«

Wie ein Mantra wiederholte ich das, während ich den Flur entlangging. Ich umrundete die erste Tür links und wich dann nach rechts aus, um Pelles Zimmertür zu meiden. Ich hielt meinen Blick schnurgerade nach vorn gerichtet, fest entschlossen, alles um mich herum zu ignorieren. Am Rand meines Sichtfelds konnte ich die Türen ausmachen, die im Takt mit meinen Bewegungen hin und her schwangen und meinen Schritten mit ihren blinden Griffaugen folgten, aber ich sah nicht hin.

»Es wird gut gehen«, flüsterte ich. »Gleich bist du da. Es wird ganz wunderbar gehen.«

Und das tat es auch. Eine Weile.

Ich hatte Pelles und Camillas Zimmer hinter mir gelassen und befand mich auf Höhe meines eigenen, als ich Torbjörn im Aufenthaltsraum schreien hörte, schrill und hysterisch, immer wieder.

»Ihr Dreckskerle, ihr Dreckskerle, ihr Dreckskerle …«

Der Schrei brachte mich aus dem Konzept. Bevor ich meine Konzentration wiedererlangt hatte, rauschte die Tür meines Zimmers heran und traf mich an der Stirn. Mein Schädel explodierte vor Schmerz, und meine Knie gaben nach. Ich stöhnte auf, hielt mir den Kopf und sank zu Boden. Ich landete mit den Knien auf dem Linoleum. Meine Jeans verwandelten sich sofort in eiskalte nasse Umschläge.

Übelkeit stieg in mir auf. Ich dachte nur daran, dass ich aufstehen und so schnell wie möglich von der Tür wegmusste. Ich stützte mich mit den Händen ab, trotzte meinem schmerzenden Schädel und wollte mich aufrichten.

Ein Geräusch aus meinem Zimmer zwang mich innezuhalten und die Ohren zu spitzen. Die Tür zu meinem Bad stand offen. Von dort kam das Geräusch, ein schabendes, kratzendes Geräusch, bei dem ich eine Gänsehaut bekam.

Jemand war im Begriff, aus meiner Badewanne zu steigen.

Alles, was ich wollte, war fliehen, losrennen, abhauen, die Stadt verlassen und mich nie mehr umsehen. Aber ich war wie verhext von diesem Geräusch, von dem, was vermutlich gleich an der Tür auftauchen würde.

Ich kniete auf dem Boden, unfähig, mich zu rühren, und hielt die Luft an, während ich hörte, wie ein Körper dumpf auf dem Boden aufschlug. Dann folgte das Kratzen von Fingernägeln auf den Fliesen im Bad. Kurz darauf tauchte eine graue Hand mit langen Fingern in der Türöffnung auf und packte den Rahmen, um sich ein Stück weiter nach vorn zu ziehen. Wenig später folgte die zweite Hand. Stück für Stück aalte Yuko sich über den Boden, bis ihr Oberkörper außerhalb des Badezimmers war, und ich konnte ihr wirres, langes Haar und ihr fleckiges, nasses Kleid sehen.

Vor diesem Körper hatten wir uns in der Leichenhalle geekelt, und der lag jetzt auf einem Friedhof außerhalb von Linköping begraben. Oder doch nicht. Die Haut an den Händen und Armen, mit denen die Gestalt über das Linoleum im Eingangsbereich meines Zimmers kroch, schimmerte durchsichtig, sie war nicht bläulich und schimmelig wie in der Leichenhalle. An mehreren Stellen befanden sich dunklere Flecken, wo die Haut und das Fleisch verwest waren und die Knochen zutage traten. Von den beim Selbstmord zugefügten Schnittwunden war nur eine Masse aus Haut und Fleisch übrig, der in Fetzen vom Unterarmknochen baumelte.

So hätte Yukos Leiche ausgesehen, wenn sie im Wasser in der Badewanne liegen geblieben wäre, wenn niemand sie geholt hätte. Das hier war der Körper der im Stich gelassenen Yuko, die niemanden hatte; die in Ewigkeit im mit Blut vermischten Wasser gelegen hätte, während alle anderen ihr Leben weiterlebten, als sei nichts passiert. Sie war zurückgekommen, um dafür zu sorgen, dass wir das Geschehene nie vergessen würden.

Das Wesen, das einmal Yuko gewesen war, hatte fast meine Zimmertür erreicht. Ruckartig wandte sie sich mir zu und hob den Kopf, als witterte sie meine Anwesenheit. Bei der Bewegung fielen ihre schwarzen Haare zur Seite, und ich keuchte auf, als sich ihr Blick auf mich richtete.

Gott möge mir beistehen, niemals werde ich den Augenblick vergessen, in dem Yukos Blick auf mich fiel. In ihrem aufgedunsenen, bläulich schimmernden Gesicht hing die Haut von den Wagen, und die Augen glühten tief in ihren Höhlen. Noch nie hatte ich einen so unbarmherzigen Hass gesehen, einen Hass, der sich in mein Bewusstsein bohrte. »Was willst du?«, wollte ich schreien. »Ich habe dir nichts Böses getan. Wir haben dich doch begraben. Warum tust du mir das an?«

Aber aus meiner zugeschnürten Kehle drang kein Laut, und panisch wich ich vor dem Wesen zurück.

Ein plötzlicher Schlag gegen meinen Rücken ließ mich zusammenfahren. Ich war gegen die schwingende Tür hinter mir gelaufen. Der Schlag warf mich quer über den Flur, und ich landete im Eingangsbereich von Richards Zimmer.

Während ich versuchte, wieder auf die Beine zu kommen, hörte ich das schabende Geräusch erneut, ganz in der Nähe. Ich blickte in den Flur hinaus und fürchtete, Yuko auf mich zukriechen zu sehen. Aber dann ging mir auf, woher das Geräusch kam.

Nur einen Meter von mir entfernt, stand die Tür zu Richards Bad einen Spaltbreit offen – und von dort kam das vertraute Schaben. Dann der dumpfe Aufprall und das Kratzen von Fingernägeln auf den Fliesen, genau wie vor wenigen Augenblicken. Ich war felsenfest davon überzeugt, dass in nur wenigen Sekunden auch hier Yuko in der Tür auftauchen würde. Obwohl das eigentlich völlig unmöglich war.

Mit letzter Kraft riss ich mich aus der lähmenden Starre und hechtete in den Flur. Ich warf einen Blick über die Schulter, sah die graue Hand hinter der Tür hervorkommen und wusste, dass ich mich beeilen musste.

Mit starr nach vorn gerichtetem Blick kroch ich auf Händen und Knien in Richtung Aufenthaltsraum. Dabei warf ich mich hin und her, um den lauernden Türen auszuweichen. Aus dem Augenwinkel sah ich, wie neue Ausgaben von Yukos Geist in Torbjörns und Rebeckas Zimmern über den Boden krochen. Yuko war überall, und ich krabbelte so schnell weiter, dass das Wasser in alle Richtungen spritzte.

34

Erschöpft sackte ich im Aufenthaltsraum zusammen. Mein Kopf war von einem lauten Brausen erfüllt. Ich sah nichts, fühlte nichts und hörte nichts, nur mein heftig pochendes Herz und mein angestrengtes Keuchen.

Ich blieb auf der Seite liegen, bis meine Atmung sich beruhigt hatte und die Wirklichkeit wieder langsam in mein Bewusstsein sickerte. Ein Sinn nach dem anderen erlangte wieder Funktionsfähigkeit. Ich streckte die Hand aus und spürte den Boden unter mir. Er war vollkommen trocken. Über mir hörte ich jemanden laut jammern und schnell atmen. Schließlich hatte ich die Kraft, den Kopf zu heben und aufzusehen.

Im Aufenthaltsraum herrschte ein schlimmeres Chaos als je zuvor. Die Sofakissen waren zerfetzt, und gelbliche Stücke von altem Schaumgummi lagen im Raum verteilt. Geschirr aus der Küche lag in Scherben auf dem Boden. Im Fernsehen lief die Seifenoper »Emmerdale« mit ohrenbetäubender Lautstärke.

Ich setzte mich langsam auf. Dann drehte ich mich um und lugte in den Flur. Noch war keine Yuko zu sehen, nur die Türen schwangen sachte hin und her und erzeugten kleine Wellen im Wasser auf dem Boden.

Mitten im Aufenthaltsraum kniete Rebecka. Von ihr kam das Wimmern. Sie hatte eine große Wunde am Kopf, und an einer Seite hatte sich ihr lockiges Haar in einen dunklen, blutigen Klumpen verwandelt. Sie presste eine Hand auf die Wunde, und zwischen ihren Fingern quoll Blut hervor. Das sah gar nicht gut aus.

Über Rebecka gebeugt, stand Torbjörn. Seine Augen waren schwarz vor Zorn. Er hatte seine Brille verloren, sein T-Shirt war blutig, sein Atem ging schwer und keuchend.

»Du lügst! Gib zu, dass du lügst!«, schrie er ihr ins Gesicht. Spucke regnete auf sie herab. »Du oder einer von den anderen. Ihr habt irgendeinen Scheiß gemacht, ich weiß es! Und jetzt wird sie uns alle deswegen umbringen. Es muss ein Unrecht sein. Das muss es sein!«

Rebecka schüttelte den Kopf und zischte mit zusammengebissenen Zähnen:

»Nein, habe ich gesagt. Ich habe kein verfluchtes Unrecht begangen. Und ich habe keine Ahnung, warum das nicht aufhört. Lass mich jetzt gehen, Torbjörn, und hol Hilfe. Ich bin verletzt, das siehst du doch.«

Aber Torbjörn machte keine Anstalten, sie in Ruhe zu lassen. Er ballte die Fäuste vor ihrem Gesicht. Es sah aus, als wolle er sie schlagen, und ich stemmte mich so rasch wie möglich auf die Beine. Durch die hastige Bewegung drehte sich alles in meinem Brummschädel, und ich machte ein paar schwankende Schritte vorwärts.

»Hör auf, Torbjörn«, sagte ich. Meine raue Stimme kam mir selbst fremd vor.

Als Torbjörn mich hörte, richtete er sich auf und drehte sich zu mir um. Instinktiv zuckte ich zurück. Er sah furchtbar aus. Auf der rechten Seite seines Brustkorbs war sein T-Shirt zerrissen und blutig, und eine Porzellanscherbe ragte aus einer Wunde. Er war sich mit den Händen durch das Gesicht gefahren, und seine blassen Wangen waren mit Blut verschmiert, in seinem Blick glühte der Wahnsinn. Er war kaum wiederzuerkennen.

Es war, als habe jemand in Torbjörn einen Schalter umgelegt. Einen Schalter, der den alten Torbjörn durch den Irren ersetzt hatte, der nun vor mir stand. Der Nerd, der in der Krisensituation in der Leichenhalle gezeigt hatte, dass er der Stärkste von uns war, hatte dem Druck nicht mehr standgehalten und die Grenze zum Wahnsinn überschritten. Und wer konnte ihm das vorwerfen?

»Du …«, sagte er und machte ein paar Schritte auf mich zu. »Und was ist mit dir? Du weißt ja so viel über Yuko. Siehst sogar aus wie sie.«

Während er das sagte, streckte er die Hand aus und packte eine Haarsträhne. Das tat weh, und ich beugte den Kopf zu ihm hin, damit er mir die Haare nicht ausriss. Ich hielt die Luft an.

»Hast du eine Erklärung für das alles? Kannst du mir erklären, warum ein verdammter Porzellanteller in meiner Brust steckt? Hä, kannst du das?« Bei den letzten Worten kippte seine Stimme ins Falsett. Am liebsten hätte ich mir die Ohren zugehalten. Er stand ganz dicht vor mir, und ich nahm den Geruch von Schweiß und Blut war. Und Entsetzen.

»Weiß du's? Weißt du, wessen verdammte Schuld das ist?«

»Ich weiß nichts«, sagte ich und schüttelte den Kopf. »Vielleicht ist es die Schuld von niemandem. Vielleicht geschieht es einfach, Torbjörn. Lässt du jetzt bitte meine Haare los?«

Torbjörn schob sein Gesicht nahe an meines und schnupperte wie ein Jagdhund. Dann grinste er. Ein wahnsinniges Grinsen, bei dem es mir kalt den Rücken herunterlief. Aber immerhin ließ er meine Haare los.

»Du weißt was. Ich sehe dir an, dass du was weißt.«

Ich schüttelte erneut den Kopf und sah, wie Torbjörns Augen vor Hass schwarz wurden. Bevor ich ausweichen konnte, hatte er mich mit seiner Rechten am Kragen gepackt. Er schnürte mir die Luft ab.

»Sag es jetzt«, zischte er mir ins Ohr. »Es ist das Einzige, was uns retten kann. Oder willst du lieber D-I-E?«

Vergebens versuchte ich, Luft durch meine zusammengequetschten Atemwege zu saugen. Helle Punkte tanzten vor meinen Augen.

»Bitte, hör auf«, schluchzte ich. Ich wollte ihm in die Augen blicken und Kontakt mit dem lieben, fürsorglichen Torbjörn herstellen, der, da war ich überzeugt, immer noch irgendwo in ihm schlummerte. Aber ich fand nur Finsternis in seinem Blick. Ich versuchte seine Finger zu lösen, aber sein Griff war unglaublich stark für seinen schmächtigen Körperbau. Bald würde mir der Sauerstoff ausgehen, und ich spürte, wie mein Bewusstsein schwand. Mir blieb keine andere Wahl, ich musste mich seinem Willen fügen.

»Ja. Ja, ich sage es dir«, keuchte ich und schluchzte vor Erleichterung auf, als der Druck nachließ und Torbjörn ein paar Schritte zurück machte. Es brannte wie Feuer in meiner Luftröhre, als ich gierig den ersten Atemzug machte. Vor mir saß Rebecka und starrte uns verblüfft und entsetzt an.

»Na?«, sagte Torbjörn, die Hände in die Hüfte gestemmt.

Ich hustete ein paarmal, um meine Stimme wieder auf Vordermann zu bringen.

»Ja, ich habe was herausgekriegt. Aber es ist überhaupt nicht sicher, ob das irgendeine Rolle ...«

»Sag es einfach. Jetzt«, fauchte Torbjörn und trat wieder auf mich zu. So nah, dass mich die Scherbe berührte, die aus seiner Brust ragte.

»Es stand etwas in ihrem Tagebuch ... über einen Typen, den sie mochte ...«

»Ja?« Die Scherbe wurde noch fester gegen mich gedrückt.

»Er hieß Daniel, und er ...«

»Ja?« Noch fester. Torbjörns Geduldsfaden war definitiv kurz davor zu reißen.

»... hat mit einer anderen geschlafen. Hier im Stockwerk.«

»Was, mit wem?«, fragte Torbjörn verwirrt. Ich schaute zu Rebecka und sah, wie sich ihre Augen vor Überraschung weiteten. Torbjörn folgte meinem Blick. Im nächsten Moment verzerrte sich sein Gesicht vor Wut, und er zeigte mit ausgestrecktem Arm auf Rebecka, während er schrie:

»War sie das? Meinst du sie?«

Ohne eine Antwort abzuwarten, stürzte er auf Rebecka zu und packte sie so heftig am Arm, dass sie vor Schmerz aufschrie.

»Warst du das? Hast du mit einem Typen geschlafen, der Daniel heißt?«

»Ja, habe ich vielleicht«, erwiderte Rebecka. »Ich hab' wahrscheinlich mit einer ganzen Reihe von Typen geschlafen, die Daniel heißen, was weiß denn ich?«

»Aber mit *dem* Daniel? Hast du mit *dem* Daniel geschlafen, von dem Yuko in ihrem Tagebuch geschrieben hat?«

»Ich weiß es nicht, vielleicht. Aber was spielt das für eine

Rolle? Ich wusste doch nicht, dass sie verknallt war. Es hat nichts bedeutet.«

»Es ist wirklich nicht entscheidend«, meldete ich mich beschwichtigend zu Wort. »Das war nicht …«

Aber Torbjörn hörte nicht auf mich, packte Rebeckas Arm noch fester und riss sie fast vom Boden hoch, als er brüllte:

»Nichts? Nennst du das hier nichts? Das ist alles deine Schuld. Yuko, Camilla, Richard. Du hast sie alle umgebracht. Alle!«

Ich dachte, er würde sie gleich erwürgen, aber stattdessen wandte er sich um und rannte in die Küche. Wir hörten, wie er vor sich hin murmelte und fluchte und in dem Chaos herumfuhrwerkte.

Ich lief zu Rebecka und kniete mich neben sie.

»Es ist doch nicht meine Schuld, oder? Es liegt doch nicht an mir, oder? Ich wusste ja nicht …«, flüsterte sie und blickte mich mit großen, ängstlichen Augen an.

»Ich weiß«, sagte ich. »Aber komm jetzt, wir müssen von hier weg.«

»Aber mein Kopf …« Rebecka nahm die Hand weg, und ich sah die losen Hautfetzen und die darunter sichtbare Schädeldecke.

»Darum kümmern wir uns später. Es sieht nicht so schlimm aus«, log ich.

Ich legte Rebecka einen Arm um die Schultern und half ihr auf die Beine. Auf mich gestützt, machte sie ein paar unsichere Schritte vorwärts. Es schien zu klappen.

»Schau, das geht doch wunderbar. Jetzt gehen wir beide von hier weg«, sagte ich aufmunternd und führte Rebecka in den Flur hinaus. Es waren ungefähr zwanzig Meter bis zum

Ausgang, das sollte kein Problem sein. Solange wir den schwingenden Türen auswichen. Aber dann hielt ich inne. Mir rutschte das Herz in die Hose.

Aus allen Zimmern kam Yuko angekrochen, den Bauch im Wasser, das weiße Kleid hinter sich her schleifend. Sechs Ausgaben derselben schwarzen, wirren Haare, derselben verrotteten Haut und derselben ruckartigen, aber dennoch unbarmherzig vorwärtsstrebenden Bewegungen. Und im exakt selben Moment, als könnten sie unsere Anwesenheit spüren, hoben alle sechs Yukos ihre Köpfe und starrten uns mit demselben hasserfüllten Blick an. Neben mir schrie Rebecka auf und wand sich wie ein Wurm, während sie ständig wiederholte:

»Nein, nein, nein, nein.«

Ich sah mich verzweifelt nach einem anderen Ausweg um.

»Wir müssen auf den Balkon. Das ist der einzige Weg.«

»Aber wir können doch nicht vom Balkon springen«, protestierte Rebecka.

»Springen, klettern, um Hilfe rufen, was weiß ich. Aber wir müssen raus. Jetzt!«

Dann hörte ich hinter meinem Rücken rasche Schritte. Ich drehte mich um und sah etwas aufblitzen, aber bevor ich Rebecka warnen konnte, war es schon zu spät. Die scharfe Klinge sauste durch die Luft und vollführte ihre grauenhafte Mission, bevor ich sie stoppen konnte.

Wie im Film sah ich, wie sich Rebeckas Mund öffnete und ein überraschtes »Oh« von sich gab. Quer über ihren Hals zeichnete sich ein roter Strich ab, der sich langsam mit Blut füllte und sich zu einer klaffenden Wunde weitete. Ich konnte nur dabei zusehen, wie noch mehr Blut über ihr blutiges

Hemd strömte, und ich spürte, wie ihr Körper schwer und schlaff wurde, bis sie sich nicht mehr aufrecht halten konnte.

Rebecka sank zu Boden. Ich drehte mich um und sah Torbjörn mit hängenden Armen hinter uns stehen. Er hatte Pelles großes Küchenmesser in der Hand. Hellrote Blutstropfen fielen auf das Linoleum. Als Rebecka den letzten gurgelnden Atemzug tat, verschwanden das Licht, das Wasser und sämtliche Visionen von Yuko, als hätte es das alles nie gegeben. Torbjörn ließ das Messer mit einem Klirren fallen und strich mir tröstend über den Arm.

»Jetzt ist es vorbei. Jetzt wird alles gut. Das Unrecht ist gerächt. Jetzt wird alles gut«, sagte er. Immer wieder.

Das tat er auch noch, als die Polizei kam und ihn mitnahm.

35

In den zehn Jahren, die seit der Katastrophe in der Ryds Allé 23 vergangen sind, habe ich sehr oft über ein Wort nachgedacht: Sinn.

Ich bin immer mehr davon überzeugt, dass die Suche nach Sinn eine der grundlegenden Antriebskräfte des Menschen sind. Ständig grübeln wir über den Sinn des Lebens nach, besuchen Kurse für Persönlichkeitsentwicklung und rennen zum Therapeuten, um einen tieferen Sinn zu finden. Und das Schlimmste, was wir uns vorstellen können, ist, dass das Leben seinen Sinn verliert und wir dadurch komplett den Halt verlieren.

Ich glaube auch, dass die Essenz des Sinns, den wir suchen, Gerechtigkeit und Vorhersehbarkeit ist. Dass Handlung A stets zu Folge B führt, und nicht zu C. Dass es Ordnung und Regeln gibt und das Gehalt am Freitag. Dass die Helden immer weiße Hüte tragen und die Schurken schwarze. Dass das Mädchen, das zu Beginn des Horrorfilms verantwortungslosen Sex hat, als Erste stirbt. Ohne Sinn im Dasein werden wir zu einer Herde verlorener Lämmer ohne Möglichkeit, nach Hause zu finden.

In diesen zehn Jahren habe ich jedoch begriffen, dass der Verlust von Sinn im Leben nicht das Schlimmste ist. Das Schlimmste ist einzusehen, dass es nie einen gegeben hat. Es war dieser Gedanke, der mich zum Ende meiner Geschichte getrieben hat. Zu einem Hausdach in Tokio in der Morgendämmerung.

Torbjörn täuschte sich. Es wurde nicht alles gut. Für keinen von uns.

Torbjörn wurde von der Polizei abgeführt und landete in Untersuchungshaft. Wegen Mordverdacht. »Der Studentenmörder von Linköping« beherrschte die Schlagzeilen im ganzen Land. Eine Woche später wurde Torbjörn tot in seiner Zelle aufgefunden. Mit genügend Entschlossenheit reichen drei Meter Anlauf, um den Schädel an einer Betonmauer zu zertrümmern. Das Resultat sorgte dafür, dass sich zwei Wärter und ein Sanitäter im Gang vor der Zelle übergaben.

Auch Rebeckas Leiche wurde in die Leichenhalle von Linköping gebracht, als die Techniker den Tatort gesichert hatten. Dort blieb sie fast zwei Wochen, während ihre geschiedenen Eltern darüber stritten, in welchem Familiengrab sie bestattet werden sollte.

Der Diebstahl von Yukos Leiche wurde der Polizei gemeldet, aber die Ermittlungen über den Zusammenhang mit den anderen mystischen Ereignissen in dem Stockwerk in der Ryds Allé 23 kamen zu keinem schlüssigen Ergebnis. Und als die Reste einer Leiche ein Jahr später auf rätselhafte Weise auf dem Friedhof in Vikingstad auftauchten, wurde auch hier kein Zusammenhang hergestellt. Die Leiche konnte nicht identifiziert werden. Auch Camillas Verschwinden wurde nie geklärt, und niemand erhob Anspruch auf die 100 000 Kronen, die von den Eltern als Belohnung für jeden Hinweis ausgesetzt waren, der zur Lösung des Falles führte.

Von Pelle weiß ich nichts. Ich hoffe, dass er am Leben ist und dass es ihm gut geht; dass wenigstens einer von uns heil davongekommen ist. Seit dem Aufkommen des Internets habe ich manchmal nach ihm gesucht, wenn ich die Gelegenheit dazu hatte. Aber bislang habe ich ihn noch nicht finden können.

Und was ist mit mir? Tja, nachdem die Polizei mich vernommen hatte, packte ich das Nötigste in meinen großen Rucksack, stopfte alles andere in Yukos Kartons im Keller und verließ Linköping. Meine Eltern wollten, dass ich wenigstens über Weihnachten nach Hause kam. Ich sollte mich von dem Schock erholen und in Ruhe über meine Zukunft nachdenken. Aber sie protestierten auch nicht allzu vehement, als ich ablehnte und ihnen sagte, dass ich stattdessen die weite Welt bereisen wollte.

Vermutlich sahen sie die Reise als Ausdruck meiner rastlosen Seele und meiner Sehnsucht, meine Wurzeln zu finden. Vielleicht ahnten sie bereits damals, als ich zu ihnen gekommen war, dass ich ihnen nur leihweise gehörte, was weiß ich? Im Laufe der Jahre ist unser Kontakt immer sporadischer geworden, und ich denke, dass sie inzwischen die Hoffnung aufgegeben hatten, dass ich wieder zurückkehren würde. In meinen dunklen Stunden glaube ich nicht einmal, dass ich ihnen fehle. Aber immerhin überweisen sie weiterhin jeden Monat Geld auf mein Konto.

Außer dem Rucksack nahm ich noch etwas aus der Ryds Allé 23 mit. Die Schuld. Und diese ist unendlich schwerer zu tragen. Was ich mir bei meiner Abreise dabei dachte, weiß ich selbst nicht genau, es war wohl nicht mehr als der diffuse Gedanke, dass ich die Schuld so weit mit mir fortnehmen würde, wie ich konnte. Dass ich andere vor dem Schicksal bewahren konnte, das wir erlitten hatten, indem ich so viele Kilometer wie möglich zwischen mich und das Wohnheim legte. Als hätte ich einen Fluch auf mich genommen.

Über zehn Jahre lang bin ich von Ort zu Ort gezogen, von Kontinent zu Kontinent. Dorthin, wo das Leben wenig kostete und der Zugang zu Arbeit leicht war.

Etwas hatten diese Orte alle gemeinsam: ein Gefühl von Unverbindlichkeit. Ich reiste zu Schnorchelinseln, Touristenattraktionen und Wallfahrtsorten, wo die Beziehungen oberflächlich sind und die Leute nur vorübergehend wohnen. An solchen Orten gibt es kein »sie« und »wir«, keine Insider und Outsider. Hier gibt es keine Angst vor dem Fremden, niemand, der Andersaussehenden blöde Sprüche hinterherruft, um die eigene Furcht zu vertuschen. Manchmal erzähle ich, dass ich aus Schweden komme, manchmal aus Korea. Einmal sagte ich sogar Nepal, einfach nur, um es mal auszutesten. Es schien allen egal zu sein.

So habe ich gelebt. In Zimmern und Bungalows mit Kakerlaken und surrenden Deckenventilatoren. Allein. Und doch nicht allein. Manchmal habe ich eine weiß gekleidete Gestalt in meinem Bad gesehen, habe ein seltsames Rauschen in der Telefonleitung gehört oder Dinge an Stellen in meinem Zimmer gefunden, wo sie vorher nicht gelegen hatten. Und wenn die Zeichen deutlich genug wurden, zogen wir stets weiter. Ich und Yuko. Auf diese Weise habe ich versucht, meine Schuld abzudienen.

Aber meine Schuld ist heute nicht geringer als vor zehn Jahren, und ebenso fruchtlos ist mein Grübeln über das Geschehene, über meine Jagd nach einem Sinn hinter all den Ereignissen.

»Der Weg in die Hölle ist mit guten Vorsätzen gepflastert«, heißt es. Und wir aus dem Wohnheim in der Ryds Allé hatten nichts als gute Vorsätze. Wir trugen keine schwarzen Hüte, wir waren keine Superschurken, die das verdienten, was uns zustieß. Wir taten nur das Beste im Rahmen unserer Möglichkeiten. Es gab keinen bösen Plan, der Rebecka dazu veranlasste, mit Daniel zu schlafen. Es gab keinen tieferen Sinn in der Tatsache, dass Richard ausgerechnet während der Séance von seinem Kongress zurückkam oder dass Camilla sich entschloss, ausgerechnet an diesem Abend ein Bad zu nehmen. Und es war nur Zufall, dass ich in Yukos Zimmer gezogen war.

Natürlich hatten wir alle Schwächen, die zur Katastrophe beigetragen haben. Ich hatte meinen Minderwertigkeitskomplex. Camilla ihre Eitelkeit. Richard seine Arroganz und Pelle seine Feigheit. Rebecka hatte ihre Sucht nach Bestätigung und Torbjörn seine Sturheit. Aber letztlich war unser einziger Fehler die Suche nach Sinn. Vollauf damit beschäftigt, das Begräbnis zu planen und nach einem möglichen Unrecht zu suchen, übersahen wir das, was eigentlich entscheidend war. Dass es Dinge auf dieser Welt gibt, die keinen Sinn haben.

36

»Das hier kann der Augenblick sein, der unser Leben für immer verändert.«

Das hat er gesagt, der Amerikaner. An einem Strand bei Sonnenaufgang auf der letzten Insel.

Ich weiß nicht, wie lange ich es geschafft hätte, so weiterzuleben. Vielleicht noch zehn Jahre. Vielleicht fünf Jahre. Vielleicht nur eins. Ein Menschenleben im Vakuum, belastet von Schuld und verlorenem Sinn, ist qualvoll zu ertragen. Aber dass ausgerechnet diese Insel die letzte war, beruhte auf zwei Dingen. Zwei einzelnen Ereignissen, die zeitlich und räumlich zusammenfielen, sonst aber nicht zusammenzuhängen schienen. Im Leben einer anderen Person hätten sie keine Bedeutung gehabt. Aber in meinem Leben veränderten diese beiden Dinge alles. Eine vergessene Zeitung und ein illegal kopierter Videofilm.

Es geschah vor drei Tagen nach der Lunch Hour. Ich war fast fertig mit Putzen in dem Restaurant, in dem ich manchmal arbeitete. An einem der langen Tische lag eine vergessene Zeitung zwischen Pad-Thai-Resten und Cola-Dosen. Das *Aftonbladet*, eine Woche alt. Es kam ab und zu vor, dass ich schwedische Sachen fand. Eine Zeitung da, einen Krimi dort, eine vergessene Shampooflasche mit schwedischem Etikett, wenn ich einen Bungalow sauber machte. Dann zog sich jedes Mal mein Magen vor Heimweh zusammen. Nicht einmal zehn Jahre auf der Flucht konnten diese Sehnsucht lindern.

Die Schlagzeile auf der Titelseite des *Aftonbladet* an jenem Tag hatte vom Krieg gehandelt, aber eine kleinere Überschrift ganz unten auf der Seite lenkte meine Aufmerksamkeit auf sich.

»Nach zahlreichen Vorfällen: Stockwerk in Studentenwohnheim geschlossen.«

Mit zitternden Fingern blätterte ich zum Artikel, der über die ganze Seite ging, und ein einziger Blick auf das Foto, das ihn illustrierte, reichte mir, um Gewissheit zu haben. Die Ryds Allé 23 hatte sich nicht verändert. Dieselben Balkons, das gleiche Durcheinander von Fahrrädern vor dem Eingang und alles heruntergekommen wie eh und je.

Der Artikel begann so:

»Ist es nur Zufall, oder birgt dieses Haus ein dunkles Geheimnis? Niemand weiß es. Im Laufe von über zehn Jahren ereigneten sich in ein- und demselben Wohnheim in Linköping nicht weniger als sieben gewaltsame Todesfälle und spurloses Verschwinden in drei Fällen. Die jüngste Tragödie geschah erst vor zwei Monaten, als ein 25jähriger Student tot in seinem Bad vorgefunden wurde. Jetzt hat die Wohngenossenschaft Stångåstaden beschlossen, bis auf Weiteres keine Zimmer in dem betroffenen Stockwerk mehr zu vermieten.«

Ich las nicht weiter. Obwohl ich die Zeitung ganz tief in die Mülltonne drückte, wollte mir der Artikel nicht mehr aus dem Kopf.

An diesem Abend hatte ich frei, und der Amerikaner saß an unserem angestammten Tisch in einer der Strandbars. Diese Bars reihten sich dicht aneinander, und die Konkurrenz war knallhart. Noch hatten die Sexshows die Insel nicht erreicht, und die Bars lockten mit Gegrilltem, Karaoke und Filmabenden auf Großbildschirmen, in der Regel Raubkopien amerikanischer Hollywood-Produktionen, die kaum ihre Kinopremiere hinter sich hatten. Aber um diese Jahreszeit, wenn die japanischen Touristen die Insel überrannten, waren Kung-fu-Filme und von radioaktiver Strahlung entstellte Riesenadler an der Tagesordnung.

»Was gibt es heute Abend, Pip?«, fragte der Amerikaner den Eigentümer der Bar, als er an unseren Tisch kam.

»Oh, very scary movie tonight, Sir. Very scary. You two hold hands really good now«, sagte Pip und lächelte.

»Na, wir werden sehen«, meinte der Amerikaner.

Nach Sonnenuntergang stellte Pip den Großbildschirm auf, und der Filmabend konnte beginnen. Die Videokassette war schlecht kopiert, der Ton klang blechern, und es liefen ständig weiße Linien über den Bildschirm. Aber immerhin war der Film nicht heimlich während einer Kinovorstellung aufgenommen worden wie manch anderer. Und es gab sogar englische Untertitel.

Langsame Klaviermusik begleitete ordentliche Zeilen mit japanischen Schriftzeichen, während der englische Untertitel die Botschaft des Films in Häppchen lieferte.

»When someone dies in the grip of a powerful rage a curse is born.
The curse gathers in that place of death.

Those who encounter it will be consumed by its fury.
And a new curse is born.«

Der Film handelte von einem heimgesuchten Haus in Tokio, in dem ein Mann, rasend vor Eifersucht, seine Frau und seinen Sohn umgebracht hatte. Seitdem spukten die Frau und der Junge in dem Haus und hatten jeden umgebracht, der dorthin kam.

Es war ein merkwürdiger Film. Es gab keine erkennbare Chronologie, die Handlung sprang vor und zurück, und es wimmelte von logischen Brüchen. Trotzdem konnte ich den Blick keine Sekunde lang vom Bildschirm reißen. Es war, als würde ich alles noch einmal erleben. Alles war dabei. Das schwarze Haar. Die weißen Kleider. Eine Gestalt, die an einem Spiegel vorbeihuschte oder hinter einer Ecke verschwand. Unordnung, die die Bewohner des Hauses ständig bekämpften, die aber immer sofort zurückkehrte. Seltsame Geräusche in der Telefonleitung. Und Tod. Jede Menge Tod.

Der Amerikaner gab nach einer halben Stunde auf.

»Unheimlich? Kann ich nicht finden. Dieser Film ist doch total abstrus. Und was haben die Japaner andauernd mit diesen weiß geschminkten Gespenstern? Letzte Woche haben sie einen Film gezeigt, da war es genau das Gleiche, es ging um ein Video, das Leute umbrachte. Totaler Schwachsinn.«

Ich bemerkte kaum, dass er ging.

Am Ende des Films war mein Hemd durchgeschwitzt. Das lag nicht nur an der schwülen Hitze, die hier auf der Insel rund um die Uhr herrschte. In meinem Kopf wirbelten alle möglichen widersprüchlichen Gefühle durcheinander. In gewisser Weise war ich sogar erleichtert. Zu sehen, wie andere

Menschen vor Schreck aufschrien und Opfer des Zorns eines Geists wurden, war seltsam tröstend. Eine Weile fühlte ich mich dadurch nicht ganz so einsam.

Zugleich erfüllte mich der Film mit totaler Hoffnungslosigkeit. Trotz der undeutlichen Symbolik war die Botschaft des Films glasklar. Für den, der vom Fluch des Hauses getroffen wurde, gab es keine Hoffnung, keine Rettung, keine Fluchtmöglichkeit. Und genau, wie Peter Östlund vor vielen Jahren zu mir gesagt hatte: Es hörte nie auf. Nie.

Am Ende des Films erhoben sich die Gäste an den benachbarten Tischen. Manche, weil sie am nächsten Morgen früh mit den Tauchbooten hinausfahren wollten, andere, um sich schlafen zu legen, und wieder andere, weil sie zu einem der Nachtclubs in der Nähe weiterziehen wollten.

Als ich den Kopf hob, merkte ich, dass ich beobachtet wurde. An einem Nachbartisch hockte ein Mann mit einer Bierflasche und musterte mich. Ich kannte ihn. Er gehörte zu einer japanischen Gruppe, die in derselben Bungalowanlage wohnte wie der Amerikaner und ich.

Auf einer Insel wie dieser, die Backpacker-Touristen und Tauchbegeisterte aus der ganzen Welt anlockte, fielen Japaner immer auf. Sie kamen in großen Gruppen und hielten sich meistens abseits. Sie hatten stets die beste Ausrüstung und die teuersten Tauchuhren und saßen abends in den Restaurants beisammen. Aber dieser Japaner war nicht wie die anderen. Er wirkte ein paar Jahre älter, und ich hatte bemerkt, dass er manchmal Tauchgänge ausließ und stattdessen im Restaurant saß und schrieb. Außerdem sprach er ungewöhnlich gut Englisch für einen Japaner.

»Dem Amerikaner hat der Film also nicht gefallen?«, sagte er lächelnd.

Ich zuckte mit den Schultern und antwortete nicht. Ich vermied grundsätzlich Gespräche mit Fremden. Engere Beziehungen zu anderen Menschen zu umgehen war in den vergangenen zehn Jahren mein wichtigstes Ziel gewesen. Der Amerikaner war eine Ausnahme, und ich wusste bereits, dass ich es bereuen würde.

»Nein, die Leute aus dem Westen begreifen unsere Art, die Welt zu sehen, nicht immer, stimmt's?«, fuhr der Mann fort. Er schien sich nicht so leicht abschrecken zu lassen.

»Ich bin auch aus dem Westen«, sagte ich. »Den Großteil meines Lebens habe ich in Schweden verbracht.«

»Warum das?«, fragte der Japaner und wirkte aufrichtig verwundert, dass jemand freiwillig aus Asien in ein Land wie Schweden ziehen wollte.

»Ich war drei Monate alt, als ich nach Schweden gekommen bin. Ich hatte kaum eine Wahl.«

Der Mann nickte und nahm einen Schluck von seinem Bier.

»Was meinen Sie damit?«, fragte ich. »Dass Leute aus dem Westen es nicht begreifen.«

Der Mann zuckte die Achseln.

»Jedes Mal, wenn sie unsere Filme in den Bars zeigen, beklagen sich die Amerikaner und die Europäer darüber, dass sie schlecht sind. Sie verstehen nicht, dass Dinge nicht unbedingt schlecht sind, nur weil sie auf ganz anderen Prinzipien basieren.«

»Welchen anderen Prinzipien?«

»Ihr im Westen habt eure Heldengeschichten, in denen die

Menschen gegen Schurken und Monster kämpfen und am Ende immer gewinnen. Sogar gegen Geister. Das passt vielleicht in eure Kultur, aber wir Japaner ticken nicht so.«

»Warum nicht?«

»Zum einen, weil wir Geister nicht als etwas Übernatürliches sehen. Eure ganze Diskussion darüber, ob es Geister wirklich gibt oder nicht, ist für uns Japaner völlig uninteressant. Ganz zu schweigen davon, dass man gegen sie gewinnen könnte.«

»Aber was soll man stattdessen machen?«

Der Japaner lächelte vielsagend. Als wolle er damit sagen, dass der Begriff »machen« in diesem Zusammenhang gar nicht relevant war. Es ging einzig darum, was der Geist mit dir machte.

»Wissen Sie«, sagte er schließlich und nahm noch einen Schluck aus der Bierflasche. »Zu Hause in Tokio arbeite ich als Übersetzer. Aus dem Englischen ins Japanische und umgekehrt. Und je mehr ich übersetze, desto mehr wird mir klar, dass es gewisse Dinge unserer Kulturen und unserer Sprache gibt, die man schlicht und ergreifend nicht übersetzen kann – weil wir keine Codes besitzen, um sie zu verstehen.«

»Wie meinen Sie das?«

»Lassen Sie mich ein Beispiel erläutern«, sagte der Japaner und zog seinen Stuhl zur Seite. Er nahm ein Essstäbchen aus dem Behälter auf dem Tisch und zeichnete neben unseren Füßen ein Schriftzeichen in den Sand. Es sah aus wie ein kleiner Kerl, fand ich. Mit einem viereckigen Kopf, zwei kurzen Armen und einem Fischschwanz anstelle von Beinen.

»Das ist das japanische Zeichen für den Begriff ›on‹. Ins Englische wird er oft mit ›Schuld‹ oder ›Verpflichtung‹ übersetzt. Aber in der westlichen Bedeutung kann eine Schuld abbezahlt und eine Verpflichtung erfüllt werden. ›On‹ hingegen beschreibt vielmehr eine Bürde, die ein geleisteter Dienst für den Empfänger beinhaltet. Eine Bürde, die nie abbezahlt, gemessen oder überhaupt beschrieben werden kann. Und ein solches Wort gibt es im Englischen nicht. Verstehen Sie jetzt?«

»Leider nicht«, meinte ich.

Der Japaner breitete die Arme aus.

»Genau das wollte ich sagen. Vielleicht ist es im Grunde unmöglich für Menschen aus unterschiedlichen Kulturen, sich umfassend zu verstehen. Und zu glauben, dass wir es können, ist vielleicht der größte Fehler, den wir begehen können. Ich glaube, am besten respektieren wir das, was uns fremd ist, und akzeptieren ganz einfach die Tatsache, dass wir es nicht begreifen.«

Als der Japaner seine Ausführungen beendet hatte, geschah etwas Merkwürdiges. Ich hatte den Eindruck, dass mein Inneres kollabierte. Ich weiß nicht genau, was von dem, was er gesagt hatte, mich so hart traf – von vielem hatte ich die Bedeutung kaum begriffen. Aber plötzlich schienen die Traurigkeit, die Einsamkeit und der Schrecken meiner zehnjährigen Flucht mit voller Wucht über mich hereinzubrechen, der ich nicht mehr standhalten konnte. Ohne es erklären zu können, wurde mir in diesem Augenblick klar, dass es vorbei war. Nicht in zehn Jahren. Nicht in fünf Jahren. Sondern genau jetzt.

»Aber was ist, wenn man es nicht schafft?«, flüsterte ich. »Wenn man nicht in der Lage ist, zu akzeptieren, dass man es nicht begreift?«

Der Japaner schüttelte betrübt den Kopf. Er wünschte, mir eine gute Antwort zu geben, aber er hatte keine parat.

»Dann weiß ich nicht, wie es geht«, sagte er.

Ich verließ die Insel bereits am nächsten Morgen. In der Früh schrieb ich zwei Briefe am Bürocomputer. Einen an meine Eltern, in dem ich sie um Verzeihung bat für die Schwierigkeiten, die ihnen mein Tun wahrscheinlich bereiten würde, und in dem ich ihnen versicherte, dass es nicht ihre Schuld sei. Und einen an Johanna. Ich habe in all den Jahren oft an Johanna gedacht. Nicht immer ohne Verbitterung, nicht immer ohne Neid, das muss ich zugeben. Ich habe auf der Webseite des Alumni-Vereins gelesen, dass es ihr gut zu gehen scheint. Villa außerhalb von Stockholm, Job bei Ericsson, Mann und zwei Kinder. Ein Leben, das ich hätte haben können, dachte ich manchmal. Aber in dem Brief schrieb ich natürlich nichts davon, nur, wie sehr ich unsere Freundschaft geschätzt habe und dass ich ihr ein gutes Leben wünschte.

Kurz bevor das Boot ablegte, klopfte ich an die Tür von Bungalow Nummer 4.

»Ich fahre jetzt«, sagte ich, als der Amerikaner öffnete.

»Wohin?«, fragte er.

»Nach Tokio«, sagte ich.

»Darf ich mitkommen?«, fragte er.

»Nein«, sagte ich.

»Kommst du zurück?«

»Nein«, sagte ich.

37

Es ist 06:35 Uhr, und die Sonne ist noch nicht über den Häusern auf der anderen Seite des Yoyogi-Parks aufgegangen. Aber man kann trotzdem erkennen, dass der Morgen anbricht. Die nächtliche Finsternis löst sich allmählich auf, und die Neonschilder scheinen mit jeder Minute, die vergeht, schwächer zu leuchten. Der Verkehr verdichtet sich, und das Echo der unzähligen Autohupen hallt zwischen den Häuserwänden zu mir empor.

Wenn ich den Oberkörper nach vorn neige, kann ich den Strom der ersten Pendler aus den U-Bahn-Aufgängen wallen sehen. Wie ein Schwarm schwarzer Insekten warten sie im Halbdunkel an der Fußgängerampel, bis diese auf Grün schaltet und sie weiterkrabbeln wie jeden Morgen. Ein langer Arbeitstag liegt vor ihnen.

Fünfundzwanzig Stockwerke befinden sich zwischen mir und den Menschen da unten. Fünfundzwanzig Schichten aus Zimmerdecken und Böden in puppenkleinen Wohnungen trennen mich vom Rest des Lebens in dieser Stadt. Es hätte genauso gut ein ganzes Universum sein können.

Ich bin am Abend zuvor in Tokio angekommen. Die ganze Nacht bin ich durch die Stadt gewandert, Kilometer für Kilometer, und habe die Menschen, den Verkehr, die blinkenden Neonschilder und den Kommerz betrachtet. Habe mich von der fremden Stadt einhüllen lassen. Yukos Stadt. Äußerlich bin ich hier auch zu Hause, mehr als in Schweden, ständig umgeben von schlitzäugigen Menschen mit schwarzen Haaren. Aber trotzdem so unendlich fremd. Ich verstehe die Schilder nicht, verstehe nicht, was die Menschen sagen, verstehe nicht einmal, wie ich den Bürgersteig entlanggehen kann, ohne gestoßen zu werden.

Aber das macht nichts. Ich habe es akzeptiert, dass ich es nicht begreife. Und nicht nur das. Ich habe akzeptiert, dass es die Sinnsuche war, die mich und die anderen hinab in die Hölle geführt hat. Bei unserer Suche nach Erklärungen sind wir blind geworden für die Tatsache, dass das, was unser Stockwerk heimsuchte, nicht in unsere Kultur gehörte und nicht in unsere Erklärungsmodelle passte. Es war kein Wiedergänger, der um Mitternacht hervorkam und wegen eines alten Unrechts an Wände pochte. Was in unserem Stockwerk vor sich ging, konnten wir nicht verstehen, ebenso wenig wie ich das Zeichen verstand, das der Japaner auf der Insel in den Sand gezeichnet hat.

Und jetzt stehe ich hier. Ich stehe auf dem Dach in meinem weißen Kleid, und ich warte.

Ich spüre, wie der raue Beton meine Fußsohlen kitzelte und wie der Wind mir die Haare ins Gesicht weht, bis ich nur noch Himmelsspalten zwischen den Strähnen erkennen kann. Und ich warte.

Ich wende das Gesicht der aufgehenden Sonne zu und schließe die Augen.

»Das hier kann der Augenblick sein, der unser Leben auf immer verändert«, flüstere ich. Und ich warte.

Jetzt bin ich an der Reihe. Aber jetzt ist es bald vorbei. Ich spüre, wie ihr langes schwarzes Haar meinen Nacken kitzelt und wie ihre feuchten Finger über meinen Rücken fahren.

Sie ist jetzt da. Yuko.

Dank der Autorin

Anfang der Neunzigerjahre zog ich als angehende Studentin der Betriebswirtschaftslehre aus einem kleinen Arbeiterstädtchen in Dalarna nach Linköping und in ein Studentenwohnheim in der Ryds Allé. Hier enden die Gemeinsamkeiten zwischen der Wirklichkeit und diesem Roman. Im Wohnheim in der Ryds Allé gab es keine Nummer 23, keine Badewannen und, soweit ich weiß, keine japanischen Gespenster. An der Universität von Linköping gab es zu der Zeit auch kein Institut für Japanologie. Wie Schriftsteller es oft tun, habe ich mir die Freiheit genommen, hier und da Dinge zu erfinden oder wegzunehmen, wo die Erzählung es erforderte.

Einen Roman zu veröffentlichen ist ein langer Prozess, und es gibt viele, denen mein Dank gebührt. Zunächst geht mein Dank an Kerstin Aronsson von Styxx Fantasy und Maria Enberg von Grand Agency, weil ihr euch getraut habt, an meine verrückten Ideen zu glauben. Danke an Lisa Wool-Lim Sjöblom für die Einblicke in die Situation für Adoptierte in Schweden. Kämpfe weiter, Lisa! Danke an Rina Yoshida, Yukiko Duke und Ola Wikander für interessante Diskussionen über die japanische Kultur und Sprache. Ein großer Dank geht ferner an Dozent Ingemar Ottosson vom Institut für Japanologie an der Universität von Lund, der freundlicherweise meine Fakten überprüft hat.

Ich danke auch meiner Freundin Anne Hultquist, Pathologin, und dem Obduktionsassistenten Leif Olofsson in Lund für die ausführlichen Antworten auf meine außergewöhnlichen Fragen. Und – wie immer – danke ich all meinen Freunden, die den Text gelesen und gemocht und mich ermuntert und unterstützt haben. Anna Norén, Elisabeth Östnäs, Karin Tidbeck, Karin Waller, Mats Strandberg, Nene Ormes und Sara Bergmark-Elfgren, was würde ich ohne euch bloß tun? Last but not least, danke Christoffer Krämer für die Hilfe bei der Kommasetzung im Refrain von »There's no limit«. Einfach unersetzlich.

Nick Cutter

»So nervenzerfetzend, dass ich
es kaum aushalten konnte –
faszinierender Horror der Extraklasse!«
Stephen King

978-3-453-43779-1

978-3-453-41896-7

Leseprobe unter **www.heyne.de**

HEYNE